綠林豪傑傳

天下興亡 匹夫有責

白羽 著

「你可願意學會驚人武藝，替人間一掃不平麼？」

行俠仗義、剷除惡霸、捉拿妖人……
綠林豪傑們以自身的正氣凜然，
對抗這不公不義的世界！

目錄

目錄

第一章
桐柏風淒血泊狼聲臨死域，
荒林人寂火光箭影出奇僧

河南省西境南境多山，山多狐兔。住在山腳下的莊稼戶往往趁月上山打獵，可也有的田無一壟，地無一畝，專靠打野味餬口的，那就是獵戶了。他們打野味的法子很多，有的趕帳子，設圍場；有的火燻獸穴，網捕飛禽；有的用小羊小豬做誘餌，誘捕當冬乏食的野獸；有的在山溪水道邊，掘下陷坑，埋下窩刀毒弩，用來獵取前來喝水的獸群。他們常常組成獵隊，深入山林，連虎豹大熊也敢打，因此他們都是些膽大力強的漢子。

這一年冬天，住在桐柏山麓大坡嶺地方的獵戶，又組成一隊獵隊，深入寒山大搜。壯丁們拿了獵具，虎刀虎叉火槍毒箭，前去搜山；那留在山坎下看守獵帳獵車的，是一個老頭兒和一個小孩。這個小孩名叫汪青林，年紀才十四歲，生得粗眉大眼，渾身像個黑鐵蛋似的。他父母早喪，只有兄嫂；他胞兄汪金林是個很健壯的獵戶，不幸最近捕猛獸負傷，一條大腿潰爛成瘡，不能走動，進山大搜時，就沒法分給他汪家的這一股份了。這時候獵隊中拿著雙份、專管勘尋獸跡的老師傅，就叫汪青林替他胞兄頂一股，也跟著入山。這是同行老交情的照顧，雖然有他一份，畢竟因汪青林年紀小，不把吃緊擔險的活計交給他。在搜山的這一個月，幾乎總是派他看老堆兒，而且也不是他一個人，還有那個老頭兒。那個老頭是個酒鬼，不知怎的不小心，把自己的酒葫蘆摔碎了，酒全灑了。老頭兒懊惱著，要

到山腳小鎮上沽酒去，汪青林留不住他，他說天太冷，不喝酒簡直活不了。好在往返不過十幾里地，汪青林只催他趕快回來。酒鬼老頭提了一桿獵叉，一徑去買酒器、沽酒漿去了。不料在他們的獵帳後，忽然竄來了一隻巨狼和三隻小狼。

這分明是餓狼，牠們很凶猛地奔獵帳撲來。

猛獸侵襲獵戶，獵戶們本有防身制險的經驗訣竅。若遇見飢狼餓虎，或獸群，或子母獸，千萬不要迎門，最穩當的法子，是趕快爬上樹，拿鳥槍專擊他們。野獸的習性，本來是避人怕人的；牠若是遇見人不躲，一直撲上來，那必定是餓的狼了。現在這大小四隻狼，不用說，定是子母獸，而且又是幾天沒吃食，餓瘋了的貪狼，硬來撲獵帳擒獵食來了。這應該躲，可是汪青林年紀小，「初生牛犢不怕虎」，他竟大喊了一聲，揚起標槍，照當頭那隻巨狼投了去。

這一搶正投中，可是巨狼就地打了一個滾，標槍被滾落，狼肩浴血，狼眼通紅，低嗥了一聲，並不逃走，仍急速地撲到。汪青林往兩旁急急一瞥，獵帳這邊有一堆柴火，火光熊熊，燒得很旺。他趕緊俯腰撈了一把，把一柄獵叉抓到己手，急忙奔跳到柴火堆旁。他知道任何野獸都怕火亮，他右手揮動獵叉護體，急蹲身，左手拾起一根燃燒著的木柴，他就掄了起來，煙火迸發，巨狼果然不敢近身了。牠竟掉轉頭，撲進獵帳，很快的叼起一隻死鹿，要跑又不跑，牠是引誘著小狼，叫牠們也學著來擒獵物。在飢餓之下，三隻小狼早不待叫，已經自行撲入獵帳，自行搶起死狐兔。小狼畢竟傻，三隻小野獸，竟對奪起來了，猜猜的且搶吃，且爭嗥，偏偏忘了走。

那母狼銜著到口食，奔開去，再奔回來，低低叫著，定要引著小狼，

跟牠一塊跑。小狼不聽那一套，反而且吃，且搶，且叫，留戀在獵帳裡，不肯學牠娘，銜了口中肉趕快逃走。這就惹怒了十四歲的小獵戶汪青林，這真是欺人太甚了！狼竟向獵戶手中奪食，而且還流連不走。他大罵道：「好畜生，你倒享起現成來了！」一手舞動柴火，挺起獵叉，奔過來跟狼打架。

　　他手揮叉落，叉得正好，殺了一隻小狼，皮破腸流血滿地。汪青林很振奮，第一叉奏功，第二叉又叉中一隻小狼，這回扎的不好，叉陷入小狼體骨內，一拔，未拔出來。那母狼不要命的護犢，一片嚎叫聲，棄下口中食，猛然像電火般飛竄到汪青林背後，人立起來撲他。汪青林急閃身，獵叉丟掉了，掄起帶煙火的木柴，猛打這母狼。母狼狂怒，一點不怕，撲倒卜去，又人立起來，張牙舞爪，血紅的餓眼瞪著汪青林的咽喉，利齒齜齜的來咬咽喉。汪青林連忙退躲，狼牙咬住他的肩頭，一陣奇疼，他暴喊一聲，就手抓住狼的前爪，猛力一推，沒推開；他就換雙手猛力一擒，把狼擒起來，後腿離了地。狼沒法用力，張開血口再來咬，汪青林側著臉扭躲，就勢狠命一摔，把狼摔在烈焰熊熊的柴火堆中，把自己也一栽跪倒了。他仍按住了狼在火堆上，不敢放手，煙火燎著他的眉毛，狼身上的毛起了火，狼負痛怪嗥，陡生大力，突然的竄起來，又一撲，把汪青林撲倒，張口又向咽喉咬。汪青林用兩手來支拒，已然抵敵不住拚命狼的血口和利爪。汪青林狂喊了一聲：「哎，打狼！」狼命往起一掙。不知怎的，那狼慘嘶起來，身子一挺，血淋淋壓著汪青林，頭歪爪鬆，體似篩糠的發抖，勁頭懈了。汪青林猛地一翻，把狼翻落地上。他恐狼再起來撲咬，忙不迭的張手按住了狼頭。狼頭順嘴耳冒血。

　　背後忽有人叫：「小夥子，不要怕，狼活不了啦！」說時他覺得身被一個人攔腰抱住，硬拖到一旁。

汪青林喘不成聲，回頭一看，是一個中年瘦小的行腳僧，把自己救了。低頭細看，有一支短箭，穿過狼耳頰，直貫入狼腦，巨狼此刻已經氣絕，小狼也被行腳僧殺了。行腳僧笑道：「小居士，你膽力很不小啊！」

這行腳僧當時的法名叫做永明和尚，自稱是少室山少林寺的遊僧，有著很好的武功。他清清楚楚望見了一個十幾歲的小孩，獨力搏狼，力氣不大，卻在生死呼吸之際，神智絲毫不亂，覺得這樣人材似可造就。這時汪青林已然負傷，永明和尚說：「狼爪有毒，我給你趕緊治治罷。」汪青林道：「我們獵戶自己有藥。」和尚笑道：「你且試試我的藥，也許比你的藥靈效。」說時便把汪青林扶進獵帳，一面治療，一面問話：「你小小年紀，怎麼一個人看守獵帳？」又說，「你天資很好，可願習武？你家裡都有什麼人？」汪青林道：「習什麼武？我家裡只有哥嫂。」行腳僧笑道：「習武，習的是鑽山跳澗之能，屠龍射虎之技。」汪青林欣喜道：「那倒不錯，可是上哪裡學去？」行腳僧道：「跟我學！」汪青林張眼打量永明和尚，有點信不及。永明和尚衝他笑，反問他道：「你們家自然是獵戶了，你自己是不是也想打一輩子獵？你可願意學會驚人武藝，替人間一掃不平麼？」

汪青林若有所悟道：「是當俠客麼？飛劍誅賊官，殺惡霸麼？」

永明僧道：「對了！」

汪青林道：「好好好，我願學。」

永明僧道：「你願學，就得跟了我吃苦，還要有長性。」

汪青林道：「這個我全成。」

永明僧卻又道：「光你願意不行，還得問好了你的兄嫂。」

汪青林十分歡喜，就邀永明一同上他家去，面見他兄嫂。

永明微微一笑道：「好孩子，你有這個志氣，不必忙在一時。」

當下問明了汪青林胞兄的名字和住家，直等到醉鬼沽酒回來，這行腳僧方才作別而走。

過了一兩月，這天汪青林獨自在村口眺望，永明和尚忽然來了，汪青林很高興，叫道：「師傅，你可來了，我跟我家說好，只要不耽誤給我哥哥工作，他準我跟你老學本領。」可是永明和尚口氣變了，他先對汪青林講了許多江湖上游俠的奇聞逸事，鼓動得小孩子如醉如痴，恨不得立即拜師學藝，離家出走。永明卻把話兜轉，講出習藝時種種艱苦鍛鍊，要汪青林暫且瞞了兄嫂，先跟他試一試真心，約定了一個祕密見面的地點，叫小孩子風雨無阻，每天跟他見一回面，談一會兒話。遊僧說：拜師學藝的第一步，就是能尊師守祕，能割捨骨肉之情，於是乎舉出了許多仙人試真心的榜樣。汪青林一心想學絕技，這時候遊僧的話他完全信從。

如此過了半個月，遊僧怎麼說，汪青林就怎麼做了，但是等到真個開始傳藝時，永明和尚不專教汪青林獨一個，還另外帶來了一個十二三歲的孩子。

汪青林再也估不透：永明和尚大有深心，大有隱謀。他不是為了教汪青林而教汪青林，他是為了給那十二三歲的孩童找「墊招」，做下手的人，方才物色汪青林這個小獵戶。

永明和尚必須要成全這個十二三歲的孩童，必須教會這個十二三歲的孩童以精深的武功，單人學拳技，無法遞手，故此他無意中發現了汪青林這個小獵戶，有意的要用他給愛徒「接招」。

如此，汪青林實在是做了那個十二三歲小孩的「習武伴童」了。永明和尚的心血，是要培植那個孩童，然而天下事難可逆料，有心植樹樹不成，無心栽花花獨茂。永明和尚巧用汪青林，一直用了半年多，忽有一

天，遇上一樁事，證明汪青林小獵戶實在是個可愛的好門徒。這才感動了遊僧永明，這才把汪青林正正經經，收列門牆。

永明利用汪青林，別有苦心；在這半年中，每十天才叫汪青林見面兩次，至多三次，每次一整天，或僅僅半天。對汪青林的兄嫂扯著謊，說是近山一座小廟的老和尚，花錢僱小孩給他撞鐘和汲水，給的錢很多，比幫著打獵上算，老和尚抽暇還教他認字念經。汪家的人都信以為實，頂要緊的是汪青林像吃了迷魂藥，一定要這麼做，別人攔他不住。永明和尚大概是先把精妙的武藝，傳給那個小孩，然後每旬中逢一逢五，才用汪青林給小孩墊招試架。因此，汪青林飽聽了江湖異聞，實際只學著拳技一點皮毛，所謂「半拉架」。當然汪青林起初覺不出來，漸漸的也思索出味不對了。永明和尚對待兩個小孩，顯有偏向。其中自有原因，不過汪青林並不知道。

說來話長，原來所謂小師弟熊憶仙，實在是個女扮男裝的孤臣孽子，是個家遭冤獄的小姑娘，是明季遼疆大經略熊廷弼的弱女；是忠心耿耿，鎮守邊關，力扼韃虜，不幸遭權閹佞臣昏君的猜忌，以功為罪，身被殘殺甚至「傳首九邊」的民族英雄的遺胄。永明和尚（當然他從前並不是個和尚）受著託孤之重，要給忠臣留後嗣，要給人間留正氣。他對兩個徒弟有偏心，也可以說是傷心人別有懷抱。

當下，小徒弟熊憶仙忽有十幾天沒來，汪青林照常去；師傅永明和尚沒精打采，停止了教藝。汪青林就問：「熊師弟怎麼沒來？」永明回答：「他病了，他身子骨單弱。」一連數日停止教授，汪青林嘚著嘴說：「師弟不來，趕明兒個我也不用來了，等著他病好，我再跟著他一塊兒學。」

汪青林把不樂意的口氣完全表露出來。永明和尚驀然一動，嗤的笑出聲來，道：「他不來，我單教你。來，跟我上山。」

永明和尚帶了汪青林，到一土崗，練習登山，一連六七天。

　　這一天，師徒練完了拳技，站在土崗上，歇息閒眺。遠村近林，古道迂迴，他們望見了道上往來的行人；他們旋又望見了一個婦人姍姍獨行，從大道側斜趨疏林小路；旋又拂地倚樹坐下來，好久也沒有動。日影漸斜，行人漸少，那婦人站起來了，且走且停，倏然轉身進入疏林，再也望不見了。

　　永明和尚唔了一聲，隔離稍遠，望得見形跡可疑，聽不到聲息有異。永明和尚矚目疏林，才待舉步，汪青林猝然叫起來，扯了師傅的手，奔下土崗。

　　就在這俄頃間，他們忽望見古道那邊，浮塵起處，馳來了一騎馬。馬上揚鞭的，是一個兵官打扮的男子，氣勢威武，蹄聲嘚嘚，一直奔向疏林小道，轉瞬到了林邊，那馬驀地放慢了，走過了，那兵官扭頭回顧了。跟著馬停了，兜轉了，跟著那兵官面向疏林，翻身下馬，牽馬尋覓林徑進去了。「惻隱之心，人皆有之。」誰能見死不救呢？永明和尚衝著驚慌疾走的徒兒，微微一笑，汪青林還是往前搶，要跟蹤入林，繞林而行，從別一方面潛身而進。越走越近，漸漸聽出，從林中傳出來女人腔的哭聲。

　　「哦，那婦人真是上林子裡尋死的，師傅，我們快過去瞧瞧！」汪青林年輕人心腸直，一個勁的往前掙，永明和尚扯住了他的手，說：「不要忙，不要忙！」既有兵官進林救人，他們師徒不妨落後。

　　可是就在這時候，太陽銜山，野風搖樹，沙沙的響，林中的女人哭聲忽停，另傳出別樣聲息。永明和尚雙目一張，扯了汪青林，飛快的繞道奔林那邊走。忽地傳出來女人腔的怒罵，忽地傳出來女人腔的驚喊：「救命，救人呀！」

　　原來那個騎馬的兵官，一開頭聽見哭聲，下馬來救人，不料當他拴馬入林一看，發現是這麼年輕一個女人，素衣素裙，饒有姿媚，在一棵歪脖樹下，懸結衣帶，悲啼著正要引頸就縊。他陡發慈心，把女人救止住，用好言慰問了一番。問明這女人並非村婦，竟是個富室孀居的逃妾，飽受嫡室毒虐，又遭嫡長子大少爺的非禮覬覦，惹起嫡少奶奶的恨妒。於是罪孽深重，被嫡室大夫人苦苦的毆打，罵她狐狸精，葬送了老的性命，又來勾引小的亂倫。拘了幾天，捱了幾天餓，倖免一死，她乘隙逃出火坑來，奔回娘家，訴苦求救。娘家怕財主，不給她做主。她沒膽量上衙門鳴冤告狀，告狀也不見得官兒肯替窮人賤妾申冤。她懦弱的哥嫂竟不敢收留她，也不容她自逃活命；因為她被賣給財主為妾，她兄嫂怕事，倘或夫家找來要人，豈不是禍延自身？嫂子極力主張，哥哥諾諾幫腔，反勸她速回火坑，到夫家守節。守節就是送死，哥嫂一鼻孔出氣，責以大義，勸她回去送死。這可是比「餓死事小，失節事大」還狠毒一些。她左思右想沒有活路，當她哥哥商量著要親送她回夫家的時候，她自己悄悄的從娘家逃出，便奔到這疏林中，哀哀哭訴早死的爺娘，打定主見尋死，要脫出這人間地獄。

　　這兵官很表同情的慰問她。可是「怎麼安插她呢」？緊跟著就是勸她「往前走一步」——改嫁。她竟長得這麼漂亮，哀豔之容打動了官兵；四顧無人，凝眸諦視，這兵官陡然把好心變成了獸念！他滿臉上帶著輕憐蜜愛，他勸少婦改嫁，他就要在此地，在此時，叫少婦跟他「往前走一步」！他公然掏出一錠銀子，他公然動手動腳！

　　少婦才脫虎口，又逢蛇蠍，她滿腔悲憤，惡狠狠唾了一口：「你這男子漢枉披了人皮！狼心狗肺！你給我滾，我情願死，也不給人糟蹋！」推開兵官，踉蹌奔跑，重要上吊。兵官不容她，緊迫上來，臉上堆滿猥褻的

笑容，無恥的說：「小娘子，你夫家拿你不當人，你娘家也拿你不當人，年輕輕的何必守節？何不趁時尋樂？告訴你，我還沒有妻房，我大小也是個官，今天相遇，就是天假之緣！」他就悍然動手，把少婦抓小雞似的擒住。

少婦失聲絕叫：「哎呀，蒼天！」她幾乎被冤憤氣炸了肺。

她拚命的掙脫，狂呼，痛罵，下死力摑打兵官的臉。兵官獰相大露，不顧一切地逞凶。一個支拒，一個行強，這景象被汪青林遠遠看見，而且聽見連喊：「救命，救命！」

汪青林也失聲驚叫起來，「不好，師傅，快快去救人，快快去打這強徒，這惡棍！」

永明和尚不用說，早就料透；然而他瞥了小獵戶汪青林一眼，很古怪的冷笑道：「還別忙。小子，少管閒事，等一等……」

汪青林等不及了，他義憤填膺，拔腿就要跑上前。永明僧一把揪住了他，說：「你……」小獵戶瞪著眼吃吃的說：「你你你不是說，學會驚人藝，打盡人間不平，你你怎麼見危不救？咳，你你瞧這惡棍把人家按倒了！」

少婦氣力不支，果然已被兵官按倒，可是她依然拒抗強暴。一男一女在地上翻滾，少婦銳聲呼喊，已喊得氣喘聲嘶，可是依然喊。那兵官東張西顧，依然瘋鬧下去，想是他也怕人聽見，就騰出手來，又少婦的嗓子眼。少婦竟很頑強，咬破自己的舌頭，含血噴這強徒。強徒恚怒，就毆打這少婦。

情形危迫，永明僧很為動容，小獵戶激動更甚。永明僧抓住小獵戶的手，他就極力往外掙奪。但是永明僧仍然不慌，反而問徒兒：「你沒見那兵官拷著刀，馬上還帶著弓箭袋？他要行凶呢！」小獵戶答口說：「行凶，

打倒他！他一個人，我們爺倆。」

永明道：「好孩子，你有膽量？現在我不能出頭，我想只叫你一個人去救……」

小獵戶汪青林道：「好！」掙脫手，就要跑，並且說：「我若打不過，你老接後手。」永明仍然抓住手不放，心想：「這孩子倒有膽氣！」便悄聲開口：「就讓你一個人去救，可是你不要逞強，他是兵官，你打他不過。你可以說好話把他勸住，或者用巧法把他調開。佛門勸善，要攔住他調戲婦女，又不可動武，你可行嗎？」

汪青林眼光閃閃的說：「快鬆手罷，我行，我準行！我把軍官好好的哄走，你可趕快救那女娘！」永明忙道：「那當然，咳，有了！你可以跑過去，到那女人身邊一站，你管她叫姐姐，你問那兵官做什麼？強姦民婦，絕不會當著人的，更不會當著弟弟污辱姐姐。你只施這一招，給他打岔，就把女人救了！」汪青林不耐煩，連說：「是是是！對對對！」甩手拔腿，如飛的奔過去了。

但是永明又如飛的趕上他，截住他，就地抓一把土，說：「閉眼，閉嘴！」往汪青林臉上抹了滿把土，說：「去罷！」順手將一根短棒塞在汪青林的掌中。汪青林一溜煙去了，永明緊緊跟隨，藏在樹身後，要看看小孩子的膽謀和做法。

永明僧眼看著汪青林像箭似的，馳向是非場。兵官在林中，那兵官的馬拴在林邊的一棵樹上。汪青林持棒先奔臨，忽又變計奔馬，撲到兵官的坐馬前，伸手解開了韁繩。

他回頭看了看師傅，師傅隱藏起來了，他就轉臉往兵官那邊看。那兵官撕撕攎攎，依然行強；那少婦口角流血，喉嚨嘶啞，依然拚命喊拒。汪

青林忿極，從地上拾起幾塊石頭；他就往前跑了幾步，拿出飛石擊鳥的本領，刷刷刷，三塊石頭全打中兵官的脊背，打得很重。他吶喊了一聲，轉身就跑，飛身上馬，把鞍頭掛著的黃布包袱跨在自己肩頭。

他高聲喝罵：「無恥的強徒，你瞧，把你的馬，把你的包袱，全數孝敬給小太爺吧！」勒轉馬頭，繞疏林跑下去了。

他從永明和尚藏身處一掠而過，他向師傅揮手勢，使眼色，遞暗號。他居然策馬跑開了，且跑且回頭，看一看兵官意待如何：是奔追騙馬的人，還是仍要污辱少婦？

那兵官連挨石塊以後，一跳竄起來，回頭瞥見一個十頭十臉的小賊孩，掠取了他的包袱，盜騎了他的坐馬跑掉。兵官大怒大駭，他並不怕小賊孩，他未嘗不想先恣獸行，再追奔馬；可是有一節，掛在馬鞍上的黃包袱，裡面有著一件「公文」，是一件馳報軍情、燒封角、插雞毛、五百里加急趕送的文書，統帥不派遣帳下卒，單遣他這中軍小校，足見軍情重要。現在黃色包袱和軍馬齊落在小賊孩手中了！丟了馬，還可以賠；丟了黃包袱中的緊急文書，那……就連性命也保不住了。

兵官狠狠地怪叫起來，丟下少婦，拔出腰刀，沒命地追趕拐馬飛逃的小賊孩，且追且喊：「咄，站住！小賊好大膽，留下包袱，留下馬，饒了你的命！」

「小賊孩」一陣狂笑，舉著短棒，搖著黃包袱，縱馬如飛地跑去了，一點不怕兵官的奔逐威嚇。更叫兵官恨的是：兵官緊追他緊跑，慢追他慢跑，不追他不跑……小賊孩控制著馬，又像會又像不會，以至於人沒摔下馬來，馬卻似乎脫了韁，離開大道，落荒亂跑起來。

當下，四條腿的逸馬落了荒，兩條腿的兵官也只得落荒追趕；越追越

遠，越遠越離開了疏林，永明和尚從隱藏處一躍而出。

他看見那少婦幸脫強暴，羞憤氣噎，爬起來，又栽倒，軟癱在草地上；最後掙扎起來，想離開「是非地」，無奈氣力用盡了，她兩眼直勾勾的往四外一看，又抬頭一看，歪脖樹就在面前。她淚如雨下，挨上樹邊，伸手又在結帶，還打算上吊自盡。

永明和尚陡然如飛鳥掠空，竄了過去，輕聲攔阻道：「女施主，慢來！」

這輕輕的一聲攔阻，在少婦耳畔，宛如響了一個焦雷，她喊了一聲，又軟癱在地……永明和尚皺了眉，立在少婦對面，急切委婉的說勸。少婦已是驚弓鳥，永明僧大費唇舌，才勸止住少婦的死念，又大費唇舌才獲得少婦的哭諾，答應跟著和尚逃走。「跟著和尚」，這是多麼可怕的一句話啊！永明僧焦灼的由急勸改慢勸，幾乎說碎了舌頭，說明出家人和平常人不得一樣，而自己絕不是花和尚。少婦哭哭啼啼說：「你老人家行好吧！人哪有不貪生的，我實在沒活路。」永明給她指出活路，然而她此時又已走不動；她又不容和尚攙扶，和尚尤其不敢攙扶。

幾費周折，永明和尚才得將少婦引出險地，伴送到附近善良人家。他明白：「一個人是沒法行俠仗義的！」經他設法，由一位貧嫗暫時收留了少婦。永明說她是廟裡的施主，因慪氣出來尋短見。他說：「我現在就去通知她婆家。」

隨後，永明僧「救人救徹」，把少婦安置到他那個男裝女弟子熊憶仙潛身的山村裡。熊憶仙並不是因病停學，她是既遭家禍，又喪慈母。她那哭瞎眼的老娘，在她父親熊廷弼被冤殺之後，輾轉逃亡，不堪折磨，抱病死了。她葬母之後，正在守孝。熊憶仙只是十三歲的小姑娘，需人照顧；

永明僧這才想到一舉兩得，把力捍強暴的富室逃妾，轉送到山村，做了熊憶仙的女伴，暫使薄命人患難中相助。此是後話不提。

　　話說當下。永明僧很焦灼，把逃妾才救出險地，便立刻去尋找那門牆外的徒兒小獵戶汪青林。他擔心汪青林的安危。為了救人，汪青林盜官馬，竊文書，已犯殺身之罪，若被色狂兵官趕上，就難逃活命。汪青林不過是十四歲的少年，倘有不測，永明深覺負疚。他急急的搜尋喊叫，好在兵官沒看見永明，也不知道汪青林的姓名。永明編好了謊言，他連喚清薈，倘遇兵官，便說清薈是自己的師兄，也是個老和尚。可是他尋出多遠，叫遍曠野，不但汪青林沒了影，那兵官也沒了影。

　　永明僧不禁心慌，苦苦的搜喊了一圈，漸漸月影迷離，好容易才在很荒僻的山徑旁，發現了那匹官馬，拴在小樹上，那隻黃色包袱就掛在樹梢上。永明把顆心放下，「汪青林這孩子居然這麼膽大，這一定是他幹的，他一定拋開兵官，悄悄溜回家了。這馬這包袱一定是他弄的！」永明飛奔過去，先摘下那黃包袱，取山官文書，毫不介意，撕開了就看。

　　永明和尚心中暗想：如果是遠疆軍情、抗胡的文書，他就把文書和馬，乘夜全送到縣衙。不料他拆封一看，是一封催徵「遼餉」移充「剿餉」的官書，和一封鎮壓闖將、掩擊「流賊」的調兵檄文。永明冷笑了一聲，想起了熊廷弼努力抗胡，反被慘殺，把文書咬牙切齒扯得粉碎。連那黃包袱，一併掘坑埋入地下，以免嫁禍附近鄉農。

　　此外還有那匹馬，也是禍苗，若不滅跡，萬一有人撿便宜，必然掀起冤獄。於是永明想了想，牽了走，究竟不妥；便把馬鞍全套卸下來，也深深地埋入土中。然後手牽了馬韁，驅入山林，再解下馬韁馬嚼，狠狠打了幾下，馬跑掉了，不久便能變成野馬。然後他對月長嘯，轉身回走，很快

的走回那個「是非場」疏林邊。

月影橫斜，忽聽土崗那邊清嘯，是童子腔。永明一塊石頭落地，這是汪青林小獵戶，他辦完了義舉，繞回來了。

師徒見面大悅，各訴自己做過的事情。原來那見色起意的兵官墜山澗摔死了。究竟是失掉官物，畏罪情急自殺？還是急追逃馬，失足掉落山澗？汪青林堅說弄不清楚，反正是人死無對證，又除去一害罷了。師徒又忙著去把兵官的屍體掩埋了，了救人，汪青林盜官馬，竊文書，已犯殺身之罪，若被色狂兵官趕上，就難逃活命。汪青林不過是十四歲的少年，倘有不測，永明深覺負疚。他急急的搜尋喊叫，好在兵官沒看見永明，也不知道汪青林的姓名。永明編好了謊言，他連喚清薈，倘遇兵官，便說清薈是自己的師兄，也是個老和尚。可是他尋出多遠，叫遍曠野，不但汪青林沒了影，那兵官也沒了影。

永明僧不禁心慌，苦苦的搜喊了一圈，漸漸月影迷離，好容易才在很荒僻的山徑旁，發現了那匹官馬，拴在小樹上，那隻黃色包袱就掛在樹梢上。永明把顆心放下，「汪青林這孩子居然這麼膽大，這一定是他幹的，他一定拋開兵官，悄悄溜回家了。這馬這包袱一定是他弄的！」永明飛奔過去，先摘下那黃包袱，取出官文書，毫不介意，撕開了就看。

永明和尚心中暗想：如果是遠疆軍情、抗胡的文書，他就把文書和馬，乘夜全送到縣衙。不料他拆封一看，是一封催徵「遼餉」移充「剿餉」的官書，和一封鎮壓闖將、掩擊「流賊」的調兵檄文。永明冷笑了一聲，想起了熊廷弼努力抗胡，反被慘殺，把文書咬牙切齒扯得粉碎。連那黃包袱，一併掘坑埋入地下，以免嫁禍附近鄉農。

此外還有那匹馬，也是禍苗，若不滅跡，萬一有人撿便宜，必然掀起

冤獄。於是永明想了想，牽了走，究竟不妥；便把馬鞍全套卸下來，也深深地埋入土中。然後手牽了馬韁，驅入山林，再解下馬韁馬嚼，狠狠打了幾下，馬跑掉了，不久便能變成野馬。然後他對月長嘯，轉身回走，很快的走回那個「是非場」疏林邊。

月影橫斜，忽聽土崗那邊清嘯，是童子腔。永明一塊石頭落地，這是汪青林小獵戶，他辦完了義舉，繞回來了。

師徒見面大悅，各訴自己做過的事情。原來那見色起意的兵官墜山澗摔死了。究竟是失掉官物，畏罪情急自殺？還是急追逃馬，失足掉落山澗？汪青林堅說弄不清楚，反正是人死無對證，又除去一害罷了。師徒又忙著去把兵官的屍體掩埋了。

第一章　桐柏風淒血泊狼聲臨死域，荒林人寂火光箭影出奇僧

第二章
冷月空山一谷有煙傳魃影，
殘更靜夜雨間如墨見寒光

　　汪青林弟兄既是獵戶，縣官勒限嚴命徵繳雕雁翎、獸蹄角來做箭材，又徵狐狼皮、生獸革來做軍裝。他們獵戶們獵取繳納的越多，官府加徵的也越多。他們已搜盡了近山狐鹿，只得遠探深山。深山有虎豹，虎豹能傷人，他們也就顧不得這麼多了，打一隻老虎，可抵得許多狐狼。桐柏山一帶，野獸最多，獵戶們捨生忘死的去打，不料那些地方，忽然發現妖魔！

　　那妖魔大概是山魃，而且有兩個！山魃獵野生而食，撮山泉而飲，渾身長著青毛，兩隻白眼珠，高有一丈多，凶極了。有幾個獵戶瞥見了，嚇得摔死了一個，人們全不敢去那裡打獵了！

　　這就驚動了年輕獵戶汪青林。汪青林接替了父兄之業，跟隨獵隊老師傅們入山採獵，仗著全身本領，登山竄高，如履平地，投槍獵獸，百發百中；他為人又慷慨，得人緣，很快就被推為領隊。獵戶們競傳東高峰出了妖怪，他就不信這一套。他膽量大，武藝高，他要糾合幾個夥伴，進山一探究竟。尋獸跡的老師傅說了他一頓，老師傅根據自己大半輩的「經驗」，承認深山多怪。汪青林拗不過老前輩，白晝隨大夥，到夜晚他才獨自一人，帶了獵具兵器，悄悄去打夜圍，捉妖。

　　他向人打聽明白：那山魃常到東山峰半腰一個活山泉那裡去喝水。汪青林就潛藏在山泉邊，等候妖精出現。一連守候了幾夜，月光中只見狐兔

悄悄來飲水，汪青林信手也獵了一些，妖精渺然沒見。汪青林暗想：這準是謠言。但是他性情執拗倔強，不肯就此罷手，接著仍去打夜圍，搜獸穴。就在這一晚上，忽然發現後山腰浮起一道白煙。後山腰並無居民，汪青林心中一動：「許是山魈噴霧吧！」急忙撥草尋路，找了過去。及至繞到山後，月亮已然沉下去，浮煙看不見了。汪青林打定主意，去搜後山。搜山必先探道，他就改為白晝，帶了乾糧水壺，一清早就去，傍晚才回。一連氣去了幾天，這天忽然遇見一隻山貓。汪青林急發一弩箭，射中了山貓。山貓帶著箭掉頭就跑，汪青林挺虎叉急趕。那個催徵吏曾經私向獵戶索賄，這隻山貓獵到手，就可以塞責。汪青林忘了山魈，奮力緊追過去。眼看追到山徑斷崖處，那山貓忽然平地陷下去。「這裡是誰設下的陷阱？」汪青林一轉念間，那山貓突然竄出陷坑來了。

汪青林停步揚叉，正待投過去，不料此時陡見那山貓冉冉凌空而起，一直飛昇到斷崖旁一棵大樹上去了。

汪青林不禁詫異，山貓只會爬樹，斷不會飛，這是什麼緣故？他急忙綽虎叉又奔過去窺看究竟。走近了，這才瞅出：有一根巨繩套，把山貓套住，曳到樹上去了。

樹上一定有人。「什麼人呢？」汪青林定睛細瞧，毛熊熊一個蒼狼樣的怪物，高踞在樹巔。

汪青林嚇出一身冷汗，「這一定是山魈！」他就火速的掛虎叉、摘弓，唰地射出一支箭。

箭直奔妖精的頭，妖精探爪把箭打落。汪青林又吃一驚，呔的大喊了一聲：「好妖怪！」扣弓搭箭，唰唰唰，射出了連珠箭。這箭百發百中，距離又近，那妖精似乎招抵不上，攀樹枝一轉，拿山貓擋箭，跳下樹跑了。

汪青林大喊著追趕，那怪物人立而行，回頭望了望，疾往山上跑。汪青林竄山跳澗之能很強，腳步竟比妖精快，漸追漸近。汪青林抖手發出一標槍，那妖精還拖著那隻山貓，似知逃無可逃，竟一挫腰，丟下山貓，口吐人言，連連揮手道：「不要射，站住！」

抵面相對，那怪物原來是個渾身披了狼皮的人，只面部露出了眼鼻。汪青林反倒愣住了。那個披狼皮的人首先發話道：

「我知道你們是近山獵戶，我也是單幫打獵餬口的，你不要攪我呀。」又道，「我躲你們好幾天，我知道你搜我，你為甚搜我？可是替那些貪官污吏當腿子嗎？你要曉得，我也不是好惹的，人不犯我，我不犯人，你若膽敢洩漏我楊某的行蹤，老實不客氣，你不能活著走出這山去！」

說著把眼一瞪，目光炯炯，隨手將頂上狼頭帽往後一掀，露出面貌，竟是個細腰闊肩、赤面濃眉漢子，年近三旬，氣魄很雄偉，又見他把腰一摸，解下來一支十三節鞭。那隻山貓已被他弄死。他低頭看了看，說：「朋友，你不許動，我要搜搜你，還要審審你！我費了很大事，要獵一隻虎皮，要用一隻虎，教你攪了。」

汪青林聽明白了，也看明白了，笑了笑道：「你要用虎皮，我可以替你設法。你要問我，可以，不過我也要問問你。你要搜我，只怕你沒有那種本領，也沒那份仗勢！」兩個人說僵了，就要動手。汪青林聽師傅永明僧說過，江湖上頗多異人，故此他不願樹敵，就又說道：「朋友，這山不是你包下的，我要來就來，怎能算攪你？我本無心礙你的事，你何必擺這樣陣仗？告訴你，我也不是泛泛之輩，我聽說這山出了山魈，我是來拿山魈的，並非算計你。你不要小覷人，我們獵戶之中也有道上同源。」

狼皮人不聽那一套，掄十三節鞭就打。汪青林大怒，擺虎叉還招。兩

人一來一往，打了十幾個照面，那狼皮人陡然一退，喝聲：「住手！」汪青林無意尋隙，有心探奇，也就收了招，退後數步。

兩個人互相盤問，漸漸消釋戒心，化敵為友。問起來這狼皮人叫做紅蜂楊豹。

楊豹的武藝很高，談吐爽朗；汪青林久苦寂寞，忽逢武林同好，力求攀交。楊豹過著野人般的隱居生活，也是願交朋友的，而且很願意交結像汪青林這樣的朋友，希望他能對自己幫忙。譬如打聽附近山村的情形，找人做針線活計，拿獵來的野獸換食鹽、布匹，現在都可以煩轉汪青林代辦了。兩人由此締交，常常見面歡談。起初楊豹還似存有戒心，自經幾度深談，漸漸識透汪青林的為人，他就居然把汪青林引到自己隱居的祕洞裡去了，並引見了他另外一個同伴。這同伴也是外穿狼皮的，生得面目白皙，貌似女子，自通姓名叫銀蝶胡錚。其實是個女子，汪青林卻沒料到，當時笑說：「怪不得人說山中出了兩個山魈，原來是你們二位！又怨不得山中忽見白煙，是你們做飯吃啊！」兩人都笑了，說：「我們還不能生食，卻是一吃熟食，就起炊煙。我們沒辦法，只好深夜做飯，不料到底被人看見了，這真是口腹為累了。」

汪青林打聽楊豹因何離群獨居荒山，楊豹喟然長嘆，說是在故鄉為報家仇，殺死了土豪，弄得家敗人亡，一個人逃命在此。說起來似乎很痛心，不願細講，並堅囑汪青林不要洩漏他的形跡，汪青林也就不再多問了。兩人談到江湖上的事，紅蜂楊豹所知頗多。談到天下大事，楊豹滿腹憤世嫉俗的話，動不動就罵貪吏豪紳苛政如虎，並告訴汪青林，默察時勢，大亂將起，草野英雄應該咬緊牙齦，做一番事業，不要小看了自己。

因勸汪青林，既是河南人，應該把直南豫西的形勢險要暗暗勘察一

下，豫省草野豪傑也該隨時留心物色一下，交結交結。汪青林聽了，唯唯稱是。原來汪青林雖然有智有勇，胸中卻沒有這麼大的經綸，而且生計所迫，也離不開身。楊豹自己說到就做到，雖然隱居在深山，不時易服出遊，假裝皮貨商，祕密的到各處訪察地形，結納英豪。

兩人締交不久，桐柏山下各山村便出了變故。

那就是闖王已在陝西起兵，河南省地當衝要，明朝的征剿大軍雲集在直南豫西，從娘子關到潼關，竟堆滿了督師巡撫、提督軍門，弄得號令很不一致。這一位大帥徵調民夫，抓車抓騾；那一位大帥採辦糧秣，催獸賞犒。不但檄札地方官加緊催徵軍差，軍門校尉也隨便自行出來搜刮。頂要命的是監軍內官（太監），帶著數百名親兵如狼似虎，到處騷擾，不只打縣吏，鬧公堂，直接更向城鄉勒索，弄得人心惶惶，闖王的大兵還沒到，兩邊還沒開仗，本地的老百姓竟然開始逃難。

緊跟著大明官軍打了大敗仗，潰兵亂竄，姦淫焚掠，地面越加吃緊。緊跟著謠言大熾，「闖王的兵從北邊來了。」「闖王的兵從西邊來了。」明朝將領不知是人心怨恨，咒罵生謠，反而聽信探報，說豫西豫南各縣混進李闖王大批細作。駐防軍和地方官就亂騰騰的各處搜拿通賊的莠民和賊探，把已喪土田的貧農、已失本業的難民，自當賊辦，抓去了許多。監軍督師和地方大吏勾結，私自開徵錢糧，巧立名目，叫做犒餉，把老百姓按地畝按戶籍派捐，交不上犒餉的，就抓進衙門敲打，比正稅還緊急還嚴酷，連鄉村的里甲也因勸捐不力被抓進縣衙，捱了板子。

緊跟著又是一位大帥，發下諭札，要每縣徵發兩千名壯丁，隨軍充役；這二千名壯丁，限定內有皮匠若干名，縫工若干名，火夫馬伕若干名。另外單派到各山村的，還要二百名善射的獵戶，有的說要把獵戶改做

弓射手，撥入神臂弓弩營，當兵打仗。

　　同時另有一位監軍，又嚴命縣官向獵戶們徵催狼皮一千張，狐皮五百張，限十五天交清。說是給官價，但比市價少得太多，日限也太緊，由府傳到縣，由縣傳到桐柏山各山村，只剩八天限期了。

　　這麼硬擠，既抓人，又要錢，又要東西，各獵戶譁然怒罵。八天的限期轉眼就過去了，徵射手的剛剛查戶口、年貌，編花名冊，要獸皮的已經點貨計數，繳不足的開始往縣衙抓送罰辦了。幾位老師傅和汪青林的胞兄汪金林，都被押進縣牢，三日一追，五日一逼，個個受了官刑。

　　汪青林勃然大怒：「這可是官逼民反啊！」他便決計倡議抗徵。他向各獵戶、各山村鄰舍試行鼓動。他說出如今的朝政，太監專權，官貪吏污；他喊出了「抗苛徵，求民命」！但是，儘管人心浮動，人們儘管怨聲載道，揭竿舉義的勇氣還是不夠；一聽到「抗糧造反」，人人咋舌害怕，嚇得掩耳欲躲。他們眼光又淺短，他們只能痛恨那進村瞪眼的徵發吏，還不知恨到「苛政猛於虎」的真正病根上。汪青林年紀還輕，在本村人緣僅有，人望不足，似乎號召不動。他有智有勇，可是「造反」的經驗一點也沒有，講理服眾的口才也不行。他本來不大健談，他說一處，碰一處，人們倒說他忽然氣迷心瘋了。這一來，氣得汪青林大罵眾獵戶是懦夫。他到底不明白：「造反」二字太不受聽，人一聽就聯想到滅九族。他不懂得興革之際，倡義必先結眾，師出必須有名。

　　汪青林遊說失敗，無可如何，便另想辦法。「殺官造反」既不成，他要「劫牢縱囚」，去搭救自己的胞兄和難友。可是他本領盡大，一個人也不成，還得有幫手。他就想到了隱居東高峰的武林新友紅蜂楊豹，他的武功很好，識見廣，人果決，可以邀他和他的夥伴銀蝶胡錚拔刀相助。

汪青林就急急奔到東高峰山後峰洞窟，去找紅蜂楊豹。不意洞口用巨石亂封堵，看樣子，紅蜂楊豹和銀蝶胡錚離洞他往，非止一日了。汪青林連去了好幾趟，總沒碰見紅蜂楊豹。

　　無可奈何，只得搬開石封，鑽入洞內，題字留書，說明了自己的來意。然後重封洞窟，快快下山，回轉己家，悶悶的皺眉不語，自打劫牢救兄的主意。

　　這時軍門大人頒下檄札：向獵戶中抽丁頂補射手，必須加緊造冊，剋日開始抽拔。固縣縣尉親帶眾役，下鄉督辦抽丁，立刻弄得弊竇百出。冊上有名的獵戶，凡有暗中花錢的，都可以遞稟告病，暫行免役；多花錢更可以僱人頂替。很有些潰兵遊勇，過慣營混子生活的，自告奮勇，願意受僱替人頂名。

　　出賣壯丁，也是一樁好買賣，不過獵戶們多半窮苦，能花錢告病的，實在寥寥無幾。縣尉狠咬一口，竟吮不出很多的油水來，不禁氣破了膽。他就想出了壞招。凡獵戶花名冊上有名字的，由十八歲到四十五歲，應該十人中抽一丁，他偏偏不抽了，他按花名冊，照數全要。他說要解到軍門大營，由軍門大人親自驗明正身抽拔。這一弄使整個獵戶村莊，除了婦孺，幾乎一個不剩，全得帶去。他是設計擠油水，嚇詐獵戶，哪知道擠太狠，擠出禍水來了。

　　當下，山村中的鄉約里甲，被大坡嶺全村婦孺老翁堵上了門，匍地跪求，一片哭聲。有的壯丁就驚急無路，由哀懇轉為怒罵，擁在里甲門口罵街：「你就不會替鄉親們央求央求嗎？」

　　里甲彭鐵珊是個老實忠厚長者，看見村民哭的太慘，就對他們說：「我不是不求，我求不準，又奈何？你們不要亂嚷，我們大夥想想辦法，推幾

個人上衙門遞呈公稟罷。」

大家七言八語，就找到鄰村一個念書人，是個賦閒的幕客，名叫史青巖，請他代筆書寫公稟。史青巖為人慷慨，立刻答應了，匆匆寫好稟帖，親自找到里甲彭鐵珊，商量公推父老上書的辦法。大家傳觀著公稟，一面聯名，按箕鬥，找這個，推那個。正在忙亂，那催徵狼皮狐皮的差官也來了，他是監軍內官的親信，比縣尉還氣粗。一進村，就找鄉約，尋里甲，罵罵咧咧，只幾句話，就瞪眼睛，揚起了皮鞭，把彭鐵珊打傷。

彭鐵珊再三央告：「上差老爺暫請息怒，我們這村裡正在為難。

你們老爺叫獵戶交獸皮，縣衙那邊卻要徵調獵戶，全數抽調。

老爺請想，人都抓走了，沒人打獵，哪裡來的狐皮狼皮呀？我們這裡正推父老，進城遞稟……」就舉著那稟帖給上差老爺看。上差老爺勃然大怒，罵道：「你拿縣衙門嚇我！你怕區區七品縣官，就不怕我們內宮監軍大人嗎？」信手把公稟撕碎，還追究誰出的主意，誰起的稿！

里甲家裡鬧得沸沸騰騰，許多婦孺嚇哭了，往外亂跑。外面立刻聚集了許多壯丁，人多勢眾亂喊亂叫。

上差破口大罵：「你們要造反……」

忽有一人厲聲還罵：「官逼民反！你們又抓人，又要東西，你們不叫老百姓活命！」

「打，打，打！」

不知道誰喊了幾聲，人心正忿，一些年輕的獵戶們竟不顧一切，七手八腳，打傷了監軍內官手下的差官老爺，登時嚇跑了縣尉。那縣尉正在鄰村另一個里甲家吃酒，聽見聲息不對，騎了馬溜了。

那差官，起初氣焰很凶，捱了打，軟了下來，竟跪在地上告饒，再三

說：「官差不由己，這並不怨我。」年輕獵戶們不識輕重，就乘機要挾差官答應免徵獸皮，差官信口說好話，回答：「我回去一定懇求上邊免徵。」他說的太容易了，老成的獵戶倒後怕起來，忙把差官抬到屋中，給他裹傷，說好話，納賄賂，請他恕罪幫忙求情。差官滿口答應，可是要求里甲們護送他脫險回營。

老獵戶們信以為實，那個賦閒幕客史青巖卻暗暗的懷疑起來，找到彭鐵珊，私議應付之法。若把差官放走，現在他臉上帶傷，上邊問下來，就是毆辱官差，罪名很不小。現在你只看他滿臉賠笑，其實他怨恨在心，放走了他，就好比放虎歸山，留神他反噬一口！

一個獵戶就抱怨年輕人，不該行凶。史青巖搖頭道：「過去的事，埋怨也無用，現在究竟放他不放？」

但是，不放又待如何？「把他殺了！」那豈不是殺官造反？

「扣留下他？」留到何時是一站呢？那麼，「哀求他，怎麼樣？」

可是他當面許下說好話，回去後他若不說好話，又待如何？這可真真作了難了！

打人時汪青林也在場，而且喊打喊得最凶就是他，他忍不住冷笑道：「另外還有一個縣尉，是叫我們嚇跑的！你們花錢堵住差官的嘴，卻堵不住縣尉的嘴。鄉親們，那差官狐假虎威，厲害慣了，你們妄想打哭他，再鬨笑了他，多多行賄，就可以免禍？鄉親們，我們掄起拳頭聚眾毆打官差的時候，我們已經算是犯了法，變成抗徵的反叛了，反叛的罪就是滅門抄家，一個個得殺。你們好好的盤算一下，官逼民反，我們沒有多少活路，活路僅僅一條……」他暗示著唯有「造反」，才能保命。

這種話更把大家嚇傻了！大家齊望著做過幕客的史青巖，問他：「這

話可對？」汪青林年紀輕，大家還是信不及他。史青巖是識文斷字的人，懂得律條。大家連聲的問，史青巖閉目搖頭，半晌才說：「我們是大禍已經臨頭了，我們必得趕快想法。

現在，除了棄家逃命，恐怕只有兩條道好走……」

大家問：「哪兩條道？」

史青巖很愁苦的說：「一條就是汪青林所說的話，死中求活，我們就……」講到「造反」二字，還是疑畏不敢出口，他就嚇住了，改轉話頭，「另一條是兩面行賄，我們大家破產斂錢，買住了差官，叫他承認沒捱打，臉上的傷是自己碰破的。

同時我們帶更多的錢，火速進城，求見縣尉，也買住他的嘴，不叫他洩漏我們聚眾毆差的事。」說到這裡，大家說對，史青巖卻嘆氣道：「這只是暫免一時之禍，那動千的獸皮，上百的射手，還是擠得人沒法活啊！」

里甲彭鐵珊雖然捱了打，他是主張兩面行賄的。他比汪青林有聲望，大家信服他的見解。獵戶們就忙著斂錢，公推彭鐵珊和史青巖進城行賄並遞稟。另外又推出人來，去穩住了捱打的差官。

汪青林微微冷笑，退出來尋思一回，便去找里甲彭鐵珊的本家彭鐵印，細說這事。彭鐵印勃然變色，大不以為然，他慌忙派人去追，已經追不上了。他就很憂愁的向汪青林說：「我們打了差官，我們不逃命，就得拚命，除此以外，別無妙著！」

汪青林把眼一瞪道：「對，我們得拼！」怎麼拼法呢？兩人計議了一下，循著「逼上梁山」的路子，頭一步就是糾眾，第二就是結盟，第三步自然是舉義了。兩人火速的著手，分頭找人曉喻利害。汪青林和彭鐵印都沒有閱歷，也沒有口才，他們不能用一針見血的話打掉人們畏懼苟安的

心。一連兩天，人們還是聽動靜，看苗頭。

　　彭鐵珊、史青巖兩人進城行賄求情，一去沒回來。明知情形不妥，年
長老成的獵戶們仍勸大家稍安毋躁，可以先找個人進城探探吉凶，有人就
想到汪青林，他的胞兄押在縣監，不妨催他去探監，順便打聽一切。汪青
林以為彭、史二人一去無下落，禍苗已見，進城往返好幾天，把什麼事都
誤了。進城探信他敬謝不敏，請另煩別人，他一定要留在山村，暗有所
為。他好似熱鍋螞蟻，比別人還著急，可是他的話，別人多不肯信。

　　就在這時候，那個山居獵牲的隱士，紅蜂楊豹忽然出現了，在夜闌人
靜時潛入汪家，跳窗進屋，推醒了剛剛睡熟的汪青林。

　　江青林嚇了一跳，黑屋裡幾乎動手。等到通了姓名，聽出口音，汪青
林仍然點燈，認一認面貌。楊豹攔阻他點燈，當然攔不住。在燈光下，兩
人對了盤，這才看出楊豹早不是狼皮人物的怪打扮了，換穿著一身黑色夜
行衣靠，背插單刀，面騰殺氣，向汪青林低叫道：「江二哥你留的字，我
見到了。現在我有急事，我是剛回來，我要煩你幫忙……」

　　汪青林不容楊豹細講，就拉住楊豹的雙手，說道：「楊老兄你才來，
你可盼死我了。你真是未卜先知，你的話比算卦還靈。你怎麼就看出來，
我們河南將有兵災？你可知道現在抓丁，我胞兄已經押在縣牢？你可知道
我們這小小山村大禍臨頭……」

　　他並不問楊豹是怎樣跳牆進來的，是幹什麼進來的，他滔滔的說起自
家的飛禍和本村的飛禍。等到說完畢，聽清楚，紅蜂楊豹軒眉答道：「好，
好，好！」

　　三個「好」字，扎得汪青林大大不悅，反詰道：「楊老兄，你怎麼幸災
樂禍？我盼星宿，盼月亮，盼你來給我拿個準主意，你怎麼忘了早先我們

談過的那些話了？」

紅蜂楊豹慌忙抱拳說：「小弟失言了！我說『好』，乃是說我們的大事，機運成熟了。告訴你，汪二哥，你當我是什麼樣的一個人？我其實就是一員闖將！我就是奉命入豫潛伏，暗中聯繫江湖好漢，布置分兵舉義的闖王別部豫軍先鋒。我們現在就要祕傳綠林箭，糾合豫西群雄，買通各路明兵，裡應外合，奪取潼關，給我們闖王開道。汪二哥，你的機會也到了！」

汪青林一聽這話，瞪大了眼。他萬想不到楊豹是個闖將，是要顛覆明朝秕政的一個「反叛」！

楊豹道：「汪二哥，你們獵戶們打了差官，你們不堪地方官苛徵暴斂，你們要殺官造反。你們是因為官逼民反，沒了活路，這才為了逃活命，才要拚命。你們的力量太單薄了。你們的前程，也就是『上梁山』，當強盜，苟且偷活，然後等候招安。請恕我口實，那樣子依然活不成，受招安的盜群遲早是要被官軍誘殺的。要想保活命，只有跟闖王。要想成大事，必得認清了，誰是我們的真對頭！」

汪青林道：「這話怎麼講？」

楊豹道：「這話太好講了。我們都是苦哈哈的窮小子，我們種地，打獵、扛活、耍手藝，遇上好年成，剛剛不挨餓罷了。他們豪家不納糧，我們得納糧；他們闊人不抽丁，我們得抽丁。既然徵糧秣，徵狼皮，就別再抓人了，可是他們東西也要人也抓；他們並不管抓了人，哪裡再弄東西來？他們就是不管窮人的死活。可是你們光知道那些貪官污吏，恨那催租吏和抓丁要東西的差官；錯了，他們不過是狗腿子。你們要往上看，朝廷上坐著一群虎狼哩！」

汪青林不耐煩起來，搶著說道：「你不要講這些話了，這些話我全懂，

我這幾天對他們講的也是這些個。我現在為難的是：殺賊官也罷，跟闖王也罷，頭一步總得先糾合大眾我就糾合不起來。楊老兄，你可有什麼好的訣竅，能夠幾句話把這群遲疑不決的膽小鄉親們說服了，立刻叫他們站起來，跟著我們走嗎？」

楊豹笑了，把大指一挑道：「汪二哥，你真成，你曉得糾眾嘍，其實你已經找到訣竅了。要糾合大眾，只有一個妙著，就是『只帶頭，莫作主』。你去苦勸大家跟著你走，一定費話多，效驗小；你不如靜等大家走投無路，反而跑過來，央求你領道，那就大功告成了。可是你得有幫手。先找那最窮最急、年輕氣衝和你脾氣相投的小夥子，暗地聯結好了。然後再想一想：在你們本鄉本土，出頭露臉、有聲望、大家都看得起、肯聽他的話，都有誰？還有安分守己、出名老實、最不喜多事的，都有誰？請你把這兩種人，引見給我會卜一會。我願憑三寸不爛之舌，先把他們說動。若能拉住了投脾氣的人，把這最有人望和最不慣多事的兩種人都煽動了，跟我們走，那麼人家一個全不剩，都要跟我們走了。」接著又說道，「你的鄉親們有心抗徵，而疑畏不決，骨子裡不淨是怕事，實在乃是猜想全村力量太小，倘有不利，就不免家敗人亡。你不妨痛快告訴他們：現在闖王部將，在太室山少室山埋伏著大兵，可以做你們的接應。你再告訴他們，事成就攻占城邑，顛覆虐政；事不利，還可以攜老帶小遁入深山，獵食自活。」

汪青林十分高興，緊握著楊豹的手道：「楊老兄，想不到你講的這麼漂亮。現在我就去把我們村中的頭腦人物邀來，和你見面。真是英雄所見略同，我也是忙著先找幫手，我的幫手跟我投脾氣的，名叫彭鐵印，是本村里甲的本家，另外還有幾個年輕獵戶。我吃虧就是太年輕，他們把我當成小孩子，肯聽我話的就只有彭鐵印他們寥寥幾個人。現在既有楊老兄的這個外援，我們算作闖將，通通跟了闖王走，這力量就大了。」

　　兩人密談通宵，捱到天剛亮，汪青林便把彭鐵印和兩三個少壯獵戶邀來。紅蜂楊豹也把他的幫手邀來一個。這個幫手名叫快馬何少良，年紀頂輕，剛剛二十三四歲，可是他竟有本領，嘯聚了一群亡命徒，潛伏在豫西山中，不時出來打搶軍糧輜重。他原是一個逃兵，他殺了帶兵的千總，帶了十幾個弟兄落草為盜，夥盜漸漸擴張到五六十名。官軍幾次剿他都沒有剿著，因為官軍來了，他就跑；官軍剛走，他又抄後路，劫官軍的糧餉。因此，他年紀雖小，威名很大，紅蜂楊豹最近才糾合了他，他就加入了闖王的隊伍。

　　當下，汪青林、彭鐵印、紅蜂楊豹、何少良和兩三個獵戶，在山村外偏僻地方會見。起初彭鐵印等總去不掉疑慮之情。及至雙方會見，楊豹說他手下有六七十人，何少良說他手下有五六十人，再在獵戶中物色幾十人，湊足二百名健兒，便可揭旗舉義了。何少良這個年輕人氣派竟這麼狂俠豪邁，把明朝的時政和軍威罵了個狗血噴頭，一文不值。他說：「老鄉，我們要想活，就得把腦袋提在手心裡。你若把腦袋好好擺在腔子上，你可就遲早要挨刀。」他正色告訴彭鐵印：「你不要怕官軍剿匪，官軍人數儘管多，只一跟我們綠林朋友交手，立刻要潰敗，再不然就嘩變。他們的本領就是會清鄉，欺負你們鄉下老百姓。」

　　何少良這少年大刀闊斧，信口一講，把獵戶們反抗的烈焰燃燒起來。彭鐵印和汪青林先後又勾來十幾個獵戶，大家歃血結盟。結盟之後，又由這十幾個獵戶再招來二十多個同行。算了算，全數足夠一百七八十名，楊豹道：「人數夠了！現在我們趕快布置起兵。」

　　楊豹、快馬何少良、汪青林等，因彭鐵印居長，便公推為盟長，請他發號施令，布置一切。彭鐵印推辭不開，就掐著指頭，算計起義的事務。他說道：「我可是外行，我說的對不對，大家要不客氣的糾正我。」他以為

舉義之事，第一應該趕造旗幟；第二應該備辦大批弓箭遠攻之器；第三該備置一色的長矛砍刀，第四該造義師的軍裝甲冑，要一律紅巾短鎧青衣褲，並定名闖王豫軍先鋒營，該推定領軍主將……彭鐵甲說著，汪青林唯唯稱是，楊豹微微搖頭，快馬何少良卻不禁呵呵的笑了起來，道：「彭大哥，別胡鬧了，你當是督練正規官軍防營嗎？我們這是祕密舉義的民兵，從哪裡去弄那麼講究、那麼排場的軍裝旗號？」彭鐵印也自失笑道：「依你之見呢？」何少良道：「依我之見，我們各就便宜，分為三隊，每隊一個領軍主將，一個副將；每個義兵有什麼穿什麼，只要各繫紅巾一條，作為標識，認得出自己人就夠。兵器不拘，弓箭刀矛如果不夠，使用木棍子，一頭釘上幾個大鐵釘子，做成鐵骨朵狼牙棒，能擊敵就好，這東西最容易造；不過每人得有一把刀，短刀匕首全能用。每隊還必須有一桿起義紅旗，另外還要浩幾桿白旗，上面寫著幾個大字，什麼『官逼民反』，什麼『抗糧求活』，什麼『殺賊官，救窮命』……熱熱鬧鬧便成了！」在盟的人同聲說好：「他們梁山泊就有替天行道杏黃旗，我們也應該有。」楊豹忙道：「千萬寫上『跟闖王不納糧』。」汪青林道：「那個自然。」彭鐵印就問大家：「這紅旗白旗怎樣製法？」楊、何二人說，他們的部下盟友都早有預備，現在只請獵戶盟友趕辦齊了，就夠了。汪青林皺眉道：「我嫂子膽子小，我胞兄現時在押，她不肯做。」彭鐵印忙道：「這個交給我。」

然後大家談論在何處、由哪天開始動手？祕商了一陣，有人主張把紅蜂楊豹、銀蝶胡錚、何少良所部盟友一百數十名，乘夜都調到大坡嶺獵戶山村，擇吉於五更破曉，祭旗起兵；有人主張潛師襲攻固縣縣城，殺官占衙，劫牢縱囚，把彭鐵珊、史青巖、汪青林的胞兄汪金林和別的獵戶都救出來，就拿這固縣縣城，作為義兵的根據地，然後分兵略地，向外擴充套件，這是彭鐵印和汪青林的意見，他們切盼盟友舉義之先，把自己親眷先

營救出來。紅蜂楊豹連連搖手說：「不行，不好！這麼一弄，攻城據地，明朝的河南軍門必然以亂民攻城造反奏報朝廷，把我們當作闖將，必然招來大軍圍剿。」快馬何少良反駁道：「我們難道不是闖將？」楊豹道：「對呀，但是，我們就是闖將，也應該假裝土寇小股。我們可以占山起義，卻不能攻占城池。替明朝地方官設想，土寇占山毀不了他們的前程，反叛攻陷城池，他們罪就大了。我以為我們起兵之處，千萬別惹官軍側目，叫他們把我們看成毫無大志的尋常山寇，最為上策。然後我們立定了腳跟，再乘機擴張⋯⋯」

大家全誇讚道：「這主意真高，我們就這麼做。」彭鐵印道：「諸位盟友，楊仁兄年紀輕，足智多謀，我看我們就請他當盟長，我實在不成。」

銀蝶胡錚忙攔道：「這話隨後再講。你要知道，盟主不是謀主，楊仁兄主意高，就叫他當諸葛亮，你還是桃園老大哥，現在我們還是趕緊商定起兵的方略。我以為攻城占山，全不好⋯⋯」她主張孤軍不該獨戰，應該糾集一切兵力，襲擊豫西剿寇大營，要乘虛搗瑕，勝則直進，敗則繞走，曲折奔西去，藉以響應闖王攻取潼關。

這個方略最對，紅蜂楊豹首先贊同。快馬何少良也說好，彭鐵印、汪青林卻仍提出了襲縣城救親眷的主見，懇請盟友仗義拔刀，獵戶們全都幫腔。楊豹頓時省悟，若要糾集這群獵戶，劫牢救人必須做一下。大家商量了一陣，決定首先襲攻固縣縣城，劫牢縱囚，據守四門，佯做占城，等到各路官軍來攻，就立即棄城上山，繞路且戰且走，先向東，轉向西，務必進取豫西，和攻潼關的闖將互相策應。這個起義方略面面顧到，大家全部認可，就這麼決定了。

不料他們剛剛要派人潛往固縣縣城臥底，官軍已先調隊到山村抓人來了。

第三章
暗箭飄飄城牆內人翻馬倒，
刀光閃閃衙門裡色變心驚

　　那捱打的官差和嚇跑的縣尉果然稟報上司，說大坡嶺各村獵戶抗差毆吏。他們口下留德，還沒把獵戶們說成叛賊。可是就這樣，已經夠了。剿寇軍門大營調了一百多名兵，會同地方官，督率番役，馳向山村，以阻撓「軍興」（軍興法就是後世所說的動員令）的罪名，前來捉拿為首之人，彭鐵印也在被抓之列。官軍的打算，是用一百名兵把住村口，用二十名兵，協同番役，進村挨戶抓人。可是他們這一隊兵距離山村尚遠，已被山村獵戶們看出來了，小探了「耳報神」——獵人村的小孩們亂跑著送信：「不好啦，大兵抓差來了！」

　　這時候，紅蜂楊豹和汪青林正好潛藏在彭鐵印家，祕密布置起義。他們當然不肯就逮，決計拒捕。他們掩上了大門，有的持弓弩登高上房，有的提兵刃跳牆傳信。當官軍剛剛掩到村中，剛剛抓了兩三個獵戶，紅蜂楊豹護著彭鐵印突然在神廟廟頂出現，手拿弓箭，豎起了一桿大紅旗，大聲呼喊：「官逼民反，老鄉拚命吧！」身邊還有兩個少年，敲起銅鑼。汪青林就分從別路發動了二十多名加盟的獵戶，舉虎叉、鳥槍，四面八方的攢擊出來。

　　鑼聲嘭嘭，喊殺聲震天，獵戶和官軍打起來。快馬何少良和銀蝶胡錚各率領盟友，潛伏在近山，立刻得到急報（是兩個小牧童跑去送信，彭鐵

印、楊豹又連射出幾支響箭)。何胡二人就馬上率部馳來援應。

這一戰，獵戶們使出來叉狼、打虎、射鵰的本領，與快馬何少良的山林響馬隊、銀蝶胡錚率領的紅蜂游俠隊，裡應外合，把官兵殺死、殺傷、生擒共四十多個。潰逃的七十多個被獵戶隊、響馬隊、游俠隊截追，幾乎沒一個得脫，全遭生俘，剝去軍裝，作一串捆起來。僅僅逃走的幾個兵，也不敢歸營，變成潰軍遊勇了。帶隊的千總中箭陣亡，把總被汪青林叉傷活捉，一名縣吏被何少良打倒活擒，居然弄了一個全軍覆沒。可是這一戰變起倉促，把彭鐵印、楊豹他們預先布置的方略，滿盤攪亂了。但也獲得意外的功果，那就是加盟的獵戶，起初才寥寥四十來個，這一拚命拒捕，整個山村獵戶通通變成了反叛，就想再當順民也不成了。前後三座獵戶村二百多戶，男婦大小九百多口，勢不由己，都加入了戕官抗差的義盟。

彭鐵印、楊豹、汪青林、何少良等急忙決策，山村不能守，推出盟友，把婦孺老弱盡量送入深山，託庇到快馬何少良的盜巢，搭起獵帳暫住。把少壯獵戶二百來個，一齊編入義盟部隊，這一下就湊足了四百名勁兵。生俘的官軍，經過粗粗的訊問，挑選了三十多名未成丁的少年。這都是由外縣農村抓來當兵的，問明他們願意跟隨義軍，就把他們分散開編入軍中，可是暫不發給兵器。其餘的官兵，感染兵油子、營混子習氣太深的，就押入山中，編管起來，給義盟當夫。

義盟一面揭起了闖王義師豫軍先鋒營的大旗，一面揭起了「官逼民反」「抗糧求活」的白旗，藉此吸引軍民貧農入伍。更由盟友中挑選年輕精幹的十幾人，喬裝四出，刺探官軍的動靜。義軍的主力大隊，即由彭鐵印、快馬何少良，銀蝶胡錚三人率領，共選拔了驍勇善鬥的響馬隊、紅蜂隊各六十名，從少壯的獵戶中選拔了火槍手、弓箭手、飛叉手共八十名。這二百名盟友是義軍精銳，就將所俘官軍的軍裝，悉數剝下來，交義軍換

穿上，這就有一百二十人扮成假官軍了。剩下沒有衣甲的，便假扮作被抓的壯丁，混在隊中，算是被官軍押解著。他們定了詐城之計，他們威嚇那受傷被擒的把總和縣吏，要他倆詐開城門，將來推他們為領袖。

紅蜂楊豹和汪青林，這兩個人就率領二十幾個身手矯健的綠林好漢，有著飛簷走壁本領的，全改裝扮成小販，分兩撥設法混入固縣縣城，作為內應，並布置劫牢救囚的事情。其餘的盟友便留守山村，作為後應。

楊豹、汪青林，頭一撥一共二十一個人，火速進城臥底，很容易的混進去了，便跟那先一步進城探看吉凶的四個獵戶見面了。因縣城裡的情形不大好，出來進去的官兵很多，看出剿寇軍事吃緊來了。這義盟頭撥臥底的二十一個人，和先來的四個人，趕緊刺探，趕緊布置劫牢。他們費了很大的事，只探出汪青林之兄汪金林和別的獵戶還押在縣監，至於進城遞稟行賄的里甲彭鐵珊和幕客史青巖，這二人的下落竟沒探明。原來這兩人已被縣尉小題大做，解到監軍內官那裡去了，正在受毒刑，拷問他們是否與闖王通氣。

二十五個臥底的盟友，預備劫牢；另有第二撥十八個人卻被截在城外，未能混入，現在僅有他們二十五個人，感到人力不足。汪青林救兄情切，力懇乘夜動手。紅蜂楊豹沒法勸阻，答應他入夜結伴搜監勘道，相機而動。

事機太促迫，外面的詐城，裡面的劫牢，竟未得呼應，反生出妨害。那快馬何少良、銀蝶胡錚率領喬裝的官軍，乘夜前來詐城，押著那把總和縣吏對城門大聲吆喝：「已經把山村抗差的獵戶抓到了！」力催守城吏卒開鎖放入。守城吏卒不知怎的，覺出不對勁來，竟登上城樓，挑燈答話，說已奉到嚴令，來軍沒有口令，必須等到五更「收更」，才許開城放入。辦案回營的官軍，請委屈在城廂外暫駐紮兩個更次罷，好在這就天明。怎麼

對付，也不肯開鎖。何少良大怒，黑影裡，扣弓搭箭，嗖的一下，把守城吏射倒一個，暴喊一聲：「攻！」硬攻起城門來。守城吏卒大驚抵拒，七零八落射出許多箭，同時派人馳報長官。其實守城門的吏卒，每座城門夜班才十幾名，又分上下班，有兩尊火炮，炮手總是夜晚回家睡覺。雖然局勢這麼吃緊，城防還是這麼稀鬆。快馬何少良一馬當先，越過了護城壕，銀蝶胡錚、彭鐵印也督軍急上，那護城壕既沒有水，吊橋也沒有撤，義軍全隊很容易直逼到城門洞。

那精擅夜行術的義軍盟友，就在黑影暗隅設法爬城。那義軍大隊驟攻不得手，何少良急命部下，從城廂外關帝廟尋到丈餘長的階石，由四個人兜住石條，悠蕩起來，一、二、三，猛往照城門一撞，連撞數下，半朽的城門扇破裂了，先鋒隊衝進去，很快的進撲甕城！

稍為遲了一步，防營一部分夜巡隊已然聞警趕來。何少良攻破一道城門，甕城還有一道門，被這馳援而來的夜巡隊扼住，立刻蝗石亂箭如雨下。甕城的義軍仍想奮勇砸城，就密如蟻群似的，硬攻硬上，不覺的前鋒受挫。快馬何少良不會攻城。官軍這時仍沒有炮手，帶隊的兵官卻是員勇將，他自己硬來裝火藥，點火繩，轟然一聲，炮子凌空平打到城外，兵官也被震倒。卻是這一響，把義軍獵戶嚇了一跳，他們會放火槍，懂得火器的厲害，他們狂喊：「快臥倒！快躲！」

彭鐵印的坐馬被炮聲嚇驚，亂跳亂蹦，踩傷自己。快馬何少良勃然大怒，振吭大喊：「我們的鳥槍隊呢？還不快還攻！」

義軍中的四桿鳥槍已然對好了，燃著火繩，也就轟然的連響數聲，往城頭打去。黑影中，亂喊、亂叫、亂打，只有鳥槍的火光，衝破了黑暗，可是仍然分不清敵友。就在摸黑相持中，義軍的爬城隊由銀蝶胡錚指揮，

已在城隅暗處攀上去四人，摔死一人。攀上去的人緊跟著用繩牽引下面的盟友，很快的牽上去三四十人。他們立刻從城頭摸殺過來。高低上下夾攻，官軍大亂。

增援的夜巡隊其實只有二十幾人，倉促間不知敵我眾寡，很打了一陣硬仗。卻在火器上下轟擊、義軍結隊喊殺之下，官軍頓時氣懾，有幾個兵丁首先叫喊：「賊兵攻進來了！」立刻引得全隊喪膽，紛紛棄城，從棧道奔跑下去。

銀蝶胡錚、快馬何少良、彭鐵印的步騎大隊和爬城隊，分從兩路殺入固縣的西城門，會師在一處，然後沿西大街直奔縣衙。固縣西門官軍失守，夜巡隊兵官陣亡。

可是縣城中，卻實實駐有監軍內官和他的親兵營三百多名勁卒，和省城新調來增防備寇的官兵四百多名，還有本縣守備標下的二百名兵，還有丁壯，縣城北境還有剿寇軍門標下的一支兵。這些官兵縱有空額（例如層層上報吃的空餉，總爺公館門丁虛補著的兵名，這都是空額，只有點名放餉時，人數才湊足），又頗有老弱，戰力盡小，但兵額比義軍多得多。卻不料當「強寇攻城」的警報還未傳到，那監軍內官占住了縣官正衙，縣官退居二衙，正睡的昏天黑地，突然被大砲鳥槍震醒。

他們立刻派探子出去剌探吉凶。還沒等探子回來，那監軍內官竟嚇得待不住，立刻要由親兵護送他，要開北城門，投奔城外大營，以防不測。他這麼慌慌張張要走，縣衙上下人等全都騷動。又望見西門火起，喊殺聲歷歷傳來，不知是誰，首先喊了一聲：「不好了，反賊殺進來了！」立刻縣衙內外有人接聲亂喊起來：「闖王殺進來了，闖王人軍全殺進來了！」

縣衙後街草料場也起了火，縣牢也炸了獄，固縣縣城已然大亂。那監

軍內官率親兵，頭一撥奔北門跑了。他這引頭一跑，影響太不小，那把守北門的吏卒，向他要口令，開鎖開得稍慢，被他的親兵揮刀砍了兩名守城卒，於是北門大開，沒人管了。

縣太爺夫妻帶著親信，第二撥也奔北門，跑出城外。縣衙吏員皂隸，第三撥也跑了，卻不敢跑遠，就近散到附近民宅，縣尉典史也在內，都藏起來，聽動靜，等天明。

攻城義軍還沒到，縣衙已然擺好了空城計。這正是進城臥底的義軍紅蜂楊豹、汪青林的奇功妙計。他們放了一把火，喊了幾陣，就嚇跑三百名內官親軍。他們乘虛占了縣衙，跟著搶奔縣牢。縣牢已然炸了獄。有幾個強悍的囚犯，本是積年大盜，大概他們早有越獄的打算，外面一亂，他們不知用何方法，砸開了腳鐐手銬，打死牢頭，開釋了難友，紛紛衝殺出來。這些難友有的掙斷了刑具，有的帶著鐵鏈，掙命往外跑。

偏偏守備標兵不知縣令已逃，縣衙已空，竟由守備率領，奔來護衙護獄，劈頭正和炸獄的亡命徒碰上。亡命徒如狼似虎，上前扭奪官軍的兵器。無如他們囚禁已久，腿軟氣虛，卻是紅了眼，硬上前拚命，兩邊衝突得很厲害，喊聲震天。汪青林在獄中尋兄不見，火速追出來，登時幫助囚犯，與守備標下兵打起巷戰。守標兵鬥力不強，很快的被打散。

另一方面，那紅蜂楊豹很快的率臥底盟友馳奔城西，去接應攻城義軍，卻劈頭遇上省會調來的駐防官軍，雙方很激烈的打起來。紅蜂楊豹帶的人少，全憑武功迅捷，卻眾寡相懸太遠，終被包圍。正在不支，快馬何少良已率騎隊衝到，彭鐵印率步隊也緊緊趕來，齊聲吶喊，上前搏戰，防營帶兵官見勢不利，倏然撤退下去，他還想奔赴大營，已經來不及了。銀蝶胡錚率游俠健兒已經繞道抄了官軍的後路。官軍敗勢已成，義軍士氣大

振，霎時間如狂風掃落葉，數百名防營兵也全被打散。

固縣縣城內除了敗殘兵，已不見官軍主力。紅蜂楊豹和汪青林，會合了快馬何少良、銀蝶胡錚、彭鐵印，占領了全城；派部守住城門，大隊立刻開始搜縣牢，救難友，查街巷，拿潰兵；砸開了官庫和糧倉，預備把庫銀和官糧一半賑貧，一半運走。卻是救人之事，遍搜之後，只救出里甲彭鐵珊和那退職幕客史青巖。汪青林的胞兄汪金林，炸獄時衝出監牢，竟死在亂軍混戰之中。彭鐵珊幸而得救，終因年紀大，受了刑訊，不久殞命了，以此越增加了汪青林、彭鐵印的悲痛、憤恨。

幾個起義的首領，不意一戰成功，在縣衙相會賀功，並商大計。快馬何少良少年狂俠，不脫梁山泊的作風。他總忘不掉占山為王的想法，此時攻下縣城，不禁小覷了官軍，就要拿固縣縣衙做國都大王殿，恨不得立刻稱孤道寡。他毫不做作，脫口發話，要推紅蜂楊豹為大大王，自為二大王，汪青林為三大王，銀蝶胡錚為四大王。彭鐵印戰功不著，應為五大王；史青巖通文墨而無戰功，可以派了做幕府軍師。他又鬧著找縣廚師，找肉舖飯館，要大開慶功筵。

何少良這番主張，彭鐵印力持謙退，怎樣辦都好；汪青林痛心兄死，信口唯唯。銀蝶胡錚忍不住怫然反駁：「固縣孤城難守，我們先不要稱孤道寡，亂擬官制，還是趕快規劃戰守之計要緊。官軍雖然敗走，難道他們不會攻回來嗎？」何少良道：「不當大王就罷，可是我們要成大事，打官軍，沒有頭腦人，行嗎？」紅蜂楊豹忙道：「何賢弟說的很對，我們總得有領袖才好辦事。不過我們幾個人，自己封自己，總不大好，還得問問大家。」

當下獵戶、響馬、紅蜂隊三方面會盟，公推領袖。獵戶隊就公推彭鐵

印、汪青林；響馬隊就推舉快馬何少良和他的副手郭占元；紅蜂隊也就推舉了紅蜂楊豹、銀蝶胡錚。末後這六位英雄計功、敘齒，終於推定了年長而首揭義旗的彭鐵印和多謀而糾合大眾的紅蜂楊豹為總領隊，以下便是何少良、汪青林、胡錚、郭占元為四個副領袖，史青巖為軍師。跟著遍告大眾，眾議僉同，便寫下盟單，依次序位，同飲血酒，誓共生死。楊豹看出何少良有些不悅，又特向他解說了一番：「我們起義，全靠這些獵戶發難，我們必須暖住他們。彭鐵印大哥既是獵戶們最信服的人，為人又很慷慨，又肯出頭，我們必須推他為首。你我弟兄受盡苦難，欲成大事，何必爭先為首呢？」何少良沉吟半晌道：「楊二哥既說好，我依著辦就是了。」

首領推定，跟著會商今後大計。有的主張據守縣城，分兵略地；有的主張火速退出城外，劫糧上山；有的主張率隊往西攻，跟闖王的兵聯上；有的說我們人究竟太少，還得多多招攬草莽人物。何少良又拿出一個主意，既圖大事，宜增兵力，他要把固縣的壯丁一律編入義軍。汪青林懍然屬色道：「那可不好，我們獵戶這回起義，就是因為官軍強行抓丁，才激起民變的。」

總領袖彭鐵印、軍師史青巖想出一策，仍用楊豹所擬的闖王豫軍先鋒營的名號，出一張「招賢榜」，內說義軍抗虐政、舉義兵、廣招賢才、共立大功、為民除害云云。楊豹連聲誇好，又道：「我們不但要出榜招賢，我們還要出榜安民呢。就請史先生大筆一揮罷。」

史青巖立刻寫了安民布告和招賢榜，把據城起義的原委敘說明白，又打著闖王別隊的名號。這榜文一貼出去，居然招來有本領的壯士二十多個，又引來數百名窮漢。

彭、楊、何、汪、胡、郭六位首領大喜，一齊出來問話，把這些投效

的壯士,當面驗問所長,全都留下,編入了義軍。

那數百名窮漢,也都分頭問了問,凡是年紀輕、有力氣、能打仗和有一技之長,確是至至誠誠,內中就有會打鐵的,可用他造兵器;也有會縫衣的,可用他做軍裝。

其餘選不上的,倒不儘是老弱,原來他們投奔義軍,不是為了反苛政、抗官糧,而是為了殺賊官、除惡霸,控告酷吏和土豪對他們的殘害。他們是以投效為名,實在是來喊冤告狀。

他們看到安民招賢榜說義軍是闖王的部屬,他們這些窮人早就聽說闖王是打著抗糧救民、除暴安良的旗號,對窮人最好、對大戶大官不客氣的好人。這些窮漢受盡了官紳的氣,現在他們要報復。他們向彭、楊等控告本城的紳豪,並檢舉縣吏潛藏的地方,要求義軍將領也學闖王,開堂審問榨取窮人血汗的財主和紳閥;又向義軍稟報,城外某處還有小股官軍潛伏,鄰縣某處還有大批官軍駐防……義軍六位首領聽了這話,趕緊定下規分頭辦事的方法。立刻公推彭鐵印、汪青林、胡錚、史青巖,辦理「安民」「整軍」和「放告」「傳檄」的事,把投效的人安插好了,遂貼出「放告申冤」的告示,派出義軍和當地人一面傳本城父老細問疾苦,一面抓贓官和土豪。彭鐵印和史青巖都要嘗一嘗過堂問案的滋味。汪青林和胡錚自去教練投效新軍的武功。

另一方面紅蜂楊豹和快馬何少良就專辦「軍務」。一面設防放哨,一面刺探縣北境官軍的動靜,準備出征或禦敵。不料官軍一見監軍內官逃來,縣城已經失守,竟不敢進剿,反而退出數十里,到大營告急去了。義軍便又選拔了數十人,化裝成難民,分向四鄉外縣各處私訪軍情,試探民心向背,並相機臥底,投揭帖,傳檄告,吸引有志之士來向義軍投效,或

給義軍做內應。

當下，義軍六位首領把應辦之事分別負責辦理起來，不像開頭那麼亂了。

他們又採納父老的提議，先行開倉放糧，並將惡跡素著的固縣一個惡霸審問完了，斬首示眾，家產充公。

同時因官軍既退，義軍才來，地方上難免騷亂，有兩處出了明火搶劫。紅蜂楊豹和汪青林馬上親自出巡，親去查辦，捉拿了幾個首犯，就地正法。這一來，立刻壓住了許多謠言，再沒入敢說「闖王一到，立刻准許殺人放火」的謠言了。

可是義軍六位首領畢竟經驗不夠，忙了這個，顧不了那個。經數次布告，數番出巡，縣城商民人等剛剛各安生理，卻是諜報傳來，河南軍門調動數千名大軍，分四路前來圍剿，收復縣城來了！

他們義軍挑起了闖王豫軍先鋒營的旗號。由這個旗號，招來數百名壯丁投效，這是好處。卻也因這旗號，引起來官軍的震恐，不敢把他們看成小寇。官書馳報上去，斷然說是：「闖賊羽黨八千名，攻沒固縣縣城，縣尉守城，力盡殉職；縣令督戰負傷，退守北郊，現正戴罪力謀規復……」

把這幾百名被逼起義的獵戶和山林豪客，說成了八千之眾，這是用來解說提督軍門的一支兵和監軍內官駐兵固縣近郊仍無救於縣城失陷的緣由，實是為了寡不敵眾。其實監軍內使本來占住縣衙，現在官書把他搬到郊外，這就因為監軍內使本不該和大營「分家另過」，大營和監軍分駐兩處，正是太監們的任性胡為。

官軍這邊，全盤力量是在扼守潼關，不料側面固縣先行失守。在潼關大軍雲集之下，「闖賊羽黨」是怎麼竄擾過來的？

現在官軍好幾位大帥都手忙腳亂，生怕朝廷譴責下來，他們一面向兵部通關節，一面互諉罪責，最後才忙著收復。可是官軍互相觀望的習氣已深，誰也不願打頭陣。在他們徐徐行軍，準備攻城，快開到固縣附近之際，距城陷已一個多月了。

　　義軍六將領彭鐵印、楊豹等，這時已把城內劣紳、贓官、惡霸懲治了不少。彭鐵印、汪青林是本地人，很知道他們的劣跡，這一懲治，大快人心，立刻聳動了遠近聽聞，很多老百姓跑來喊冤告狀，請兵。那些一向貧苦無告的窮人，如潮水般紛紛投入義軍，到處宣揚「跟闖王，出怨氣」的話，真個是官府文書上所說的「人心思亂，從寇如流」，亂民反叛好像是太多了！

　　豫軍先鋒隊，由四百名首盟壯士，很快的變為八百名豫軍子弟兵。而四鄉前來投軍的，陸續不斷，不到半個月，又湊到二千名了。把這兩千名兵，編為前後左右四大營，彭鐵印被推為豫軍總帥，紅蜂楊豹為副帥，快馬何少良為前營主將兼先鋒使，汪青林、郭占元為左右主將，胡錚為後營主將，史青巖為總文案兼軍師。

　　義軍眾首領見到軍威大振，投效壯士如流，自信大功可成，便將占山之計作罷，真正據城略地了。和闖王闖將通款的打算，卻是紅蜂楊豹再三堅持的，便教史青巖寫下報功文書，密派間使，去給闖王報功請命，同時並告奮勇，要由固縣移兵攻打潼關，以收夾擊之效，也就是幫助闖王反明。這個密使剛剛遣走，那闖王北伐大將劉宗敏已據探報，得知固縣有獵戶起義，竟先遣說客，潛來遊說，稱讚他們的舉義，褒揚他們的戰功，鼓勵他們與闖王聯兵反明。等到義軍眾首領表明自己願受闖王節制，並說業已通使請命；紅蜂楊豹更說出自己早曾受過闖王一個部將的密札，這說客就欣然大悅道：「原來我們是一家人！」立刻從懷中拿出一個蠟丸書，和五

顆將軍印，他就要承製封拜彭、楊為大順國豫軍統兵將軍。這說客只帶來五顆將軍印，少了一顆印，便和彭楊六人商計，這五顆印應該給誰？

人多印少，大家不免你推我讓起來。彭鐵印說：「這五顆印可以分給五位賢弟，我自己不用要了。」紅蜂楊豹道：「大哥是盟主，怎能無印？依我看，胡錚賢弟可以不要印。」胡錚低聲道：「你說怎麼好，就怎麼好。」這樣一來，大家又覺過意不去。

軍師史青巖就主張只給彭、楊二位兩顆印，其餘的三顆，等將來出征，按功計賞，再行頒發，何少良哼了一聲。紅蜂楊豹唯恐盟友表面推讓，暗中計較，便索性說破道：「諸位盟友，我實說了吧。胡錚賢弟原是我的表妹，我們身遭大難，傾家報仇，只活著逃出我們兩條性命。我們亡命江湖，沒有辦法，已經結成夫妻了。她是我的妻子，武功將略她都不大行，我願她讓出一顆印來，分給各弟兄。我自己也要辭去副帥之職，和她同為後營正副主將，一切都方便了。」

紅蜂楊豹說了實話，男裝的銀蝶胡錚臉紅紅的低下了頭。

眾首領聽了這話，何少良首先笑說：「怎麼樣？我早就看出來了，胡仁兄果然是我們楊二嫂。」汪青林也早看出一點來，就笑了笑，道：「二嫂，我失敬了。」銀蝶胡錚的男裝女態，以及紅蜂楊豹和銀蝶胡錚的親密情形，共事一久，便瞞不過明眼人的。當下就算定規，他們改稱大順國豫軍五虎將，不過楊豹仍當副帥，兼充後營正主將就是了。

豫軍五虎將和這說客共議軍情。這說客名叫羅文俊，乃是劉宗敏的心腹謀士，為人饒有智計。他勸豫五虎將不必強攻潼關，因豫西潼關陝州一帶，明朝大軍雲集，統計不下四五萬，重兵守險，孤軍難攻。替五將打算，最好東取徐濟，或北攻直隸大名，或南據湖北荊襄，或縱兵恣擾明兵

後路，不必定與闖王大軍會師。羅文俊說：「行軍之要，就在乎攻敵所不備。大明兵現在拚死命防守潼關，我們何必硬攻潼關？」

彭鐵印聽了，唯唯稱是。紅蜂楊豹十分高興，再三請教用兵訣要。羅文俊便又勸五將多遣密使，挾重金四出，運動外郡豪傑起義，說：「你們盡量可以假借闖王的威名，儘管可以承製封拜起義將領。」又低聲告訴楊豹：「你們也該多刻一些將軍印，多發一些義軍旗號。」汪青林是獵戶，不懂「承製」二字怎麼講，就向羅文俊詢問。史青嚴忙代解說：「承製和代傳令旨的意思差不多，乃是軍務上權宜之計，大將不等天子聖旨，可以先借王命，派官點將。我們現在就可以不等闖王令旨，便宜從事了。」羅文俊笑道：「你說的不錯。」跟著羅文俊又說：「現在舉大事，創大義，必須廣邀人材，隨時隨地，多給明廷樹強敵，就是多給自己增強兵。漢高祖若不是收羅了韓信、彭越、黥布三傑，也不會把項王圍在垓下。然而這三傑的力量極大，要緊的還是漢高祖的入關約法三章，抓住了咸陽和關東關西的人心。成大事必先得人心，你們幾位千萬不要忘了這一招。我們打著抗苛政、救窮人的旗號，必須替受苦受難的老百姓出一口怨氣，然後我們才能打一仗勝一仗。」

第四章
賣友求榮奸佞人橫施暗算，
粗心大意英雄漢血灑庭前

羅文俊這一番話，彭鐵印、汪青林、紅蜂楊豹等聽了都有同感。羅文俊把彭、楊等聯繫好，他立刻回去，向劉宗敏覆命。這豫軍五虎將果然照計行事，只留下一員裨將把守固縣，他們的大隊就北極鄆城，直趨開封，指向直南，一面攻城略地，一面沿路收兵；大軍到處，饑民難民從之如流，很快的攻占了好幾縣。由於他們豫軍五虎將的牽制，闖王大軍劉宗敬所領的一支兵，居然打破了寧武關，登時明廷京畿震動。

彭鐵印、楊豹夫妻、何少良、汪青林、郭占元，這五虎將分兵兩路，互相掩護著，聲東擊西，不擇一地，在豫省游擊作戰，鬧得聲勢日益擴大。大明兵都害了怕，調派數員大將，專來堵剿「豫寇」。這裡面有一位大將孫傳庭，和五虎將初次交鋒，打了敗仗，二次爭戰又吃了一次敗仗，被他估透了彭鐵印、楊豹、何少良的士氣戰法有點銳不可當。這孫傳庭立刻變計，定下了以守為剿之計，聯繫各縣紳豪大姓，團練鄉勇，以重兵按境嚴守，設法割斷五虎將和劉宗敏的呼應聯繫。暗中仍派大批細作，刺探五虎將的出身來歷，和他們能夠糾合大眾舉兵的緣故。其實孫傳庭本就知道亂源所在，是由於苛政重稅，民不聊生。但他只治軍，不理民，單從軍務著眼，他認為彭鐵印等振臂一呼，應者雲集，這等人必有過人之才。他就定出剿撫兼施的方略，上奏明廷。他又表請開倉賑災，以收民心；豁減

稅役，以遏亂萌。可是這絕辦不到。他的戡亂方略，只有幾項邀得閣臣和兵部的批准，那就是准許孫傳庭加緊圍剿之外，可以相機招撫闖王以外的亂民。孫傳庭用誘降、離間，「以賊攻賊」之法，先從「豫寇」入手。這時豫境舉義的地方豪傑，宛如風起雲湧，像那伏地王、混世王、活曹操、蠍子塊、急三槍、黑鐵塔、頂塌天等，東一堆，西一股，擁眾殺官反明。有的懂得聯兵協力，同抗官軍；有的就抱負奢望，想割據稱王。

　　孫傳庭看透這一點，就出重金，賄買反間，貼榜文，招撫投降。凡擁大眾投降的，即行封侯；殺巨酋受撫的，用為將軍。

　　豫軍五虎將，也受到孫傳庭的招誘。快馬何少良、紅蜂楊豹接到密書，勸他們「英雄處亂世，遁跡江湖，亟應乘時立功」，宜速手刃創亂獵戶彭鐵印、汪青林，提首級來降，定必免罪受賞，且給官爵。對叛變獵戶彭鐵印、汪青林，也另有密信勸降，先慰二人冤抑之情，殊堪憫惻，次勸二人立功贖罪，合攻豫北創亂土寇「小袁營」，如將袁逆時中擒拿正法，並將小袁營賊眾剿除，即可將彭、汪二人委為副將參將，所部亦允改編為官軍或鄉兵。

　　孫傳庭的反間計，被楊豹識破，楊豹一接到勸降密札，心中一驚，唯恐自己人懷私見，上大當，忙向汪青林詢問。汪青林果然說：「我也收到一封。」楊豹道：「恐怕接到這東西的，不止一人，不止一份；我們的盟友不知有多少人接到了這個，我們得趕緊明心發誓！」立刻報知統帥彭鐵印，把五虎營大小將領通通約會一處，當眾指破這種表面勸降、暗施離間的奸計，勸大家千萬不要互生疑猜。並告誡大家，綠林豪客受招安的，沒有一個有好結果，遲早必被官府戕害。「現在我們既已起義，必須同生共死。」於是豫軍五虎營全軍再次會盟，歃血起誓，約為生死弟兄，不准單獨投降官軍，也不准襲擊另外起義的豪傑。可是各地起義的豪傑，什麼樣

的人都有。內中有除暴抗糧的義士，也有亂殺亂搶的暴徒，也有假託天命的土皇帝，也有以神鬼為號召的白蓮教。更有的聚眾稱兵，以當強盜為登龍術，專等著受朝廷招安弄個官做做的土霸。豫軍五虎將設誓不擾民，不投誠，不打鄰境義兵；卻是別家聚眾的豪傑，很有的不識大體，甘受明軍欺騙，做出來自相殘殺甚至賣友求榮的謬舉。

當那時豫軍五虎正和小袁營、轟天雷三路聯兵北伐，節節勝利，拘來了不少大船，就要北渡黃河，直指燕雲。不料分兩翼也來會師的紅眼狼郎玉山和伏地王王洪綬，這兩股盜幫，本已歸附闖王，且與小袁營首領袁時中、五虎營首領彭鐵印訂盟會面，卻暗中受了孫傳庭的賄買，突然謀變，要「反正投誠」了！

伏地王王洪綬的倒戈，是為了他的母親和胞弟在故鄉被官軍拘捕，拿這個要挾他「棄暗投明」。紅眼狼則純是私人負義，要出賣同黨，換個總兵官做。也是起義軍各將領乘勝驕敵，失去對內對外的戒心，結果便被猝然暗算。

其實在他們倒戈之始，本有種種跡象可尋。譬如會盟時，袁時中和彭鐵印都輕型機車簡從，開誠想見；紅眼狼和伏地王都盛陳兵仗，戒備森嚴。會盟之後，伏地王王洪綬故意拉攏小袁營，向袁時中說五虎營舉動可疑，恐怕暗與明兵通款；袁時中粗心大意，說：「沒有的事！我們要圖大事，必須推心置腹，千萬不要互相猜疑。」那紅眼狼卻又拉攏五虎營彭鐵印，說小袁營種種不對，臨陣觀望，不肯協助友軍。彭鐵印道：「這不會吧？我們這次北伐，小袁營本來告奮勇，搶頭陣。因為他們地理不熟，才公推轟天雷整隊先發。」彭、袁二人說過了，就丟開了，竟沒對本營將領講，更沒告訴友軍，才夠聯盟之誼。

　　於是到了暴發叛變這一天了！起義軍的先鋒隊，由轟天雷率領，奮勇當先，一鼓搶渡過黃河。小袁營的主力也有大半開到北岸，南岸則由豫軍五虎和袁時中的親兵後營扼守。然後按預定之計，再由伏地王、紅眼狼接守後防，袁時中和彭鐵印全軍一齊渡河。正在這夾當，軍隊調動往來頻繁，伏地王王洪綏突遣軍師約請五虎營統帥到他營裡去議事。袁鐵印便請副帥留守，自帶軍師史青巖，和汪青林前去赴會。副帥紅蜂楊豹忙道：「汪青林賢弟步下功夫好，何少良賢弟馬上功夫強，我看還是教何賢弟護你前往吧。」何少良說：「對！臨陣赴盟，須防半路遇敵，小弟給你保駕。」彭鐵印笑了笑說：「就這樣吧。」

　　彭鐵印、何少良、史青巖率步騎兵一百多人，由伏地王的軍師陪同，馳往伏地王的大營。伏地王盛陳兵仗，親自出營迎接。然後攜手進了主寨 —— 這是一所鄉宦的大宅子 —— 早已預備好了酒宴，便請彭鐵印等三人上座，由伏地王王洪綏和幾個副領袖奉陪。彭鐵印帶來的步騎一百多人，也由伏地王的部下邀下去，在鄰院擺酒款待。

　　酒至數巡，先談了一些好像是很緊急的軍情，跟著王洪綏低聲附耳說：「我適才得了一個祕信，據說是闖王兵敗，已接受了明將洪承疇的招撫，整隊投誠官軍了！」彭鐵印愕然道：「有這等事？莫非是謠言？」軍師史青巖微微一笑，剛要發話，何少良忍不住搶先罵道：「這又是大明軍的離間詭計，王領袖怎麼信這個！」

　　王洪綏一聽，臉紅了紅，改口又說了些別的話，可是跟著還是講大明軍招降之事，說他們慣以高官厚祿來招安我們起義英雄，因問彭鐵印：「可接過明朝將帥的招降書沒有？」彭鐵印道：「初起兵時接到過孫傳庭的祕札，我們立刻就識破了，他的陰謀就是叫我們賣友求榮，自相殘殺。」

　　王洪綏臉色又變了變，沉吟起來。他的副領袖接著大聲說：「我們不

問你從前，問你現在，你們近幾天可接過官軍的祕信沒有？」

彭鐵印雙目一凝，說：「什麼？」

王洪綬接過來說：「問你們近來接到過官軍幾封祕信了？」

彭鐵印道：「豈有此理！」

王洪綬道：「竟有這事！」那副領袖就厲聲叫道：「現在你們和官軍私相往來的祕信教我們截獲了！」

軍師史青巖站起來道：「這個是離間計，你要留神他們偽造！」

王洪綬也站起來回顧他們的三領袖道：「什麼偽造，明明真憑實據，拿給他們看！」

那三領袖立刻從靴筒中掏出一卷文書，直塞到彭鐵印的面前，彭鐵印伸手要接；三領袖把這卷文書往下一按，直抵到彭鐵印的胸前，怪喝道：「給你們看！」那彭鐵印驀地一聲吼：「好叛徒！」鮮血便從胸口噴出來。

那一疊文書卷中，卷藏了一把尖刀，在宴席上，豫軍五虎營統帥彭鐵印遇刺了。

何少良手疾眼快，大喝一聲：「呔！」踢翻桌案，順手抄起一把椅子，把三領袖打倒。但已無濟於事，彭鐵印傷中要害，屍體撲地。何少良紅了眼，椅子又一搶，猛去砸打伏地王王洪綬；王洪綬一閃身，撞倒了一個自己人。何少良的椅子砸在別人身上，椅子也砸得粉碎。何少良拔出刀來。五虎營的帶刀侍衛，侍護在側，大喊著也都拔出刀來動手。

伏地王存心暗算，預有布置，就在行刺的同時，早發出幾枝暗箭，奔五虎營三將射去。五虎營軍師史青巖身中二箭，銳聲急喊：「何賢弟，我們中了暗算，你快回去搬兵送信！」跟著忍痛拔劍，向敵搏鬥。

那快馬何少良武功矯捷，雖也身中一箭，卻狀如瘋虎，揮起手中刀極

力砍殺，銳不可當。伏地王部下偽裝侍宴獻饌的武士，早都亮出兵器，一齊闖奔何、史二人。伏地王和他的領袖們個個也都抽出兵刃，厲聲喊道：「何少良、史青巖趕快投刀納降，饒你不死！」

史青巖咬牙切齒，認準了伏地王，挺劍刺去。伏地王揮刀一格，竟把史青巖的劍磕飛。伏地王的侍從武士卻從背後一刀砍到，史青巖登時殞命。

五虎營的帶刀侍衛齊聲喊道：「何領袖，我們趕快突圍！」

何少良大吼道：「衝！」侍衛不待命令，一面打，一面分出人過去背救彭鐵印和史青巖。伏地王此時早發動了警號，竟把大廳包圍。何少良揮刀當先，衝到庭院，和侍衛一齊高喊：「五虎營盟友何在？我們遭暗算了！一齊往外打，回營送信！」

那些在鄰院的五虎營步騎士兵，先一步聽見動靜，也已紛紛動手自衛。無奈敵眾我寡，又被分隔成數處，處處都被圈住。敵人疊聲高叫：「投刀不殺，納降免死！」但是五虎營大小將士曾經多次攻戰，鬥志極強，他們不聽這種話，竟展開了各自為戰的死鬥。

當下，血濺會場，傷亡枕藉，何少良及其盟友一百多人，闖出來六七十個。彭鐵印、史青巖一死一傷，雖經背救，到底也被敵人搶去。何少良口角噴沫，如瘋如狂，率眾且戰且走，搶到莊院外樹下繫馬處。居然又有四五十個盟友，獲得上馬突圍的機會，扯斷了韁繩，翻上了馬鞍，刀背代馬鞭，疾打疾馳，竟闖了出來。步卒可就失陷了。

但騎士們縱然闖出莊院，要想奔赴老營報警，也大非容易，伏地王已經發動全軍來對付五虎營。何少良等後有追兵，前有阻攔，一路且戰且走，層層遭到截擊。而五虎營的大本營也在同時遭到了伏地王左右營的猛

攻驟襲。

　可是五虎營的老營，在紅蜂楊豹留守之下，哨兵的瞭望巡邏，將士的枕戈戒備，並沒放鬆。伏地王的掩擊竟沒得成功，由掩擊變成了對戰。只是一樣，伏地王是處心積慮，集中兵力來殘滅五虎營，他們是去掉旗號冒充鄉勇來的。五虎營卻是一心一意，準備渡河北伐，主力多結集在黃河岸，大營守兵不多，紅蜂楊豹、汪青林、銀蝶胡錚驟遭敵攻，一面奮力迎戰，一面馳傳河岸各隊回兵來援，一面還要猜想敵情，「這路鄉勇從哪裡殺進來的？」可是他們馬上便偵察出：這股鄉勇是從伏地王防地殺來的，伏地王的防地必然有變！

　一場激戰，拒住敵軍，河岸的北伐大隊回師趕到，在外攻內衝的夾擊之下，殺退了伏地王的左右營進襲軍；而何少良突圍落荒，也已奔回老營。於是友軍叛變，真相大白。彭史二人殉難，激起五虎營全軍憤怒。同時又獲得警報：小袁營的統帥袁時中，遭到紅眼狼的急襲，大本營幾乎全軍覆沒。

　原來紅眼狼施展的伎倆，正和伏地王一樣，他們兩人本是合謀的。紅眼狼也是假稱有緊急軍情，邀請袁時中去到他營祕議。袁時中卻因自己大隊已隨轟天雷北渡黃河，南岸只剩下自己的中軍後營親兵衛士，為固根本，不敢輕離後防，拒絕了紅眼狼的邀請。紅眼狼竟帶著大隊，硬來叩營求見，劍拔弩張，氣勢洶洶。小袁營的留守將士不肯開門，紅眼狼部下倚仗人多，竟把小袁營老營團團包圍。小袁營留守將士越發動疑，立即傳令，全營登陣自衛，簡直把紅眼狼看成敵人了。騎虎之勢已成，紅眼狼怕洩漏了陰謀，當下親自督隊火速攻營。被袁時中在瞭望臺上瞥見，便開營門親自出馬，厲聲詰問來意。只幾句話就說僵，雙方爭鬥起來。袁時中一向以硬幹蠻幹出名，一馬當先，揮動雙錘，向紅眼狼猛攻，一連數錘，打

得紅眼狼不住倒退。但紅眼狼人多勢眾，他部下群雄一擁而上，把袁時中圍住，卻又分出一部分兵力來抄襲袁時中的大營本寨。

袁時中只剩營底，兵力單弱，鏖戰稍久，漸漸不支。袁時中一見情勢不利，怪吼一聲，趕緊率隊穿營疾退。但主力已在黃河北岸，去船未回，呼應斷絕，前後方不能合兵相救。紅眼狼揮動全軍包抄上來，絕不讓他合兵共鬥。袁時中暴怒之下，倉促分不清敵友，也不敢投奔五虎營求救。他一馬當先，率領部下且戰且退，紅眼狼率領人馬一步一戰，戰到最後，袁時中只剩下一二百人了。袁時中直打了一晝夜，和他的餘部飢疲交加，憤怒交迸，扎不住陣腳，竟與他的北伐大隊及五虎營失去聯繫，一直落荒潰退下去了。

而小袁營的北伐前鋒大隊，也一著走錯。遙聞後方內訌，老營被襲，主帥袁時中負傷陣亡，便一齊暴怒，前鋒主將立刻要回兵報仇，以固後方。轟天雷這時已和明軍對峙，忙勸小袁營前鋒主將千萬不要臨陣回師。因為臨陣撤退，為兵家所忌；還應當奮勇直前，打退前敵，也就解救了後方危機。如若不然，你這裡率隊一退，迎面明軍必然要趁機進攻，後方亂軍必然也乘機夾攻，那時腹背受敵，兵心必亂，鬥志必摧，結果就不堪設想了。若能堅定不移，臨危不亂，有進無退，專力北伐，但得破釜沉舟，一戰成功，前敵獲勝，後方叛軍定必驚恐。其時回師討逆，就可以左右操縱裕如了。轟天雷的話說得明明白白，卻是小袁營前鋒主將有勇無謀，只以同盟私誼、生死不渝為重，竟不聽良言，擅自率領大隊，開船折回南岸。這一來，臨敵忽退，訛言百出，兵心不免惶惑；明軍果然乘勢進攻，轟天雷獨力難支，臨陣戰死，北伐軍全部慘敗。而小袁營前鋒也鬧得半渡遇敵，截成兩段，頓如秋風掃落葉，不數日土崩瓦解了。於是，小袁營潰不成軍，五虎營傷亡大半。只有叛軍伏地王、紅眼狼，賣友求榮，營私敗

盟，果然受了招安，居然大開慶功宴了。這兩個叛徒，雖未封侯，卻已拜將，他們現在一個是以彭鐵印、史青巖的頭顱換回來自己的母弟，換取了一個記名總兵；一個是以擊潰小袁營，換取了一個記名副將！

那快馬何少良奔回本軍，和紅蜂楊豹見面，竟暴跳如雷，揮淚大罵，一定要求副帥紅蜂楊豹，找伏地王算帳，給遭難的盟主彭鐵印、軍師史青巖報仇！那獵人村的起義獵戶，更是痛哭流涕，人人要整兵出戰，跟伏地王王洪綬火並拚命。

紅蜂楊豹深知這樣火並無異自相殘殺，倒趁了明軍之願。

可是友軍敗盟叛變，乃是事實；彭、史赴會遭害，實堪扼腕，他竟不能勸阻起義盟友稍遏悲憤，從長計議。而且為團結盟友，明知失算，也要符合各盟友的要求；於是豫軍五虎營重推盟主，紅蜂楊豹做了統帥，立刻大興問罪之師，向伏地王聲罪致討，鏖戰起來。正在勝負難分，互有傷亡之際，突然又傳來警報：他們桐柏山根本重地遭到敵人誘變，覆巢破卵，守軍及獵戶家小全數被俘了。

五虎營的家小，和那數百名起義獵戶的老弱家眷，都聚居故鄉桐柏山大坡嶺山麓下，築有土城，聚兵守護，地勢奇險，本不會失陷。卻出其不意，被大明軍勾結當地鄉勇劉字團，用詐城計，偽裝五虎營報捷之兵，突破土堡；一場巷戰，數百名盟友和婦孺，殺出重圍的不及十分之三四。這一來把老根毀了，起義盟友骨肉親族盡喪！這一來，弄得全軍嚎咷，怒髮衝冠，恨不得立刻回師攻打劉字團。剛要調兵回攻，可是又得續報：襲擊他們老寨的不是劉字團，還是伏地王的別隊。五虎營越發激怒，人人大罵伏地王王洪綬：「我們跟他們何恨何仇，他一定要出賣我們，來換取他的家眷，死的活的，也要剿除他！」

　　這一來，正中了明將孫傳庭的「以賊攻賊」的毒計！其實襲擊五虎營老寨的，真個就是劉字團鄉勇，孫傳庭故意派間細放謠言，轉嫁到伏地王王洪綬身上。就是伏地王為救母弟才謀殺彭鐵印等，提頭獻降、贖罪封官的始末，孫傳庭也給極力誇張散播出去，好使得五虎營與伏地王冤冤相報，兩敗俱傷。孫傳庭說：這一來，兩路強寇就可以一舉剿滅了。

　　孫傳庭的計謀，紅蜂楊豹、銀蝶胡錚夫妻明明知道，可是他夫妻骨肉完聚，並沒喪失親丁，他們竟不能勸阻獵戶汪青林等暫忍一時之憤，姑且退兵入山，休兵養力，徐圖再舉；也不能勸他們看淡私仇，認準死敵是大明軍，不是伏地王、紅眼狼。眾獵戶一個個眼淚汪汪，如痴如狂，要找反覆無常的伏地王王洪綬、紅眼狼等算帳。紅蜂楊豹就有良言，也難出口了。

　　而且謠言傳播越來越奇，都說伏地王已將他們獵戶的家眷打入囚車，解到明營了。五虎營起義獵戶越發難忍，許多人抱頭痛哭，切齒詈天，拔劍砍地，一定要報仇，要活捉伏地王，要進攻明營，奪回家眷。而且向紅蜂楊豹、銀蝶胡錚等叩頭下拜，懇請他無論如何為友復仇。何少良又附和著，紅蜂楊豹、銀蝶胡錚為了義氣，明知不是路，也得這樣走。鏖戰又開始。

　　結果「敗兵如山倒」，五虎營進擊明營，便遭到明軍、鄉勇和「投誠」軍伏地王、紅眼狼的攢擊，又饒上數場慘敗。五虎營忿兵失算，不管兵力虧耗，依然死鬥不休，漸漸在豫境平原立不住腳了。而且專務私爭，形同械鬥，鄉裡間飽受拉鋸式的蹂躪，不可避免地也遭到民間的怨謗。

　　因此豫軍五虎營折兵失民，敗而又敗，一直敗到了豫皖鄂交界。以前北伐，縱橫馳騁數百里，有眾七八千，現在只剩幾百人了。而五虎將也

只剩下楊豹、何少良、銀蝶胡錚、汪青林數人，郭占元也在兵敗之際陣亡了。

五虎營屢敗之後，這才重定大計，既重推紅蜂楊豹為統帥，又推何少良為先鋒，突圍而出，一路且戰且走，決定西投闖王；受了阻拒，就改計南下，要奔深山。但是他們殘部飢疲交並，沿路借道借糧，就又受了紳糧富戶「團練自保」的武力擋駕。先鋒何少良性情粗豪，並不懂卑詞借道，因他帶隊而來，他縱說出價買糧，對方也不肯輕信。而且一路急行軍，他們也無暇宣揚反明大義了。他們和伏地王、紅眼狼幾交混戰，早被官紳明揭罪狀，說成了群盜火並；而他們兵敗南下，也使得「從闖王，不納糧」這番話叫得不響，號召無力了。

就在他們假道豫東羅山縣八畝園，要奔九里關的時候，遭到了「英雄莊主」千頃侯侯闌陔部下鄉勇的掩擊。

千頃侯侯闌陔是河南羅山縣的首富，是八畝園幾處莊田的莊主，為人精明能幹，能說會道，頗有韜略，也會武功。他母親得了一種痼疾，他竟不惜重金，購買活人心二顆，當堂剖摘，趁熱煎藥，給他母親治病，因此騙得了一個「孝子」之名。佃戶們欠地租繳不上，有的流著淚獻女給他做妾，他假說雖不愛色，但為救人急難，就慨然收下了。至今他金屋藏嬌已有六七人。他的姪子又是個舉人，在官紳兩面名聲很大。以此人們提起千頃侯，無不吐舌頭。等到闖王一發難，各地饑民紛起響應，侯闌陔更比別人關心。他默察時勢，心知大亂將作，羅山縣一帶雖尚無人揭竿而起，卻早風聞鄰縣已有流民吃大戶的傳說（所謂吃大戶，是明清常有的慘事。大批流民入境，沿路乞食，富戶往往閉關，或是拒絕入境；因而激怒流民，奪倉分糧，或入富家爭食。官家對此或逐或懲或剿，辦法很不一定。）侯闌陔一聽此訊，奮袂而起，罵道：「這些反叛，還了得嗎？」立刻稟請大

吏，要「團練鄉勇，以靖崔苻，而衛桑梓」。

　　大吏素知他是世代紳宦人家，不比草野小民好亂犯上，大帥孫傳庭又有祕札指示，就很快的批准了。他立刻備款請兵械請旗幟，設鄉團公所，自為團總。他的莊田散在各處，便又聯繫當地財主，設立分團，他居然成了八個鄉團的總團總。團勇的招募，大部是他的佃戶壯丁，也出重金聘請了些武師。他又慫恿鄰村鄰縣的莊主也團練鄉勇，彼此間成立聯莊會，他又被推為會總，共計擁眾二千多名。聲勢浩大，果然不可輕侮；散兵遊勇，小股綠林豪客都不敢惹他。至於流民饑民，更不敢入莊了——他曾經活埋過偷掘蕃薯、私摘玉黍的過境難民，因此他威名遠震，提起來人人害怕。豫軍五虎營哪裡知道這些？大隊開到八畝園，先鋒何少良遵統帥指示，派小頭目持書備銀，入莊採買糧秣，卻去了十一個人，被侯闌陔登高瞭望的鄉兵發現，立刻鳴鑼聚眾，列隊出來驅逐。五虎營小頭目先禮後兵，揮五虎旗上前發話，被鄉勇一箭射倒，雙方登時衝突起來。鄉團人多，五虎營十一個盟友立遭包圍活捉，只逃回兩個。

　　先鋒何少良聞報大怒，馬上督隊一百二十人馳救。八畝園鄉團二百多人由兩個教師領著前來迎戰。何少良所部雖是飢疲之眾，個個都是百戰餘生，打起仗來，迅如飄風，既能各自為戰，又能互相援應。快馬何少良更驍勇健鬥，一開手便砍了一個鄉勇武師。鄉勇力不能支，退回八畝園；閉莊登堡，改取守勢。何少良立刻展隊，乘夜攻莊救友。不料八畝園竟有煙墩烽火，燃起凌空轟天的數股烽火濃煙來。驀地鑼聲四起，不但八個鄉團互傳烽火，一齊起兵，而鄰村鄰縣的聯莊會也紛紛探動靜，紛紛起兵救應來了。

　　何少良怒笑道：「哈哈，想不到在這裡又碰了釘子！盟友們！殺！」一面拒敵，一面馳報中營紅蜂楊豹。

紅蜂楊豹哎呀一聲道：「我們不該沿路樹敵！」但是事已至此，只好趕緊相度地形，下令進兵馳援，卻遣銀蝶胡錚、獵戶汪青林分為兩大隊埋伏了。楊豹自己只率領一百來人，馳援何少良。何少良見到鄉勇雲集，怕陷入包圍，割斷聯繫，也正且打且退，往後撤回。等到楊豹的援兵一到，便又合兵反攻，把鄉勇的追兵殺退。楊豹、何少良便作出二番搶莊的姿勢，重殺上來。

可是各路鄉勇也趕到了兩個分團。鄉勇一向是採取分隊出動、吶喊鳴鑼的示威戰術，用來威嚇小撥難民遊勇的，他們拍山震虎，也給自己壯膽。五虎營卻是見過大陣仗的，便佯做怯敵，倏然又退。鄉勇猛追過來，他們猛退下去；一追二退，鄉勇竟追入五虎營兩翼埋伏之中了。兩翼一包抄，倒切斷了鄉勇的後路，一聲號炮，紅蜂楊豹和何少良的撤退之兵立刻反旗回攻，三個鄉團反倒全被包圍了。

五虎營的意思，並不想與鄉勇拚命，他們還是志在求和。

他們想把鄉勇生俘數十人，以見自己的威力；再拿俘虜換回自己的那十一個人，然後假道借糧，一走了事。但他們一路南下，既是急行軍，先鋒隊刺探前哨軍情，量不能詳確，他們估小了八畝園千頃侯的鄉團武力。

這時千頃侯侯闌陔在羅山縣縣城本宅早得馳報，便謁見地方官，急報流寇入境，請兵助剿；又發急使催請聯莊會齊起環攻。卻是官紳辦事，層層推諉，僅僅遲了一步，他的八畝園田莊被另一支「官逼民反」的隊伍擊破了。

這一支隊伍的領袖，叫做鐵秀才趙邁，他的夥伴是陶天佐、陶天佑弟兄。

鐵秀才趙邁，原籍皖西六安縣清水村人氏，原是個曾經會試未得入轂

的秀才。他年輕時因為身體病弱，會學技擊，鍛鍊體力。教他技擊的不止一個，末後又結識了一個雲遊道長，在鄰境凌雲觀掛單。這道長不只會武功，還懂些消息埋伏，因此，趙邁也學會了一些。這道長的來路不明，自稱姓葉，道號「雨蒼」，大約來自川陝。他有時說到李自成、張獻忠的故事，和江南里巷的傳聞，就不很相同。有一時，趙邁疑心這道長或者跟張獻忠有瓜葛，但不敢問。並且葉道長不喜歡人問，他高興說話時，這才嘮叨不休。不過葉道長的武功是很有幾手的，他教的法子也高明，趙邁雖然是為鍛鍊身體，卻也從葉道長那裡學了些真實本領，並且也正經的拜師了。

第五章
劍氣縱橫蒙面人凌空飛降，
霧氛磅礴公堂上囚犯絕蹤

那姓陶的哥倆，跟趙邁算是師兄弟，乃是山東曹州府人氏。陶天佐，陶天佑，實是一對孿生兄弟，雖然師事葉道長，總算「帶藝投師」。陶氏兄弟家學淵源，都練的是猴拳，輕功。

他們的父親跟葉道長是同門至好，平素是以保鏢為業。陶老者在山東保鏢時，遇到隨同劉六起義的豪傑，就勸陶老鏢師入夥。老鏢師沒有答應，以江湖氣仍請借道，把鏢車趕到歷城地界，猝然遇上了「剿寇」官兵。鏢車既然是從「匪區」開過來的，當然是「通匪」，於是不管青紅皂白，把鏢車扣下了，把鏢師捆送到縣。縣官升堂，嚴刑取供，陶老鏢師熬刑不招，拷打了一頓，下在縣監。陶鏢師有口難辯，氣憤塞胸，竟吐狂血而死。凶信報到本鄉，陶鏢師之妻不勝哀痛，本有癆病，不久也下世了。拋下了天佐、天佑一對孤兒，無人收管。鏢局同行痛惜陶氏夫妻慘亡，便有人出頭仗義，把天佐、天佑這一對孿生子送到同門師叔那裡去學藝，這師叔就是趙邁的師傅葉雨蒼道長。

趙邁以一介書生，學會了一身江湖拳技，又懂得消息機關埋伏，自負己志，常想離開六安本籍，漫遊天下，搜奇訪俠。

又因為屢試不第，便有些懷才不遇之憤。既到師門，和陶氏弟兄同堂學藝，談起身世來，得知他倆的父親生遭冤獄，慘死囚牢，趙邁越發不忿

起來：果然是朝廷不明，官貪吏污，好人沒有活路。不過趙邁的牢騷畢竟和陶氏昆仲不同，他只是罵賊官、罵瞎眼考官罷了。陶天佐、陶天佑卻日日夜夜忘不了他們爺娘的慘死，把仇恨放在大明的文官武將吏卒整個宦場上，更上推到朝廷上：有昏君才有貪官。於是他們說：「劉六造反，是有道理的。」暗恨他父迂腐，不肯從叛，才把性命毀掉，因此，陶氏昆仲常常講到：官逼民反，誰有活路，誰也不肯上梁山。等到闖王兵起，陶天佐、陶天佑喜得拍手大笑。有時候，陶天佐、陶天佑就在市井上信口訾議，不知不覺，還是罵太監們所把持的那個北京朝廷；也就無心流露出來，說李闖王是個好漢子，不貪色，不貪財，替窮人出怨氣，便不是一條真龍天子，也是個奪取大明天下的混海蛟龍。

趙邁和陶氏昆仲說話都很不檢點，他們又常在清水村郊外廟中盤桓，實在是學藝，官府卻動了疑，連葉雨蒼都猜成「闖賊間諜」。官府捕快暗中密訪，還沒來得及下手，葉道長和陶氏昆仲便忽然不見了。捕快們到凌雲觀根究，既知趙邁和葉道長有來往，過了不久，就把趙邁捉到縣衙。

趙邁被捕以前，也風聞縣裡派下人來，訪查葉道長所交結的人物，又打聽陶天佐、陶天佑非道非俗，究竟是幹什麼的；自然也刺探到趙邁身上了。但趙邁總以為自己是六安縣土著，又是一個讀書人，有家有業，雖和葉雨蒼交往，乃是為了學藝健身，自問不致被官人多想。他卻沒想到捕快們打草驚蛇，走了正點子，無法交案，就把罪名橫擱在良民身上了。

捕快們以為趙邁雖然是個念書的人，可是交結「匪類」，罪有攸歸。葉道長和陶氏昆仲時常誹謗朝政，頌揚綠林暴客，那簡直是反叛。反叛的朋友門人自然也是罪人。當他們捕空了正點子，就決意拿趙邁頂缺，同時也存著嚇詐的心，於是把趙邁捉了走。趙邁問心無愧，理直氣壯，心想捕快們儘管嚇詐良民，我是不吃這一套的，到了縣衙，見了縣官，我們再說理。

縣衙門不會不講理，不會誣陷好人。因此他對付這兩個捕快，一點也不買帳，捕快拿話套他，他也不拾這個茬。他說：我們公堂上評理去，硬抓老百姓，欺負鄉鄰，那還行；欺負我趙某，不太容易。

趙邁這可想迂了。縣衙門並不往交結「匪類」上問，更不往誹謗時政上問；縣官劈頭一句，就往「叛逆案子」上扣。縣太爺把驚堂木拍得山響，兩旁衙役暴喊堂威，問過了「你叫趙邁嗎」，第二句就問：「你跟那個陶天佐、陶天佑，和妖道葉某，從何年何月何日受了逆賊張獻忠的偽命？在本省本縣，你們的同黨都是誰？你們的祕密巢穴共有幾處？都在什麼地方？你們規定哪月哪日攻城造反？如實招來，免受皮肉之苦！」

趙邁被這麼一訊，弄得瞠目結舌，莫名其妙。他絕沒想到縣太爺問案，是這樣硬拍硬扣。一時激起了他的書生脾氣，冷笑著向縣官回稟道：「老府臺這麼訊供，你太高抬我趙邁了，我姓趙的只是區區一介寒儒，素無大志，老府臺怎的竟把我看成黃巢宋江一流人物了？我雖然是個不第秀才，卻毫無振臂一呼、豪傑景從的感召之力。你這麼抬舉我，我倒成了亂世豪傑了！老府臺所說的那個陶天佐、陶天佑，倒像是有點阮小二、阮小五、阮小七的派頭。那個葉老道倒也有點像梁山軍師吳用的勁兒。只是他們並不是書呆子，他們也許都上梁山去了，可是沒邀我，我也不知道。我若知道，縣太爺的捕快們也不會堵家門口，去訛詐我去了，我也就早跟他們這幫一塊溜之大吉了。」

趙邁只顧快心抗辯，嘲笑了縣官縣役，惹得縣太爺勃然震怒，罵道：「好奴才，你不是個反叛，也是個刁民，竟敢頂撞官府，咆哮公堂！打！打！」把一筒令簽丟下來，狠狠敲打了一頓板子，吩咐釘鐐收監，隨後跟刑名師爺核計去了。

趙邁入獄，身受刑傷，十分痛楚，心中越發憤怒。他覺得那些縣官縣

吏一定還要用毒刑逼供，一定要把自己拷打成反叛不可。他想起了陶氏昆仲所說的陶老鏢師的遭際，起初他還有點半信半疑：做官的人也是人，就應該有人心，斷不會那樣昏聵糊塗，草菅民命；也許陶老鏢師久走江湖，與草寇通氣，所以才陷身法網。不料今日自己也受了無妄之災，也落了個通匪謀逆的罪名，眼見得摘落不開！由此始信「官逼民反」這句話，不是忿激語，竟是真情常事了！

捱了幾天，那縣官果然又提出趙邁來，擺了一堂刑具，嚴加拷訊，定要從趙邁口中追出葉雨蒼、陶天佐、陶天佑以及張獻忠所遣入皖間諜的全部案情來。趙邁熬刑不服，只是冷笑。

再問急了，他就說：「我招什麼？你不是說我陰謀造反嗎？你既然這麼硬扣，何必再問？我就算是造反，就算是謀逆好了！

你沒有捉我的時候，我還沒有這麼想；現在謝謝老府臺給我提醒，我倒真的這麼想了！吃了冤枉官司的人確乎是要反，可惜闖不出你這牢籠罷了！你若問誰是黨羽，何時起事，告訴你，凡遭賊官誣陷的，身受酷刑拷打的，都是要造反，都是我們的黨羽。只要有機會，什麼時候都想起義，你就不必多問，替我畫供罷！」

縣官氣得鬍子夯，一迭聲的拍桌子，喝命行刑。衙役們把夾棍給趙邁夾上，一陣喊堂威：「還不老實供出來嗎？」趙邁連哼了幾聲，仍然不招。縣官道：「收！」陡然聽得公案上啪的一聲響，一件東西飛掠過來，斜插案簿，正釘在桌面上，顫顫的直動，原來是一支小箭！

縣太爺失聲驚叫，往起一站，突然溜下來，溜到公案底下去了。近侍拉著縣太爺，連滾帶爬，往後堂滾。堂上的人恍惚看見從偏廂房頂又射來了幾支箭，才喊得一聲：「不好，有賊！有刺客！」倏然數條黑影凌空而

至。還未容吏役們看準認清，隨著黑影泛起一團迷目嗆喉的白霧，便罩住了公堂，同時刀光劍影在官人面前打晃。官人們發一聲喊，七顛八倒，亂鑽亂逃。

偏廡上跳下來的黑影，是幾個幪面黑衣夜行暴客，公然在白晝、在公堂上劫差事。就憑他們這份大膽，這份手疾箭快，就嚇散了官人。官人只顧逃命，有的還顧得救縣守，可是竟沒有一個官人還顧得及「護差事」。恰好趙邁的腳鐐已除，夾棍才上；黑衣人電光石火般奔來一個，把趙邁背救起來，向外就跑。外面資優班有幾個捕快，聞聲舉著鐵尺，剛剛奔來。不料偏廡上黑衣暴客還有巡風的人在，立即隨手發出甩箭，把捕快打傷好幾個。跳下來的暴客，有兩個揮刀開路，肯救趙邁的健步追隨；還有兩個仗劍斷後，尋砍官人。就是這寥寥六七個暴客，便把犯人劫走。好像他們胸有成竹，闖出了縣衙，急鑽小巷，跳入人家，不知怎麼一弄，人就沒影了。也許是一出縣衙，便改了裝，裝成老百姓了。

縣衙亂作一團，暴客劫走要犯以後，才從後衙旁邊民宅中把縣太爺找到。縣太爺肩頭受了箭傷，其實並不要緊，卻已嚇酥了，一聽要犯已被劫走，就衝著捕快衙役大鬧一頓，過了半晌，方才想起：「快知會本城守備，派兵丁，捉拿歹人！」並派役下鄉，去拿趙邁眷屬。

守備一聽到縣令受傷，要犯被劫，登時大吃一驚。守備部下，按名額有一百多名士兵，可是吃空名字的去了一停，給老爺們看家當差又去了一停，老弱殘丁又去了一停，剩下來駐守城門的，只得二十幾名，卻又多半不在崗上；還有在守備衙門聽候差遣的，合起來竟不到三十幾個。現在突然在縣衙出了重案，只得東找西湊，把民壯調了十幾個，湊了五十多名。守備急得嗓子都啞了，才得齊隊。於是，人雖少，刀矛、撓鉤、弓弩，居然應有盡有。由守備騎了馬，帶隊先護衙，次緝盜。在通衢大街搜了一

圈，這才巡閱城門，把那守城門的把總找到，把那散赴茶寮市井、吃喝玩樂的守城兵也找到；這才關城門，宣布全城戒嚴。

緊跟著文武會商大事，縣官和守備又吵了一頓。縣官責備守備怠忽城防，守備說縣太爺辦理叛逆大案，不應該事先不關知武吏。像這樣重案，關係全縣全府安危，縣太爺一個人就辦起來了，守備一點不得預聞，跑了要犯，當然非武職之過。

縣太爺大怒，說：「我都受了刺客的暗箭，我是因公負傷。你老兄把我公事不當公事，躲在家裡享福，正事不談，先往外卸責任！好，我們走著瞧罷。縣屬出了叛逆，你說你不知道，你管幹什麼的？還怨縣衙沒有諮照你，現在請你緝拿要犯，你過了半天，才把隊伍調出來！你那隊伍都上哪裡去了？就只這幾個人嗎？」

武職官到底鬥不過文職父母官，守備憋得臉通紅，不敢再頂了。縣尉、典史連忙從中斡旋，向文武二吏說：「二位寅兄都是為了國事發憤，足見忠君愛國。現在暫請息怒，還是趕緊追緝要犯罷。但不知劫差事的那幾個賊黨，年貌衣履如何？請縣尊指示，我們趕緊撥派兵捕丁壯，嚴行搜拿！」縣令氣憤地說道：「賊黨劫犯行刺，我就第一個受了傷。賊黨也不知是施的什麼妖術，從天而降，起了一團迷霧，弄得人人睜不開眼，誰看清他們的年貌了？」典史道：「我想衙前皂隸在場的，總有看清的，何不把他們傳來，細細問一問？就好下手了；若不然，也無法搜緝。」

這典史很有才智，縣令氣哼哼的吩咐把在場吏役傳來，挨個詢問劫犯逆徒的人數，因為他們都是蒙面的，看不到年貌，只問了個大概，就寫出一張單子來，命書手復抄多份，分發出去緝拿。

可是典史的才智，還不如縣尉。縣尉問縣官：「本案要犯趙邁逮到之

後，不知縣尊通詳上去沒有？」縣官道：「哪裡顧得通詳？這不是抓到時過了一堂，今天剛提出來，才過第二堂，便被劫走了！」縣尉道：「那就極好了。依小弟之見，逃脫叛逆要犯，文武官吃罪不輕；縣尊既然沒把本案上詳，足見縣尊慮事周詳。我看我們把這一案啞密下去罷。我們只暗暗訪緝。千萬不要上報。如果我們緝著了逃犯，再通詳報功；如果緝拿不到，我們就把這一案暗暗的銷了，那時縣尊和守府都不至於擔處分了！」

於是把這叛逆劫犯的重案，無形中消滅了；正合乎官場「大事化小，小事化無」的祕訣。如果緝拿住要犯，那時再請功；尤其合乎官場「成事必說，壞事不講」的大道理。於是乎照方抓藥，皆大歡喜，就這樣做下去了。自然頭一步，還是在城中加緊搜拿；第二步，派捕快到清水村去抓趙邁的家屬。結果是搜城捕叛，抓了好些個「情形可疑」的老百姓，算是逆黨；差役到趙家，趙家的老小一個也不見，趙宅的什物空空如也，只剩下破桌子爛板凳了。不知怎的，走漏了消息，連四鄰也跑了好幾家。可是差役們照樣是「賊不走空」的，要犯家屬逃亡，四鄰逃亡，四鄰的四鄰到底還有沒逃亡的，官人就把他們抓了來見官。官吏就把這些吃冤誤官司的四鄰好好敲打了一頓，有錢的交錢贖罪，沒錢的就算是「無恆產即無恆心」，也就是刁民流氓，不安分之徒，縣官用重刑敲打他們，「人心似鐵，官法如爐」，總可以把一些人煉成了鋼。但是好些個無能的老百姓煉不成鋼，恰好替趙邁頂了缸。這件大案就這樣破案了結，父母官也就照樣通詳上峰，報了一功。可是官場所認定的原案要犯趙邁，卻鴻飛冥冥，逃出了法網。

救走要犯趙邁的是誰呢？可想而知，正是葉雨蒼和陶天佐、陶天佑弟兄，另外還有葉道長一個長門弟子穆成秀。

葉雨蒼在六安縣清水村停留的時候，惹起官人的留意，官人稍稍刺

探，葉道長立刻驚覺。葉道長的驚覺，又是他的長門大弟子穆成秀首先提醒的。穆成秀看破了地方里甲對他師徒側目而視，又發現改裝私訪的捕快在廟前廟後逗留，於是他祕密報知葉道長。葉道長身負重任，祕有所為，暗地裡命弟子穆成秀給巡風，現在果然不辱使命，見危報警。

　　穆成秀原是個棄兒，父死母嫁，被叔伯們狠心霸產，把他從六七歲上趕出家門。六七歲的小兒街頭行乞，凍餓號哭，無人過問。於是教雲遊四方的葉雨蒼道長遇見了，出家人以慈悲為本，游俠客以救難為懷，遂不嫌累贅，把穆成秀收救了去，當作一個道童兒。那時穆成秀已經八九歲了。這小孩生得頭大身矮，巨眼濃眉，有點奇形怪態，卻天性篤厚，十分眷戀師恩；又以身世慘苦，飽受折磨，遇見人間不平事，立刻感同身受，疾惡如仇。因此他很能夠敬業尊師，好義濟貧，獲得師尊的信愛。葉雨蒼教他技擊，他學起來，又聰慧，又能堅持，從師十幾年，常給後學師弟們領招墊招，居然盡得葉道長真傳，武藝精深，非一般徒兒可比。只是他雖已出家，不能通道，葉道長也沒法勉強他。

　　他自幼乞食，不潔不屑，習於流浪，街頭巷尾，找到一個角落，便可以蹲著睡覺；風餐露宿，視為故常。誰能料到他是葉道長的耳報神，踩盤子小夥計呢？後來他武功越精，堪以獨當一面，葉雨蒼便命他獨行游俠。他依然佯作行乞，每遇不平事，便伸手攪他一攪，貪財的叫他破財，仗勢的叫他觸霉頭。

　　雖說真人不露相，江湖上行家盡多，漸漸被人發現，漸漸闖出了名堂，武林道給他一個外號，叫做「木頭猴，鬼見愁」。「木頭猴」並不是說他頭腦有毛病，只是他姓穆的諧音罷了。「鬼見愁」是形容他生長的醜陋，鬼見了也發愁。

葉道長是出家人，忽然帶了兩三個俗家弟子，出沒在清水村；明面是在凌雲觀掛單，可是到觀裡找他，十回有八回找不到。葉道長由城到鄉各處出現他的蹤跡，他的幾個弟子又太異樣。陶天佐、陶天佑像一對跑江湖的漢子，穆成秀簡直是個討飯花子，趙邁又是個識文斷字、有家有業的當地念書人，不第秀才。這樣的道俗師徒，已經不倫不類，惹人注目，說出話來又十分的「離經叛道」，昏君賊官張口就罵，於是鄉約地保官人捕快大起猜疑，暗中盯上他們了。他們師徒又往往是白天少會面，每逢月白風清，就聚在林邊月下，練功講武，還說些士大夫掩耳不敢聽的話。官人暗中窺伺他們，只不多日子，便把他們弄「靈」了。

然而葉道長藝高膽大，他又忙的很，只祕囑徒弟們多加小心，勿留把柄，他照樣忙他的事走了。案發這一天，偏趕上葉道長把陶氏昆仲也叫走了，官人們先搜觀後搜村，末後逮捕了趙邁。穆成秀那時正睡在凌雲觀匾額上，什麼動靜全聽見了，他卻沒有動彈。他骨子裡看不起紳士派頭的師弟趙邁，但要動手搭救他，忽然他的心思一轉，要看看趙邁被捕後的骨氣，便袖起手來。

趙邁抓到縣衙，穆成秀施展輕功，潛去聽審。看到趙邁抗刑不屈，庭辱縣官，居然很夠味，他這才悄悄抽身，奔回去找葉道長，把趙邁誇了一頓，說：「這位秀才居然是個人物，師傅眼珠子夠亮的，我倒沒有估透他。現在我們怎麼搭救他呢？」

陶氏弟兄道：「我們搭救他便了。」穆成秀道：「搭救得趕快，他激怒了縣官，勢必要連過刑堂。不管他扛得住扛不住，縣官必要判他死罪！我們必須馬上動手，再遲了，也許他受酷刑，傷了肢體，也許被狗官們暗中處死。」陶天佐道：「既然如此，我們何不夜入監牢，把他盜出來？」葉雨蒼微微一笑道：「我還要借趙邁這一案，撼動江南一帶的人心，我打算白

畫去鬧公堂，劫要犯，你們看，可使得嗎？」三個弟子闤然告奮勇道：「師傅覺得這麼硬幹有好處，我們就硬幹起來！」葉雨蒼道：

「可是得涉險呀！」弟子們道：「要造反，還怕涉險嗎？趙邁老老實實待在家，凶險還找到頭上來！」葉雨蒼道：「好，對！」

於是師徒四人計議停當，決計要鬧公堂，劫要犯，第一步先準備好了去路。此時張獻忠已經入川，和他們消息隔絕；大家決定先奔西北，去投李闖王。潼關的闖將，跟葉雨蒼有交情，先投闖將，再投效闖王。憑師徒一身藝業，定能轟轟烈烈幹一場，將閹黨權奸把持下的大明朝廷推翻，將紳豪把持下的府縣治摧毀，老百姓一定得以蘇喘一口氣。他們把第一步去路講定，第二步便是救人了。為救要犯趙邁，得先救要犯的家屬。

葉雨蒼是道家裝束，恐人打眼，便命陶天佐潛到清水村，面見趙邁的妻女，勸她們避難離鄉。趙娘子頗識書字，丈夫涉訟，丈夫的朋友勸她棄家遠逃，她竟不肯走。她說得好：「外子不出獄，我不能離家，要死死在一塊。」她絕不肯跟一個外人出走避難。陶天佐說破了唇舌，她流淚謝絕。陶天佐無可奈何，回報師傅。葉雨蒼想了一想，就是自己去勸也怕無用，只得設計從監獄中，賄買牢卒，獲得趙邁的親筆書字，上寫：「琳兒愛女見字，家門不幸，汝宜隨母到汝婿家暫為託庇，勿以我為念，汝及汝母應聽從太老師之話，將來昭雪，再圖完聚……」

葉雨蒼這才重派陶天佐再見趙娘子，墊好了話，捱到二更後，葉雨蒼親去剖說利害，勸這徒弟娘婦避地免禍。

趙娘子以為丈夫的親筆字條措辭曖昧，只哭求老師搭救她丈夫，仍不願意出走。葉雨蒼曉得她還有點信不及，只得長嘆一聲，把真情實禍仔仔細細對她說破：「你們家現在遭的是滅門之禍，罪一問實，就是叛逆重案。

為了搭救你丈夫，我們要破獄縱囚。到那時，我們既要救你丈夫，又要保全你們母女，實在來不及。你既不放心，這樣辦，你先帶女投托附近至戚躲一躲，等到我把你丈夫救出來，你們見了面，再定奪以後逃奔遠方的事。」趙娘子還在遲疑，葉雨蒼沉下臉來，嚴詞正色說：「你不許猶豫了，事機很緊，性命交關，你不要害了自己。你一定要聽我的話，一定要這樣做！」

說罷，葉雨蒼離開趙邁堂屋，剛走到階下，便施展武功，挫身一躍上房，渾如輕煙，沒入夜色之中了。他是要拿他的武功，增強趙娘子的信賴。卻是趙娘子依然存著男女有別的念頭，更怕江湖上人心難測，隨便葉道長怎麼說，她還是潛存戒心。

葉雨蒼是久闖江湖的大俠，他看透趙娘子左右為難的苦處，他就左想右想，想出了一招，修書一封，急命穆成秀星夜投遞。穆成秀經兩夜一天，持書邀來了一個女俠，論輩分還算穆成秀的師姊，論年歲才二十六七，她的名字叫做熊憶仙，就是汪青林的師妹。

熊憶仙一到場，趙娘子的顧慮消除了，立刻打點細軟，由熊憶仙保護著，把趙娘子母女都改扮了一下，乘夜潛遁。

那一邊，葉雨蒼道長率領穆成秀、陶天佐、陶天佑，另外還邀來幾個幫手，去搭救趙邁。探得這一天問審，他們就驟然下手，用暗箭射傷縣令，用石灰粉迷住了公堂上官人的眼目，很迅速的很容易的把趙邁劫救出來。由陶天佐、陶天佑替換著背負趙邁，衝出縣衙西箭道，跳進小巷，三轉兩繞，逃到了一個落腳地點，馬上給趙邁改了裝，臉上也塗了色。其餘的人也都脫下夜行衣，扮成各式各樣的老百姓，隱藏起來。這隱藏地點，自然也是葉道長手下同黨的住處。耗到夜晚，他們就架繩梯，爬城牆，保

護著趙邁，逃出了縣城。

　　一到城外，早有預備下的暖轎，把身受刑傷的趙邁火速運到鄰縣，和他的妻女見面。趙邁僅僅過了兩個熱堂，所受刑傷已經很重，人竟糟蹋得不成樣子，趙娘子和女兒不禁哭了起來。不意趙邁自經此變，把顆心變得更硬了，他皺著眉對妻女說：「你們哭什麼？我打了這回官司，長了好些見識，我這才懂得『官法如爐』這句話的意思，這個爐也許把人煉成灰煙，也許把人煉成熱鐵純鋼。我從前總覺著官府是講理的地方，現在我明白了，原來官府是苦害良民的所在，俗諺說：『衙門口向南開，有理沒理拿錢來。』這話雖俗，竟是真事！又道是哪座廟裡都有屈死鬼，他們抓不住葫蘆就找瓢，屈死鬼給老爺們銷差請功，屈死的是太多太多了！」

　　葉道長看定趙邁說：「如此講，你看李闖王、張獻忠這些反叛，所說的『官逼民反』這句話可對嗎？他們要造反，應該不應該呢？」

　　趙邁切齒道：「應該！只是有一樣，他們造反成了功，那時候改朝換代，稱孤道寡，他們也就變成昏君酷吏了！」

　　葉雨蒼冷笑道：「你倒有這一慮，可是誰變成昏君酷吏，誰就激起民反，隋煬帝胡來，隋煬帝的腦袋就保不住！李闖王他們還不是沒有改朝換代嗎？你不能因噎廢食！」

　　葉雨蒼的確是和李自成、張獻忠通謀的，他肩負祕命，是到東南來蒐羅起義人才的。葉道長看中了趙邁這個不第秀才，以為他生有俠氣，可以共圖大事。可是葉道長漸漸發覺趙邁到底是念書人，心眼兒彎彎曲曲，有許多瞻顧，和陶氏弟兄截然不同，和穆成秀更截然不同。然而葉雨蒼識高於頂，老早就認定，要成大事、除苛政、戕民賊，不但要網羅草野豪俠，還要拉攏失意的文人。固然誰都知道「秀才造反，三年不成」，他們一向

是議論多，行事少；但明朝重文，秀才舉人們每每成為一鄉之望，良懦的老百姓常常受他們左右。要舉大事，應該拉過幾個失意文人來，教他們當幌子，做號角。

葉雨蒼更見到闖王舉義以來，劫富濟貧，深遭紳豪誣罵，動不動就標榜出「亂臣賊子，人人得而誅之」的話頭來，替朝廷張目。而朝廷派來的剿寇大軍，和地方官紳結成一體，盡情造謠，說李自成、張獻忠濫殺讀書人，又說他們專用流氓山寇，最嫉妒良民。這正是王朝官府一種消滅反側的毒辣宣傳，為的是激起一般人們對闖王闖將的恐怖和反抗。那麼，闖王起義軍為了打破這個謠言，也應該多方蒐羅官場上失職的小吏、科場上失意的書生，借他們的嘴道破官府的謠言。

葉雨蒼遠遊江南，蒐羅了一些不羈之才，趙邁也是其中的一個。趙邁失意科名，又遭冤獄，對王朝官府已深蘊悲憤；可是他到底中了一些四書五經的書毒，總覺得「離經叛道」「犯上作亂」不大受聽。而且伯夷、叔齊餓死首陽山所唱的「以暴易暴兮，不知其非矣」這句詩也在他腦中作怪——暴君可恨，暴民也可惡！現在他身受刑傷，是葉雨蒼等鬧衙劫犯把他救了出來，他竟糊里糊塗變成反叛了。他只能跟著反叛走，當順民他不甘心，當亂民他不舒服，他呻吟病榻，還想到遁跡深山，做一個挾武技以全身的自了漢；陶淵明的世外桃源，他想找一找……葉道長為想打破他這個自了漢的拙想頭，特地丟開別的事，留在趙邁匿跡養傷處，破釜沉舟，向他開導了兩天兩夜，告訴他：「虎狼當道，並沒有世外桃源！而且目下內憂外患交乘，大丈夫生於今日，當扛起鐵肩，除民賊，驅外敵。妄想置身世變之外，將恐胡騎南下，神州覆沒，我們當不成佩劍的俠隱，卻有份當定胡奴了，大元帝國就是前車之鑑。你可知道南北朝五胡亂華，嵩山隱士挨刀的故事嗎？」這位老道長大發婆心，煞費唇舌，才把頭巾氣十

足的趙邁說得五體投地，也願意當闖將了。可是對於張獻忠還有疑惑，江南士民傳說張獻忠濫殺良民，把纏足婦女的腳剁下來堆成蓮足山，假裝開科取士，把儒生匿騙來整批整批的活埋；又傳說張獻忠有七殺碑，是個殺人成癖的魔王。可是葉道長口氣中，還說張獻忠是個英雄。

　　趙邁索性把心中的疑惑說出來，問葉道長：「這是怎麼一回事？」葉道長哈哈大笑，說道：「張獻忠如果濫殺，他的聲勢不會這麼大，這都是官府造的謠言。我給你一個抄本，你看一看就明白了。」葉雨蒼從他的行囊中找出一本《罪唯錄》，乃是明末一個小吏寫的，交給了趙邁細閱。趙邁仔細翻讀，這才明白張獻忠的濫殺其實是官兵幹的，卻轉嫁到張獻忠帳上了。《罪唯錄》上寫得明明白白：「官軍淫掠，殺良作俘」，打不過張獻忠大西國的起義軍，就攻入良民村莊內，燒房屋，搶財物，強姦婦女，把壯丁殺死，提人頭報功，說是掃蕩了一座賊寨，其實是殺絕了一村良民。

　　做主將的只圖給部下請功受賞，不問虛實，官兵交到一顆首級，就賞銀牌一面，激迫得老百姓「屯聚以拒官軍」，「以州縣迫降流寇」，結果，弄得良民也變成「流寇」了，張獻忠的聲勢越來越大了。官書上屠村的帳，全寫在張獻忠的帳上，張獻忠便變成一個好殺人的凶神了。《罪唯錄》又寫到李自成倡出「均田免糧」的號召，引得「畏官如賊」的良民「焚香牛酒以迎」。趙邁把這個抄本看了一通，這才恍然大悟，同時也明白了官書不斷寫著殺賊幾千幾萬，竟殺得遍地全是流賊，其中緣故就在乎殘殺良民，虛報軍功，這才激成闖王闖將的成功！

　　趙邁長嘆一聲，丟下書冊，向葉道長說道：「弟子全明白了！自今以後，我也只剩一條道，要想逃活命，免得被逼為盜，只明趁早投闖王，我決定跟著師傅走了。實不相瞞，前些日子，師傅每每提到張獻忠，我心裡總不以為然，現在我懂了！」

葉道長道：「你既然懂了，你應該怎麼辦呢？」趙邁慨然道：「弟子願聽老師驅策，赴湯蹈火，所不敢辭！」葉雨蒼道：「好好好，等你傷癒，我自然要借重你！」

趙邁刑傷的確很重，按理說應當借地多多調養，卻只在這小村子歇了幾天，便覺出風聲吃緊。他們男男女女忽然而來，白天不敢露面，做得太嚴密了，倒惹起四鄰的疑猜。居停主人背地告訴了葉道長，說有人暗中刺探。葉道長立刻決計分頭出走，遠離省境。於是約定了後會的地點，先命穆成秀喬裝車伕，陶天佑喬裝趙娘子的小叔，把趙娘子母女連夜送走，寄頓到外省一個隱避地方。陶天佐喬裝僕從，算是服侍抱病登程的主人。趙邁扮作扶病回館的幕府師爺，雖然患病，卻奉東翁急招，現在從故鄉出來，要跟隨東翁一同上任。於是兩撥人先後上路，葉雨蒼道長別有要務，也匆匆走了。

陶天佐伴護趙邁，走著路養傷。走一程，歇一程，也許住店，也許到老百姓家尋宿。凡是尋宿的人家，趙邁看出來，大概都跟葉雨蒼有淵源似的。葉雨蒼雖是出家人，他的交遊似乎很廣。趙邁刑傷很重，像這樣奔波療養，自然好得慢，直過了三四個月，方才痊癒，卻也來到約會的地點了。這是在蘇皖交界的一座小鎮，接頭的地方是一家驟馬行，穆成秀和陶天佑早就來了，還有幾個別的人，都是跑江湖的漢子，念書人只有趙邁一個。見了面，穆成秀將安頓趙娘子母女的情形告訴了趙邁，趙邁大放寬心，感激不盡。然後引見朋友，驟馬行的老闆，和兩個趕車驟的把式，一個賣藝的，一個賣藥的。穆成秀說：「這都是自家人，我們以後要多多親近。」

這些人在驟馬行候了幾天，葉雨蒼道長還沒有趕到。大家等得心焦，日日翹盼，好容易盼來了一個「踩盤子」的朋友，帶來一封祕信，祕信寫

了好幾張，單有一張是寫給趙邁一行人的，內說原議赴潼關投闖王之計作
罷（原本這話就是葉雨蒼試探趙邁決心的），命趙邁和穆成秀、陶氏昆仲
分做兩撥，漫遊豫皖以及長江上游至江西九江，要檢視地理形勢，官兵防
務，要物色江湖豪傑，綠林人物，並訪查官紳劣跡，民間疾苦。頂要緊的
是設法宣揚闖王義軍「誅民賊，除苛政，鋤暴救民」的真情，把官府屠良
民、報軍功捏造「流賊濫殺」的謊言徹底揭破。

　　這封祕信所規劃有事體很多，其中最機密、最要緊的，乃是命穆成
秀、陶天佐、陶天佑和別位同門，分途漫遊各地，聯繫草野豪俠，傳遞消
息，準備在豫皖江漢糾眾起義，響應川陝。這機密大事，暫且沒告訴趙
邁。葉雨蒼怕趙邁念書人心多疑慮，肩少擔當，又沒共過事，不得不加小
心，因此，只將機謀告訴他一個大概，意思是教陶氏昆仲陪伴他奔走風
塵，多歷艱苦，多看看人間不平事、宦場鬼蜮情，好激起他的義憤，堅定
他的鬥志；同時也磨練他的才氣，希望他變成起義軍江南方面的一個中堅
人物。起義軍多是川陝健兒，窮苦農民；葉雨蒼特意在東南半壁拉攏像趙
邁這樣身遭不白之冤的書香人家，鼓勵他們豎起義旗。人人都說書呆子不
能成大事，葉雨蒼卻道：「在努力鼓動、努力開導之下，能使得書呆子也
肯造反，那推翻暴君酷吏的統治就易如摧枯拉朽了。」這就是葉雨蒼道長
的一番苦心深意。

　　葉雨蒼這個人很有卓見，他和李自成、張獻忠兩方面似乎都有聯繫。
他常說殲滅民賊，必須萬眾一心，南北十三省，應該各省都有人起義；
三百六十行，各行都有人入盟，這樣才教官軍「剿寇」顧攬不過來。同時
各地起義軍更要互相策應，聯成一氣，官軍擊此則彼救，擊彼則此救，步
伐協同，互相策應，才免教官軍各個擊破。張獻忠不肯擁戴闖王的大順王
朝，他竟率部入川，自立為大西國王，葉雨蒼認為這樣舉動大錯特錯。葉

雨蒼近年來奔走各地，不暇喘息，他就是專心給各地義軍「排難解紛」，化除誤會，鼓動他們團結一心。他成了義軍中間的魯仲連。

現在葉雨蒼與趙邁定了約會，沒有趕到，也就是義軍中間不幸又滋生了意外的波瀾。

當下，穆成秀等接了祕信，依計而行。陶天佐仍和趙邁結伴先走，趙邁刑傷已癒，體力未復，還怕他倉促遇事應付不來。穆成秀和陶天佑就稍稍落後，在後面暗地跟隨保護著。自然他們在漫遊過程中，仍忘不了他們的正事。

陶天佐和趙邁等由豫皖交界繞赴豫南，西趨荊襄，一路上拜山訪俠，察關隘，偵民隱，飽嘗風霜，大開眼界。趙邁漸漸磨去了書生習氣，也頗體驗了江湖人物氣味。靠著穆、陶等人的幫助，交結了一些草莽豪傑，並且也安排了一些舉義的準備。在江西九江口，他們結納了兩個豪俠。一個叫鎮九江丁鴻，乃是當地魚行老闆，有許多的漁民跟他結義，在水路很占勢力。另一個叫神手蔡松喬，生得白面長髯，相貌清癯，世傳針灸法、接骨科，專治跌打損傷，在九江口岸懸壺行醫。九江口是個水陸碼頭，江湖上好漢常有打架鬥毆的負了傷、折了骨，就找蔡松喬調治，治得很靈效。蔡松喬為人好交，也認識了一些江湖人物。他本身也會武功，他和鎮九江丁鴻乃是拜盟的弟兄。

鎮九江丁鴻生得身材壯大，大眼睛，高喉嚨，氣勢雄偉，體壯力強，年紀比蔡松喬小幾歲。他是魚行出身，家中有錢有人，卻也生性好友，很有人緣，是單雄信、晁蓋一流人物，也交結江湖人物，也交結地方紳豪。他這「鎮九江」的外號，乃是他做了一件威鎮江濱的事，當地人給他賀了一個外號。那年由上游來了許多木排，木排爭水道，撞壞了漁船。漁戶和排上的人起了紛爭，排戶強悍，動手行凶。漁民報復，糾集多人要打群

架。事被丁鴻知道了，慌忙到肇事場所。他曉得鬥毆一起，必出命案，勝的欣然慶功，敗的含恥尋仇，那就冤冤相報，死的人必然更多。於是丁鴻掏出他的看家本領來，頭一步先拿出他的地方豪俠的派頭，向漁民大叫：「諸位老鄉且慢動手！這是俺姓丁的事，俺不能叫人堵上家門來欺負，俺一定要辦個了斷！」登時把事情全攬在自己身上，把眾怒壓得一壓，把眼看爆發的拚命械鬥暫且攔住了。第二步他脫了上衣，光著臂膀，舉一枝鐵篙，躍上漁船，一個漁民替他搖槳，如飛的找那木排上的排頭搭話。

這時候有十幾艘漁船，像螞蟻交螳螂似的湧聚在木筏前邊，攔住了去路，幾乎要封江。排戶聚了人，抄起傢伙。丁鴻舌綻春雷，連聲大叫：「哥們讓道！哥們讓道！瞧我小弟的面子，讓我來『了斷』！」竟使出雄威，把這些蟻附木排的大大小小漁船，用他那鐵篙一點一艘，一衝一艘，眨眼間撥開了水道。他又將鐵篙一點，眼望木排排頭存身的那塊大木排，行船一直湊上前去，高喊一聲：「朋友息怒，俺丁鴻來也！」嘈雜聲中，沒人理會，船臨切近，他蹲身一躍，跳上了木排。這木排被他飛身一落，竟一浮一沉，恍如壓下千斤重閘。木排上一個年輕排戶橫身攔叫「呔，休得……」掄竹篙一打，呱的一聲響，碰在丁鴻的鐵篙上，折為兩段。丁鴻哈哈大笑，早已躍登木筏，把鐵篙投在腳下排上。「光棍眼，賽夾剪」，木排上氣勢虎虎，站定好幾個人，他立刻認出哪個是排頭，便抱拳上前。

正是先聲奪人，那排頭馬天祥愕然張目，喝問來人是誰？

丁鴻重新通名，那排頭道：「哦，我當是誰，原來是九江口漁行老闆丁二爺嗎？」抱拳還禮，伸臂過來拉手。兩人手拉手，暗中一較勁，排頭哈哈大笑，道：「名不虛傳！既然是丁二爺出頭了事，我水上漂讓了！」吆喝一聲，教木排往江心錯開。

卻又故意亮了一手，那身一掠，從這座木排躍登那座木排，從那座木排躍登第三座木排，好像是傳話止爭，其實是把他那輕功施展出來，掙回面子。丁鴻連忙喝采：「好俊飛縱術！」馬天祥笑道：「出醜出醜！」隨後躍回來，向丁鴻拱一拱手道：「丁二爺請回罷，改日再拜訪！」

馬天祥就要走，丁鴻道：「且慢！小弟應盡地主之誼，請到舍下。」馬天祥道：「這個……」眼往岸上一瞥。

丁鴻道：「仁兄務必賞臉，我還要替我們漁行哥兒們向諸位賠禮！」

馬天祥道：「是我們的不是！」

丁鴻道：「是我們的不是！」

兩人一齊哈哈大笑，相攜登岸豪飲，一場紛爭，在江湖義氣上、杯酒言歡間化為烏有。這鎮九江丁鴻的外號，便是這樣獲得的。哪知道為了這個外號，丁鴻竟身陷法網，為官府所毀害！

趙邁、陶天佐、陶天佑、穆成秀四個人分兩撥漫遊江湖，訪察豪俠，窺探江防，看到了九江南昌一帶形勢險要，如果在這地方聯繫江湖人物，布置起義，恰可以截斷江航，震撼南疆。四個人暗暗尋訪堪以舉義的英才，便從市井間聽到鎮九江丁鴻這個人物。丁鴻這時候恰遭橫禍，被官紳勾結，拿王法當圈套用，把他擠到頭一道陷阱中，直落得傾家蕩產，僅掙出活命來，卻是第二道陷阱又給他安排停當了。

鎮九江丁鴻曾經無意中得罪了一個姓施的卸任御史的門丁。這施御史是九江府一個很厲害的鄉宦。偏偏本府又來了一位新任耿知府，生平以清流自居，以風雅自高。現在流寇蜂起，治亂國用重典，振刷振刷。耿知府剛一下車，便垂問民隱，暗訪豪強。他卻不打算驚動把持官府、欺壓良民的豪紳鄉宦，那是士大夫，和他乃是一流，絕不會造反。他要找尋懲治的

惡霸土豪，乃是沒功名、有聲望，而又不安分、富資財的老百姓。於是他便從這個卸職御史口中問到了幾個惡霸，頭一名就是鎮九江丁鴻。

　　丁鴻在當地很有名聲，家境又好像殷實，並無科名，偏偏又有「鎮九江」這個倒楣綽號。耿知府老爺以為這正是不軌之徒，好人焉有綽號？好啦，除暴安良，殺一儆百，乃是地方官的職分。耿知府立刻發出傳票，「抓來見我！」一頓敲打，丁鴻抗刑不招，其實就想招，叫他招什麼呢？他並沒有搶男霸女，也沒有謀奪誰家的寡婦田、絕戶產。他最大的罪狀，只是不受御史老爺府上門丁的訛詐。

第六章
險惡豪紳仗勢倚財強霸道，
魚行好漢熬煎受迫怒焰生

　　施御史老爺妄想不花錢，日日白吃鮮魚，魚行老闆丁鴻先生給碰回去了，這是他得罪人處。雖然他身陷法網，但素日人緣不錯，漁民們聯名遞保結，不成；當地商家聯名遞保狀，也不成；又煩出別的紳宦來說情，後來保出來了，卻弄了　身刑傷，耗太了全部浮財，他的漁船也變賣了好幾艘。當然繞著圈子，肥了新任耿知府和施御史了。

　　丁鴻掙出活命來，回到家中，問出自己的出獄，乃是家中人變產行賄打點出來的，他不由得發怒，向家中人嚷了一陣；更打聽這場官司受枉的緣由，起初還弄不清，日久漸漸訪出底細來了，「丁仁兄，你這是財多為累啊！」這一下更把他氣得暴跳如雷！原來是去職的御史施鄉紳祕密檢舉他的！他切齒道：「好好好！這可真是官逼民反，我們往後瞧罷！」

　　卻不料「往後瞧」這句話，不知怎的傳到了施御史耳中。

　　御史老爺微微冷笑：「好個刁民，他還要恫嚇鄉紳，我一定教你好好的往後瞧！」

　　可是施御史撚鬚冷笑的話，不知怎的又傳到了鎮九江耳中。丁鴻又怒又怕，狠狠說道：「這可應了那話，貧不跟富鬥，富不跟官鬥！卻是我姓丁的也不是老實的，隨便任人拿捏。還是那句話，你教我好好往後瞧，我就好好『往後瞧』就是了。但願你御史老爺、知府大人也要好好的往後瞧！」

從此，鎮九江丁鴻暗地裡也有戒備，也有些拉攏。他想：「狗日的，逼急了老子，老子不在水路混了，老子上山！」

在這時候，趙邁、陶氏昆仲、穆成秀悄悄的來到九江了。

不久，九江江邊上，突然出現了幾位外路好漢，捲胳臂，捋袖子，氣勢洶洶，好像是白相朋友、混混兒新來開碼頭的樣子。丁鴻的魚棧就開設在江邊。這幾位短衣幫好漢就不斷來到魚棧左右打旋。過了個把月，丁鴻認識的一個開賭坊姓郭的白相朋友，找來跟丁鴻私談。丁鴻問：「什麼事老哥？」賭坊主人郭老闆說：「丁二哥，你可覺得這兩天你們魚棧有什麼事故嗎？」

丁鴻一愣道：「沒有啊！」

郭老闆道：「你沒覺出，有人思索你這魚行嗎？」

「沒有吧？等我問問看。」丁鴻把魚行掌秤杜恆才找來一問，掌秤杜恆才大大意意的說道：「誰敢思索咱爺們！我管保沒人這麼大膽。但是，混蛋哪裡沒有，這些日子的確有幾個外路江湖，不斷到我們魚行來打旋，向我們漁船上的朋友亂問一氣。」

丁鴻張大眼問：「問什麼？」

「問油水，問好處，問你有多少船，問別的漁船就甘心吃你的擺布嗎？」

丁鴻忙道：「他們怎麼答的？」掌秤道：「他們當然實話實說了，說我們丁二哥也是苦朋友出身，一向公買公賣，處處顧全我們同行。人家是我們漁船上的公道大王，誰和誰有了競爭，都請人家評理。」

「他又怎麼說？」

「他們說，好一個公道大王，怪不得要造反呢！」

丁鴻直了眼道：「哈！」愣了半晌，轉怒為笑道：「我就是公道大王，我就要造反……我不是還沒有造反嗎？」

賭坊郭老闆道：「丁二哥不可大意，我卻曉得這幾個傢伙別有陰謀……」

「有什麼陰謀？」

「大概是聚了些打手，要謀奪你的魚棧漁船。」

「哼！好，我鎮九江真有點混夠了，我正想遷碼頭，躲一躲這幫貪官豪紳，只要真是江湖上的好漢，按江湖道想來跟我比武較量，我鎮九江乾脆準讓了。我謝謝郭大哥的關照，他們還有別的打算嗎？」

賭坊郭老闆便將那幾個外路好漢在賭坊押寶耍錢所放的狂言，所無心透露的詭計，罄其所有，全告訴了丁鴻。丁鴻略作沉吟，暗暗打定應付的主意，當下便留郭老闆喝酒。郭老闆一面喝酒，一面也替丁鴻出了一些主意，並自告奮勇，要拉攏對方，探探他們的口氣，是不是可以和解。

過了幾天，賭坊郭老闆向這幾位江湖漢子試探口風，這幾人神色侮慢，毫不兜攬。郭老闆再往深處談，這幾個人突然滑頭滑腦，裝出假面具來，嘻嘻哈哈，胡扯一陣，自說他們乃是路過九江，並不打算在此地開碼頭。但又「回馬一槍」，從泛論九江口的江湖人物，打聽到鎮九江的勢力、為人和他經營的魚行的內情。郭老闆轉問他們，打聽這個做什麼？他們卻道：「誰不曉得鎮九江這號人物，真是威名遠颺，我們很欽仰。可惜沒功夫；若有功夫的話，倒要結識結識。」跟著釘了一句，「你老兄大概跟『鎮九江』很有交情罷？」郭老闆趕緊頂上話去：「不錯，『鎮九江』這個人仗義疏財，最好交朋友，最有義氣的，不但我在下跟他不錯，本地街面上的人物，以及官私兩面，他都有朋友，都跟他至好。像你們哥幾位這表人物，倘願跟他交交，他是求之不得的。」

這幾人你看我，我看你，微然一笑道：「是嗎？」忽又道，「好，不久就有機會。我們哥們跟他交一交。」便站起身來，告辭走了。郭老闆惹了一肚皮氣，這夥人雲山霧罩，口氣怪得很。看氣派，他們又像江湖道，又不很像；看來意，好像來開碼頭，又不肯認帳。郭老闆是個粗人，就憤憤的罵了一句：「狗養的，這夥東西到底是怎麼個路數呢？」他一點也沒摸清，也就沒給鎮九江送信。

然而機緣竟夠緊迫，隔過不多幾天，這幾位外路好漢帶頭引領著兩個氣度驍雄、武師模樣的人物，倏地氣勢洶洶，找上魚行，先說久慕「鎮九江」的威名，「我們來交交」，等到櫃上把丁鴻找來，他們就開門見山的說出口來，要吃掛錢，入乾股。丁鴻問他們：「憑什麼？」兩個武師沉默不語，那幾個帶頭的好漢掀衣襟，啪地往桌上拍出刀子來，一指刀，一指鼻頭：「爺們憑這個！」

鎮九江丁鴻一見這陣仗，哈哈大笑：「諸位賞臉，光顧到我在下這裡來。在下一生好交，一定教諸位稱心如願！」眼光一罩，光棍眼裡不揉沙子，他立刻分出輕重，轉臉對著那兩位武師遞話，重新請教姓名。兩位武師一姓張，叫張開春；一姓黃，叫黃建堂。那帶頭髮話的叫舒長旺。丁鴻眼望著張、黃兩武師，話對著大家，沉著講道：「我們自家人有話擺在桌面，我們也用不著繞圈子，諸位也不愛聽。現在我小弟要冒問一聲，諸位的來意，可以開誠布公對我言講嗎？諸位如果在財力上有需在下效勞之處，小弟不才，願傾囊獻上，諸位儘管說出多少來。如果諸位此來，是替好友找場出氣，我丁鴻自問血性交友，從不敢欺壓哪一個人。請打聽街面，便知小弟不是自往臉上貼金，街面上的朋友還沒有說小弟不夠朋友的。但是，無心之失，誰人沒有？或者我無意中開罪了好朋友，就請諸位明白指教，我丁鴻還不是護短諱過的人，諸位盡情挑明了，我一定知過必

改，有罪賠罪，準叫好朋友面子上過得去。」

張、黃兩個武師還是不言語，只拿眼盯著丁鴻的嘴，又側顧到帶頭發話人舒長旺的嘴。舒長旺總不理丁鴻這一套，不依不饒，十分強項。丁鴻煩出街面人物來，在酒樓說合，怎麼說也說不攏，對方強項依然，並且越叨念話越難聽。舒長旺狂笑著說：「丁二爺威鎮九江，把持魚行，有財有勢，莫說老百姓惹不起，連官面都另看一眼。可是水滿了要流，吃肥了會吐，丁二爺也享福這些年了，把魚戶的油水也榨弄到透骨了，該換換口味了。丁老兄吃慣頭一口，現在該換我們哥們啃第二口了。」乾乾脆脆，就是這等口調。

說合人出力對付，試替丁鴻探問他們入乾股、吃掛錢的成數。「哥們打算吃多少股呢？哥們究竟是多少位呢？」

答話很凶，人頭不太多，一百多個；乾股四六也不行。

「怎麼才行呢？哥們難道說，整個端嗎？」

啪的一下，舒長旺砸桌子，瞪眼睛道：「你猜著了！」

「我也沒煩你們費心呀！」

「好！你們事有事在！」說合人氣得面目變色，站起來，呼啦啦的全走了，立刻回覆丁鴻：「預備桌面外的吧。」

鎮九江丁鴻哪裡吃過這樣擠，當下擠翻了，冷笑說道：「好吧。謝謝諸位，回頭我給諸位道勞去。」於是親自接見舒、張、黃等人：「既諸位不賞臉，桌面上講不通，那麼請諸位劃道罷，我姓丁的在這裡接著！我刀山、油鍋、拳腳、傢伙、單打獨鬥、群毆械鬥，請諸位賞臉賜教！」

卻是舒長旺這幾位好漢又不想賣打，拚命。張、黃兩武師首先劃出道來，教鎮九江擺擂臺，普請天下英雄「以武會友」，勝者佔有魚行，敗者

夾了尾巴走。打擂臺自然是單打獨鬥，鎮九江丁鴻的武功還釘得住，略一尋思，咬牙道：「好，就是這麼著！」他明知虎狼當道，應該韜晦，可是事到臨頭，死了也要爭一口氣。他是豁出去了，對手舒長旺看出丁鴻的狠勁，突然又變了卦，另說出定期糾眾械鬥，不要單打獨鬥了。丁鴻道：「械鬥群毆，不見本領，你老哥這做法不嫌差勁嗎？我卻怕江湖人恥笑我靠著家門口倚眾欺人，我情願跟你單個對單個！」

張、黃兩武師微微動容，舒長旺也道：「一定要群毆！誰不知道你鎮九江在本地人多勢眾，誰也惹不起，我們卻偏要惹一惹。」

丁鴻怒極，也拍桌子道：「好，就請你們定日期吧！還有，日期請你們定，地方也請你們定，我全聽著就是了。」

就這樣僵上火，定了局。

兩邊暗中都忙著準備。丁鴻只是預備人，那邊除了人，還有別的準備。這時候，地面上全轟動了，接骨科郎中神手蔡松喬卻從別方面另得了一個信，又過細地掃聽了一回，慌忙趕來，找鎮九江丁鴻密談。先略問經過，跟著蔡松喬眉峰緊皺，嘆道：「這可不好……這可怎麼辦呢？丁二哥，我跟你講一句心腹話，械鬥使不得，擂臺擺不得，閒氣簡直慪不得。你能壓住火，把這口氣嚥下去嗎？你想你這時候，可很有點不對勁呀！」

丁鴻微唔一聲，搖頭道：「他們堵上門來找尋我，我不頂著幹，怎麼辦？他們要打架，只好跟他們打。死就死，毀就毀，還顧得及別的嗎？」

蔡松喬道：「丁二哥，你只知其一，不知其二。你要弄清楚，這不是爭碼頭、搶衣飯、尋常江湖好漢較量手臂根的事件，這裡面還有別的把戲……」

丁鴻聞言，尋思了半晌，似有所悟，雙眉一皺，咬牙瞪目，道：「我

明白！」此時他叛志已萌，便向蔡松喬透露了口氣。可是神手蔡松喬未遭切膚之痛，只覺當山寇、當反叛的名頭有些吃不消。但丁鴻左思右想，別無他途。兩人經過多時叨念，更已利害分明，丁鴻竟把大主意拿定。

神手蔡松喬見到了丁鴻志向已決，只好說道：「既然如此，我也不再多勸了。事情危急時，二哥如有需用我的地方，千萬給我一個信，小弟是赴湯蹈火，萬死不辭！」

「好，一言為定，我謝謝你的盛情。」

當下，兩個人緊緊的握著手，好久好久，方才告別。蔡松喬自回醫寓，聽候吉凶。丁鴻趕忙布置，一面安置家小，一面向魚行同事、漁船至好透露己意，一面跟江湖上的好漢通謀。

當天夜裡，便有兩個綠林壯士高春江、魯曉峰，應邀潛來參預密謀，規劃舉事。舉事必須有夠上數的死黨，還要有接上手的外援，現社卻苦於外援的「遠水不救近火」。九江口這地方，附近既沒有占山稱雄的陸路好漢，也沒有據水抗官的江湖豪客，西北夠不上闖王，西南夠不上洞庭湖的百鳥。盤算了一陣，又把九江府官軍的兵力猜想了一下。鎮九江罵道：「管他娘的外援夠上夠不上，老子我要硬搞瞎搞了！」

他覺得一旦殺官造反，沒處投奔，實在有點差勁。他毫沒有造反的經驗，他竟想不到，此刻只要鬧起來，遍地都會出現幫手；隨便一個地方，攻下來便可以據為梁山泊，並不一定先要有個梁山泊，然後再投了上去。那高、魯兩個綠林壯士也很外行，他們只是獨行強盜罷了，他們倆告訴丁鴻：「我們可以給丁二哥引見幾個能人來。」

第二、第三天，便把能人邀來。這能人正是鬼見愁穆成秀、陶天佐、陶天佑、趙邁一行。

　　鬼見愁穆成秀、鐵秀才趙邁一行到達九江口不久，便聽見茶寮酒肆紛紛議論當地豪傑將有打擂臺、奪魚行的紛爭。既然是打擂臺，一定有武林中的能手，穆成秀等便留上心了。恰好丁鴻正在尋訪跟闖王闖將通謀的人物，中間撮合人自然是那兩個綠林好漢高春江和魯曉峰。

　　穆成秀、陶天佐、陶天佑一聽見兩個綠林提到丁鴻的遭遇，便欣然雀躍：「極好了，這可找到合適的人了！」便要幾個人同去會見丁鴻。趙邁道：「且慢，人心隔肚皮，這位姓丁的朋友恐怕是被逼急，要拚命。他這個人素日究竟怎麼樣，是否有號召大眾的魄力？我們先不要魯莽，我看應該試著腳步，留點後手，我們頭一步要考一考他的真假虛實。」穆成秀道：「但是，奪魚行要械鬥的事，九江口街面上都哄傳動了，決計假不了！鎮九江丁鴻這個人我也早有耳聞，是個豪爽漢子。不過你的話也很有理，造反到底非同小可，魄力決心應該品察一下。

　　我們這樣辦吧，你跟天佐找他面談！我和天佑留在外面訪，我們一明一暗。」大家齊聲說好，趙邁就和陶天佐由居間人陪伴，候到天剛黑的時候，悄悄到魚棧後面跟丁鴻會晤。

　　初次見面，略有寒暄，跟著就屏人密談。丁鴻以為趙、陶兩人既與闖王通謀，是造反的人了，應該是彪悍潑辣的人物，不意趙邁文質彬彬，江南口音，活脫像個幕府師爺；陶天佐又鬼頭鬼腦，江湖氣很重。兩人不倫不類，都不像黃巢、闖王派頭。

　　丁鴻存著戒心，趙、陶又存著試探的心。這一邊反打聽趙、陶跟闖王的關係，釘問九江附近到底有沒有闖王潛伏的兵力；那一邊又刨根問底，盤詰丁鴻的決心與實力：「到底你老兄手下有多少人？還能號召多少人？都是些什麼人？」談了半夜，彼此總隔著一層，沒有做到推誠想見——

本來呢，他們這是頭一次會見。談到夜深，趙、陶二人告辭，並訂後會。丁鴻要親送二位回轉下處，問他二人住在哪家店房。兩人悄聲說：「你請回，不要送，免得叫官人打眼。」並沒有說出店名，也沒有說出現時落腳處。那兩個居間人高春江、魯曉峰要陪著客人走，被丁鴻留住了。

　　丁鴻送客歸來，掩上了魚棧後門，和兩個居間人來到屋裡，臉上悶悶不樂。魚棧別屋早聚著十多位死友，聽候消息，紛紛圍上來，動問：「跟北邊的人會見情形怎麼樣？是他們派大隊接應我們來？還是我們殺出去，投奔他們？」丁鴻搖頭道：「還提接應呢，這兩位闖將城府很深，任什麼話都不告訴我們，只拚命擠我的底細，問我死黨都有誰，打算怎麼動手，有什麼外援。我若有外援，還用得著找他們嗎？簡直這兩位闖將滿不夠味！」轉問居間人：「到底趙、陶二位跟闖王沾著點邊沒有？

　　他們打哪裡來的？不是官府派來的狗腿子，暗中刺探我們的嗎？你跟他們早就認識，還是新交？你可聽見剛才我問他二位的下處，他們都不說嗎？」居間人高春江、魯曉峰極力擔保：「這是好朋友，絕不是官府腿子。丁二哥別多疑，人家許是仔細審慎；我這就找他們去，跟他們透底說開了。剛才你們接頭的情形，我也覺得有些合不攏，彼此都有點放心不下。但是無論如何，他們是我們這窩裡的人，絕不是狗腿子一流的人；他們就不能幫我們一手，也不會壞我們的事，若不然，我們也不敢給你們撮合。我們這就問去！」立刻站起來走了。

　　丁鴻很煩惱，且把趙、陶丟開，專談械鬥；由於人多主意多，大家商談起來，七言八語，居然談出一個策略來。當下商定，多多的聚眾，明面跟對方械鬥，暗做造反的準備。一旦發現對手果有陷害機謀，就把械鬥一轉而為殺官造反。

死友們就紛紛出動，以邀人助拳為名，加緊的找這位拉那位，左祕議右聚會，挪地方，嚴關防，探敵情，窺動靜，磨武器，備車船，暗中穿梭似的布置。鬼見愁穆成秀、陶天佑暗中窺察，獲得了蛛絲馬跡。

那兩位居間人高春江、魯曉峰也已詰問趙、陶。趙邁笑道：「老兄不要忙，他們恨不得我們立刻調動人馬，幫他殺官造反；我們卻要訪一訪當地的情形，估一估力量。請你轉告丁二爺，少安毋躁，我們也得合計合計。好在我們是初會，下次再見面，我們拿出我們的做法來，丁二爺就高興了。我們也是忙得緊哩！」

於是居間人自去回覆丁鴻，丁鴻微微一笑，對趙、陶竟失去了信心，隨口答道：「好吧，我靜聽他們的好信吧。」索性連最近的布置也沒告訴居間人轉達。

穆成秀和二陶一趙，既已偵知丁鴻的決心和實力，立刻也決定了對策。先派陶天佐北上馳報葉雨蒼，但不必遠去，只出離省境，便有他們祕設的驛站，專管傳遞消息。然後，穆成秀、陶天佑、趙邁找到居間人，要立刻的跟鎮九江丁鴻會見。

丁鴻另換了一個隱僻的地方，邀幾個至友，和穆成秀等見了面。

穆成秀大頭巨眼，花子似的打扮，可謂其貌不揚。但和丁鴻一「對盤」，立刻看出他眼光閃爍，精力瀰漫。等到一開口，穆成秀開門見山，便問：「丁二爺這兩天運籌辛苦，還有幾位朋友血性相交，給你拚命賓士，想見你們同心決意要抗拒酷吏豪紳！丁二爺，我們全很忙，事機又迫切，我們要痛痛快快的辦。我先釘問你一句：你預備的怎麼樣了？」

鎮九江丁鴻道：「略微有點安排，但是不成，人手太少，還得請你們諸位大力應援。」

穆成秀笑道：「哪裡，哪裡，我們是遠水不救近火，我們知道你已然預備的差不多了，你們已經糾合了二百一十七位同盟死友了！」

「什麼？」

「你們不是已有二百一十七位患難弟兄，都訂了同生共死的盟單了？」

丁鴻微微一驚，環顧盟友，不知是誰走漏了消息；又拿猜疑的眼光打量居間的朋友，末後又凝視穆成秀、陶天佑、趙邁三人。丁鴻久涉風塵，眼力是高的，他看出穆成秀生相盡醜，卻絕沒有官府捕役狗腿子們那種惡奴狡辣相。穆成秀衝著他一笑，他立即回笑道：「不錯，穆仁兄耳目夠靈的，我們人雖然不算少，但是九江口地扼長江中游，駐紮著水師三營，還有城防馬步五營……」

穆成秀道：「我知道，江防水師共八營，現在九江的就剩三營。然而你老兄布置的很好，你的朋友也夠交情，你的舉動很露形了，可是瞎眼又瞎心的官府不很知道你的，也沒提防人。如若不然，他們不會把那五營水師開赴鄱陽湖去……」

丁鴻道：「穆仁兄，你只知其一，不知其二，他們因為我是水路買賣，他們是怕我往鄱陽湖裡跑，他們是要截斷我的退路……」

穆成秀搖頭道：「不是，不是！我們還沒動手，還談不到退。就是退，也不該往南邊退。現在我們要核計的是，怎麼動手，何時動手？我們猜想，地面上水陸官兵盡多，也不過水師千名，馬步二千餘名，再加府標，縣捕、丁壯，多算也只是四千人上下罷了。你若起兵，但憑二百一十七名盟友，再加上一二百名義從，人是不太富裕。」

第七章
御史府中夜行人插刀留柬，
白當鎮畔運糧船火光沖天

穆成秀頓了一頓，又接著說道：「當然，若猝然發動，是可以殺他們一個落花流水，措手不及的。所顧慮的倒是持久之計。長江上游漢陽的重兵，和下游蕪湖的重兵，恍如一條長蛇，他們怕不容你在九江口攔腰一刀切斷的。所以，起兵攻城是可以的，攻城據地是幹不得的。還是應該學闖王，且戰且走，到處給他窺擾，才能成其大事。你們打算占山，入湖，這個我都覺得不對……」

鎮九江丁鴻忽然笑道：「這也不好，那也不對，其實都是後話，將來有工夫，可以仔細盤算。我們現在著急的是眼前的辦法，誠如你老兄所說，人不多，幫手少。我們乾乾脆脆一句話，穆仁兄，你們能出多少幫手呢？」

穆成秀也笑道：「我們也更乾脆，你當是我們還對你老兄有什麼夾藏披嗎？我們的人都來了，就是一巴掌這些個！」

鎮九江不由得動怒，道：「你們才五個人嗎？」

穆成秀道：「五個人還少嗎？」

丁鴻簡直要大罵，可是他忍住了。他說道：「五位英雄果然不少，桃園不是才三結義嗎？不過我們二百一十七人已太無能，總覺不是萬夫不當之勇。可是就衝你老兄這個氣派，也給在下仗膽助威不少，我一定豁出去

幹就是了。穆仁兄、陶仁兄、趙仁兄……你們到場是三位，你三位請回，聽我們的好消息吧。」

鎮九江這一氣，非同小可。他已然決定了，先殺穆、陶、趙三人以滅口，就算拿他們開刀祭旗。他認定穆成秀等口吻狡獪，言行詭怪，簡直不是惡作劇，就是官面的狗腿子；自己的計畫絕不再多說，已然認為說得太多了。他心想，只要穆成秀等告辭要走，就把他們扣起來，先審審他們的底細。丁鴻雙眼閃閃，往外冒火，他的盟友們看出不對勁來那兩個居間人高春江、魯曉峰卻早惱了，突然上前，抓住了鬼見愁穆成秀，屬聲詰問道：「姓穆的，你不能拿好朋友開玩笑！是我多事，把丁二哥身家性命交關、還牽連著魚行漁船好幾百口人生死的大事，瞎眉瞪眼的告訴了你們；也是你們先要造反，來找幫手，我才相信你們。怎麼著，你們把實底掏摸了去，放出這樣的稀鬆平常的屁來！姓穆的，你此刻不說出真心實話來，我跟你不客氣！」

陶天佑、趙邁一齊攔道：「慢來慢來，有話好講！」穆成秀面現詫異，說：「我怎麼啦？我的話還沒講完，我的主意還沒有拿出來，丁鴻兄就急不可待了？人家著急是應該的，老高老魯你這兩位中間人也引頭瞪眼，瞪眼能辦事嗎？」

神手蔡松喬一看下不了臺，忙站起來，橫在三人中間，賠笑道：「消消氣，有話慢慢商量。穆老兄，你究竟有什麼高見指教我們丁二哥呢？」

鬼見愁穆成秀剛要張嘴，鐵秀才趙邁使眼色止住他，自己卻用和緩的口氣笑著向丁鴻、蔡松喬說道：「我們也是想到丁老兄幫手少，倉促起義，未見得馬到成功。昨日裡，我用釜底抽薪的法子，把你們眼前這場是非壓一壓；然後容開手腳，我們去給你們請救兵，裡應外合，才能成事。」

丁鴻捺著氣問道：「請問用什麼釜底抽薪之計，才能壓得住這場械鬥呢？難道說向官府行賄，找主使人向施御史服軟？」

趙邁道：「服軟行賄，如果有效，也未嘗不可以。只是這些貪官豪紳一向軟的欺，硬的怕；你越央求大老爺恩典，大老爺越要拿板子敲打你。」

「那麼，怎樣釜底抽薪呢？」

趙邁道：「我們想了一條拙計，請丁老兄和諸位兄臺一同斟酌。其一，耿知府、施御史是丁兄的真對頭，他們那裡，我們可以設法託人去善勸他們，教他們適可而止，不要再算計你。其二，出頭爭碼頭來的那幾位江湖朋友，我們也可以繞彎子找人，跟他們說開了，勸他們不要受官府豪門支使，當傻小子……」

居間人高春江、魯曉峰聽了一愕，說：「你你，怎麼你們跟他們官紳也有拉攏嗎？」

穆成秀、陶大佑、趙邁全笑了。穆成秀抖著大頭說道：「我們闖江湖的人，眼皮是雜的，跟哪一行都來往。官紳這一方面，我們雖然高攀不上，可是總能找出門徑來，挖出跟他們對上臉、說進話的人，煩他們給丁老兄疏通疏通。我們相信，只要容開了空，我們管保把他們老爺們善勸好了。」

丁鴻見穆成秀說這話時，神色冷淡，忽然想過味來，忙問道：「穆仁兄，你們的話裡面有好大的脫榫。趙兄剛才說他們吃軟怕硬，怎麼又能聽人善勸！你們的善勸的法子是怎樣的呢？你打算煩誰去善勸呢？」

穆成秀笑而不言，只說：「三天以內，我們總能找出善勸的人來。既然找到人，自然他就會拿出善勸的妙法來，你就通通交給我，不必多問了。」鎮九江丁鴻搖頭道：「不對，不對！莫非你老兄這種勸善法子，是要

用插刀留柬嗎？」

　　穆成秀敞笑起來，說：「你就不要釘問了，反正我們擔保給你辦得妥妥當當，絕不會擠出枝節來。實對你說吧，你們的決心和人力，我們都體察明白了，知道你們確有起義的打算。可是我也已看出你們人力不大夠，我們已然連夜派人送信去了。但丁老兄你要知道，我們跟北邊人距離太遠，莫說來一批人，就是來一個信，也得十天半月，何況沿路上還有官軍。所以在眼前，我們該用一點手法，把事情按一按，好容得我們展開手腳。我說的這宗辦法，乃是我們哥幾個替你老兄設身處地，經過深思熟慮，方才商定的，丁老兄，你覺得怎麼樣？」

　　「倘或善勸無效，事情按不住呢？」

　　趙邁慨然說道：「那當然我們也不能袖手旁觀，要替大家安排一個退身步。總而言之，我們是拿丁老兄當一個自己人看待，一切請放心；我們既然來了，就不會事到臨頭，再躲閃了，丁老兄別忘了我們是幹什麼的。」

　　鎮九江丁鴻和居間人到此都放了心，丁鴻首先站起來，向穆成秀、趙邁、陶天佑抱拳道歉：「小弟是當局者迷，這幾天忙得我頭昏眼花，未免把老兄的高見錯想了。我也不說感激的話了，此後我丁某的身家性命，全託付你們哥幾位了；我和我的朋友一定跟了你們幾位走，赴湯蹈火，萬死不辭！」

　　趙邁也忙謙謝道：「是我們說話不透亮，容易教朋友誤會。話既說開，我們抓緊時機，趕快辦起來。」那兩位居間人也連聲謝過，再三說自己莽撞。穆成秀笑道：「好了，好了，二位兄臺不要描了。二位兄臺熱心為友，你越發急，越見得你們有義氣。我們現在還是談正經事。」

當下，幾個人開誠布公，通盤籌劃一番。丁鴻把他的至友一一跟穆成秀、陶、趙等引見了。穆成秀、趙邁為了堅強對方的信賴，提議一同拜盟，「誓不相負」。鎮九江丁鴻歡然大悅，立即歃血訂盟，矢共生死；然後又一同密謀了一陣，就彼此加緊分頭辦事。

　　那鬼見愁穆成秀的「善勸」辦法，果然是類乎「插刀留柬」的路數。這一天夜間，施御史在本宅「進士第」中，正和如夫人高臥香床，好夢正酣，那如夫人突然聽見天崩地裂，屋梁塌下來，驚得她尖叫一聲，挺身要爬起，竟爬不起來。一瞬間，記得是臨睡熄了燈，如今卻明燈輝煌，照眼生皺，抬頭看帳頂，屋梁並沒有砸下來；支肘再起，覺有什麼東西把他們的繡被釘住了。如夫人忙叫老爺，老爺睡得像死狗，推也推不醒，定眼一看，施御史臉色慘白，昏迷不醒，本來就是個枯瘦老頭，如今像個死屍枯骨。如夫人驚叫起來，拚命一挣，挣出被外；這時候才發現有幾把匕首環繞著施御史夫妾，透被穿床，給釘住了。桌上還有一張白紙，壓在燈臺之下。

　　如夫人戰戰兢兢下了地，叫道：「你們快來，不好了，老爺死了！」推門而出，逃到外間，把值夜的使女拚命砸醒。

　　使女也跟著喊，不大工夫，內客僕婢，闔府男婦，先後全驚醒了。

　　有著氣膈病的大夫人自然也吵醒了，先是罵，跟著又驚又怒，披衣趕過來，一看見死屍般的施御史，摸了一把，衝著如夫人破口哭罵起來：「你這狐狸精，你這娼婦，白日裡老爺還好好的，怎的一夜工夫，就教你毀成這樣了！」

　　如夫人還口道：「太太你憑什麼罵我，你看看這個！」大夫人這時方才看出刀子來！「哎喲！不好，有刺客！快來人！」嚇的坐倒地上了，命使

101

女們把男僕快快都叫來。

這時，門簾也扯掉了。男僕站在臥房外間請命，大夫人又罵起狐狸精：「死不要臉！還守在這裡做什麼！」又罵男僕：「死屍們！還不快救你們老爺！」

男僕亂作一團，這才走進來，拔匕首，救主人。正忙著，大夫人臥房的套間內又怪叫起來。那套間內住著乳娘和小少爺，一陣嚷鬧，乳娘驚醒，一摸小主人沒有了。大夫人又奔回上房，果然四歲的愛子連襁褓全不見了。大夫人嚎啕大哭，又罵男僕：「還不快找找少爺？」

幸而很快的把小主人尋到了，真是出乎意外，小少爺連襁褓竟上了房頂。救下來，也是昏迷不醒，面色慘白。大夫人一面哭孩子，哭丈夫，一面想起了家財，催罵僕婦檢視箱籠。還好，財物沒有失盜。於是直鬧到天大亮，施御史父子才被救醒。那插在施御史周身的匕首竟有五把之多，刺力驚人，直釘入床板，恍如用大鐵錘砸進去的；那燈臺下壓著的白紙黑字，也已拿給施御史閱看。施御史喘著氣，雙手抖抖的看了一遍，嚇得他一聲不言語，把白紙掩藏起來，直抹頭上汗。大夫人說：「這是賊，還是刺客？」施御史搖頭道：「全不是，這大概是江湖上的人過路跟我開玩笑，你們不要亂說！」又傳諭僕婦丫頭，一律不准向外講，極力的把這件事啞祕下去。

捱到次日傍晚，施御史捻著鬍鬚，千思百想，打定了主意，第三天悄悄的坐了轎，拜訪知府。

剛一投帖，府衙長隨先說：「敝上今天不見客。」因為施御史是常客，就抱歉似的解說，「敝上昨夜忽得重病，至今沒上簽押房，恐怕沒法子會客，施老你能不能改日再來？」施御史眼珠一轉，說：「哦，病了？什麼

病？多早晚得的？」長隨賠笑道：「小的說不清，小的是外班。」施御史想了想道：「你辛苦一趟吧，拿我的名帖進去報一聲，說我一來問病，二來有要事奉商。」長隨道：「這個，施老爺不是外人，小的試著去碰一碰看。施老爺稍候一候！」長隨進去了。

過了好一會兒，長隨高持名帖跑出來喊：「施老爺請，請往內衙一敘。」做出來要開中門的姿勢，卻沒有傳人伺候，施御史搖手止住，便下了轎，徑走角門，隨了長隨，曲折進了府衙後宅。與耿知府兩人見面，施御史說：「聽說公祖老大人欠安？」耿知府臥在床上，推被而起，說道：「施年兄，恕罪恕罪！我本要請你來談談，不過……近來時令不正，容易得病，你府上可好嗎？昨夜裡你沒有……你昨夜睡得可好嗎？」

施御史登時明白了，知府這個病大概是跟自己同時得的，隨即答道：「賤體託福頑健，公祖老大人請躺下說話吧，尊恙如今可好些？可是昨夜得的嗎？這可謂同病相憐，小弟我前夜也鬧了一陣，險些死了！」

耿知府道：「唔，你也病了？什麼病？」

兩位官由互問病情說起，慢慢的繞著圈子吐露了實情。耿知府和施御史一樣，昨夜得的也是那種怪病——刀插穿被頭，人中毒不醒。

官和紳兩位老爺又繞了一循環子，耿知府先把他那張「白紙黑字」拿出來，並吐怨言道：「施年兄，這病是我自找的，卻也是你老兄嫁弄給我的。這件事分明是丁鴻這東西看出我們布置的械鬥圈套是要作弄他，他這才主使出人來幹的，藉此威嚇官紳……你說我們該怎麼辦？」

施御史道：「我想丁鴻前次在押的時候，畏官懼刑；現在忽然弄出這一手來，究竟是他還是別人？」沒等到說完，看出耿知府神色不以為然，立刻改口道，「我想，就是別人幹的，也一定跟他通謀。他挑了這麼一個

夾當，在出獄之後，械鬥之前，突然暗遣刺客威脅官紳，他簡直就是反叛了。我們是不是把他抓起來，嚴刑訊問，鉤稽黨羽？」

耿知府笑了起來，說：「年兄服官多年，怎麼想出這個主意？」

「那麼，依公祖之見呢？」

耿知府道：「事緩則圓。丁鴻這個刁民既敢祕遣刺客，齊迫官長，勢必早存叛逆之心，暗中正不知他布置了多少黨羽。現在一重辦他，恐不免打草驚蛇，激出大變。鄙意以為，我們目前不妨把事情按一按，好像是他這一來，真把我們嚇住了，不敢惹他了；過些日子，他自覺沒事了，鬆懈了，我們再猝然逮捕他和他的黨羽，一網打盡，然後才是我們做官的報效朝廷、隱銷亂萌的道理，而你我這口悶氣也就出了，何必急在一時？至於目前之計，年兄熟悉地方情形，請你多多偏勞，設法打聽丁鴻這傢伙交接的都是些什麼人物，是不是跟水寇鄱陽百鳥有勾結？」

施御史聽了，沉默不言，他恨不得把丁鴻立刻抓起來，免除後患。他試著又催了一下，只是催不動。他就變了個法子，另問知府道：「公祖所見甚遠、甚穩，兄弟不勝心折。只是他們械鬥的事，該怎麼辦呢？」

耿知府笑道：「那是他們地痞流氓幹的事，也是多年留下來的嫌隙，官府睜一眼，閉一眼，只要激不出事來，那就吏不舉官不究就是了。」暗示著借械鬥隱害丁鴻的詭謀，他不管了，不辦了。

施御史很不滿意，可是大權在知府手內，知府不再聽他的吆喝了，他到底拗不過去。見知府眼望屋梁，意含厭倦，知道再不告辭，主人就要端茶送客了，便只得又敷衍了幾句閒話，起身告辭。

回到家，施御史吹鬍子，瞪眼睛，衝家裡人鬧了一陣脾氣。末後思量了一回，打算送重禮給知府，買囑他逮捕丁鴻。

他又心疼錢，不大願意掏腰包。正在打不定主意，他那門斗又跑上來，稟報他一件要事。據那個舒長旺說，重金禮聘來的打手張開春、黃建棠兩位名武師，退還聘金，不辭而別了。張、黃二位武師還婉勸舒長旺，應看重江湖義氣，不要做官紳陷害良民的工具──這一來，施御史更瞪眼了。

然而「把事情按一按」的辦法，已經耿知府決定了。鬼見愁穆成秀、陶天佑、趙邁會同鎮九江丁鴻，所做的「插刀留柬」的辦法奏效了，居然把「事情壓一壓」了。雖然潛伏著隱患，穆成秀覺得這一來到底容出工夫來，展開手腳了。於是穆成秀很得意他這做法，向丁鴻笑道：「丁老兄，你看怎麼樣？」

丁鴻自是歡欣感謝，丁鴻旁的朋友們也都高興，至少把這場逼到眉睫的械鬥，不知要死多少人命、惹多大亂子的凶殺，居然給化解得無影無蹤了。

獨有趙邁，另有所見。他向穆成秀說：「我看施御史吃這大的啞巴虧，未必甘休。這幾天沒事，不曉得耿知府、施御史他們暗中搞什麼鬼了。我總覺事情不算完，須提防他們暗中調兵遣將，密布網羅。」

穆成秀把他那大腦袋盡搖道：「我已對張開春、黃建棠兩位武師仔仔細細說開了，反正械鬥是鬧不起來了，眼前不會出事就夠了。至於官紳不肯甘心，我也知道；但他們另布陷阱，那還得些日子。現在我們趕緊回去，替丁鴻延邀幫手。」

又過了些天，官府和豪紳那裡一點動靜都沒有。械鬥的事似乎準是化了。那幾個耍胳臂根的漢子，不但不再找丁鴻，就在九江口碼頭上也看不見了。穆成秀等便問丁鴻：「府縣衙裡邊，可有靠近的朋友沒有？」丁鴻

說：「有。」又問：「現在事情是緩一步了，如果再有風聲草動，你事先能得信嗎？」丁鴻道：「能倒是能，只怕未必靈通。」穆成秀思索了一回，道：「你再設法好好的賄買一下！」

又過了些日子，陶大佐回來了，帶來了葉雨蒼的回信。現在闖王大兵分道入豫入燕，和江南有些夠不上。葉雨蒼事忙，也不能親來策劃。不過皖、鄂交界四流山地方，嘯聚著一群山林好漢，為首的寨主虞百城，跟闖王部將也曾通謀。信中說鎮九江丁鴻倘有起義決心，當鼓勵他自己幹，幹起來自然有人；倘或勢孤事危，可教他與虞百城聯兵。信末就叫穆成秀等馬上給虞百城丁鴻聯繫一下。穆成秀、趙邁依言先去找丁鴻。

鎮九江丁鴻此時已經相信穆成秀等人的力量了，就拜託他們趕快與虞百城聯繫。穆成秀、趙邁、陶氏弟兄帶了丁鴻的幾個死友匆匆的去了。丁鴻就一面戒備著，一面照常幹他的魚行生理。耿知府、施御史連日一點動靜也沒有，街面上也沒人尋隙；他雖然還沒有放心，卻也漸漸有點懈了勁。

這時地方上竟傳大局吃緊，說是建夷（滿清）自獲得明廷葫蘆島三降將孔有德、耿仲明、尚可喜率部投降，現在正整頓水師，窺伺魯東廣島、登州、芝罘一帶。而「流賊」闖王李自成也正率匪部直窺燕雲。「內憂外患」交乘，凡屬官紳士民，食毛踐土，理應效忠君國，荷戈勤王。九江既係久沐皇恩，難道還不該出兵、出餉、出械，以捍國難嗎？官紳這樣說，老百姓這樣傳，於是軍出旁午，徵調頻繁，市井間陡然緊張起來。這情形也波及江邊船戶漁民。

有一日，駐紮九江口的水師提督軍門忽發羽檄，傳諭沿江所有航船、漁艇的排頭、業主，齊到軍門大營聽令。大大小小的船行業主都被抱大令的水師營一齊催到軍門。軍門大營出來一位氣象威武的將領，向這些船

行排頭「講道」。先曉諭當前時局，遼寇當禦，流寇當殺；但是「攘外」必先「安內」，「安內」必當剿賊，所以討流賊更比征遼禦遼緊要。次指示徵調重務，既為迎擊流賊，防制他南竄，故此官軍要徵調江船，大批運兵、運糧、運軍器，教他們船戶人人掏出良心來，替皇家效力。徵調是不給船資的，但照支「力役」的夥食費。傳諭完了，就叫他們畫押，隨時聽候調遣。

這個傳諭的將領，有人當是水師提督軍門。可也有人認識，這人不過是中軍參將：提督軍門大人是輕易不跟小民見面的。這些船行散了之後，回途上七言八語，免不了怨言百出；尤其漁戶，一向不管航運的，現在也徵調到了。鎮九江丁鴻既是魚行老闆，又是漁船排頭，他卻一聲不響，低頭沉吟。這回徵調是為了禦遼寇，剿「流賊」，可是自己是和闖王通謀的，「我怎能幫官家航運，來資敵害友呢！」

但這次徵調，不比往日由軍門檄告府縣地方官辦理。這次既是由軍門直接下令，採取的是「軍興法」，「如違」便要「軍法從事」。鎮九江丁鴻和他的死友、同行商計，都說穆、趙聯結虞百城未回，我們羽翼未豐，不可抵抗，還是且看動靜，守機待時為妙。萬一臨到我們被徵，也只好暫時虛與委蛇，不可硬頂。卻不妨派人和穆、趙、虞百城送信告急去 —— 就這樣商定了。

卻是時機緊迫，隔不了幾天，徵調令竟落到鎮九江丁鴻頭上。鎮九江丁鴻心中不由疑忌：軍輪航運，理應先調江船，江船不足，然後徵調漁船接濟；怎麼軍輪剛開始，就落到自己頭上了呢？這其中是否耿知府、施御史暗地作祟？如果是他們作祟，又當如何？

鎮九江丁鴻耳目是靈通的，就一面準備應付之策，一面設法刺探。刺

探結果，地方官似乎並不知情，且已引起文武大僚的爭執。知府認為水師濫肆徵調，侵奪理民之權；水師提督認為地方官有意私收民譽，阻撓軍興之令。雙方竟互訐起來，要鬧到督撫那裡去。後來還是那個地方巨紳施御史出頭調處，才算完事。

丁鴻只從府衙打聽到文武不和的消息，便告訴了同幫盟友，大家說道：「既然如此，我們姑且只好應調了。」但為了對付不測之變，頭一批漁船應調，就由鎮九江丁鴻親自率領。這頭一批船，運的是新徵集的兵丁和一批糧械，要運到安慶，再轉到南京。文武大吏更為照顧商艱民困，只讓運到安慶，再由安慶另行徵發船隻轉輸，以均勞逸。鎮九江丁鴻和十二隻江船、六隻漁船，一同裝運丁壯糧械，沿江流往下游運；每隻船都有兵弁隨同押護。等到開始裝運，鎮九江丁鴻陡地起了疑心。按這裝載的丁役糧械計算，只要八九艘江船就夠了，本來用不了這許多船，更用不著漁船。他試著向小武官和江船排頭探問，所得的回答是：「丁二爺你也是老江湖了，難道還不懂得官場的手法嗎？」「什麼手法呢？」江船排頭說：「誰打點得到家，誰就免徵；誰打點得不夠格，誰就辛苦一趟。這有什麼可怪的！」

可是丁鴻也打點了，莫非打點得不到嗎？怎的漁船頭一批就臨到自己頭上？他想不通，就只得多存戒心，多加探訪。

可是沿路上居然一帆風順，平安運抵安慶。押船的官弁對丁鴻也另眼看待，似乎認為丁二爺是九江地面上的人物，要攀交攀交。等到船抵安慶碼頭，攏岸不久，驗收才畢，公事交代還未完，便驚動了碼頭上出頭露臉的人物，立刻邀請丁鴻和江船排頭到下處飲酒歇息，還要請他們看戲。鎮九江丁鴻推辭不掉，只得應酬；從這應酬中，聽到了許多朝野新聞。原來大局敗壞，訛言百出，稅重役多，民心動搖，又不止九江口一個地方，這

安慶一帶也很騷動。丁鴻聽了，只哼了幾聲。過了幾天，簽發的回許可證書領到，丁鴻就掉船回返九江。九江口的朋友們本來不放心，現在齊來探問，得知平安無事，也就丟開了。

跟著第二批、第三批船運，也都派下來。隨後到了第七批船運，又輪到丁鴻頭上。丁鴻既然心存戒慎，就又親自押運，隨船駛往安慶。一路平安無事，到了馬當地方，那裡關防突然吃緊起來（馬當鎮依然屬於江西九江府地界）。沿江艦艇密布，水師雲集；丁鴻等這批漁船一共六艘，雖然是奉檄隨辦軍運，仍被嚴厲盤詰，仔細搜檢，竟給扣留了多半天。眼見得船不能啟碇了，便夜泊江邊，預備明早開行。鎮九江丁鴻睡在一隻漁船船艙中，含怒飲酒，不覺睡熟。忽然間，船發驚訊，船戶水手喊成一片：「不好了，丁老闆，糧械船走水了！」

鎮九江丁鴻一躍而起，搶到艙面，拿起了他的鐵篙。他才待喝問，其實不用喝問，滿江通紅，六艘漁船已有三艘起火！

另有八隻江船，一隻也沒燒！

這運糧運械船警夜戒備本嚴，又有兵弁護航，怎麼會突然失慎，又不只一艘？此時竟無暇查究，鎮九江丁鴻奮起神威，大呼同伴，趕快來搶救。他揮動鐵篙，先要衝開那已發火之船，與未起火之船隔絕。

可是丁鴻之搶救，不但根本無效，而且押運糧械的兵弁和聞警駛來護航、駐紮馬當的水師營，竟一齊前來捉拿失火船上的水手漁戶，並且要拿辦丁鴻。

丁鴻在火光中，冒著熾熱的火焰，用鐵篙奮勇把失火船搗到江心，使它離開其他的船。然而在火光中，他竟看到了官軍衝他放箭；而且更在火光中，恍惚瞥見了水師營遊艇上有兩個人。

這兩個人是那受施御史指使要以械鬥爭奪碼頭的武師，一個是舒長旺，另一個也是一位武師；二人在那裡指點幫拳。

江岸上，江流中此喝彼和傳出一片吶喊！

「拿呀，拿呀！」

「漁船通匪！」

「漁船與闖賊勾結。」

丁鴻驀地憬悟，但已遲了。可是，無論如何，他也不會「早」，一定要「運」的。

他不懂「王法做圈套」這句話，更不懂「王法」本來就是「圈套」。

馬當口一片喊聲，要拿私焚糧械、阻撓軍運、與闖賊勾結的九江口水上惡霸「鎮九江」丁鴻。

鎮九江丁鴻一陣怒笑，怪喊如雷：「盟友們，我們上當了！我們反，我們反，我們殺！」

隨船漁民們一看火起，也都急了，便跟著一齊喊。鎮九江丁鴻使出他那威鎮九江的本領，揮動鐵篙，駕漁船撲奔水師快艇。水師營兵操舟來攻，倒被他揮篙打倒好幾個水軍士兵，他竟當先躍登快艇，招呼死友，快快登艇。漁民們果然一齊硬來奪船。漁民的水性比水兵強得多，不大工夫竟奪取了兩三隻快艇。鎮九江喊道：「突圍快走！」

這時白霜橫江，夜色迷離。鎮九江丁鴻和二十來個漁民，駕船急逃，水師營官兵駕船急追。水師營的操舟術不敵漁民，很快的就被漁民衝出重圍，逃了開去；而且漁民很快的毀舟登岸，晝伏夜行，從陸路逃向九江。鎮九江丁鴻的意思，還要潛入九江口，把死友和親眷拔救出來。不料九江口官面上預先安排下圈套，在馬當口阻謀縱火歸罪的第二天，便已開始搜

查漁戶，暗加監管。卻是手下官人暗中有和鎮九江通氣的，在第三天便洩漏了機謀。鎮九江留在當地的死友們叫道：「不好！我們應該趕緊起義自救！」

不過人們畏難苟安的心情依然作怪。他們還要等一等鎮九江的準信，妄想看準了再動。準信沒來，漁民已經有十幾個人被捕。這一來，漁民們被迫不得不動起來了。

漁民們三三兩兩祕議，大多數都把親屬運到漁船，假裝下江捕魚，以便伺機逃奔四流山虞百城。結果，水師營封江，漁民強闖，激起了一場水戰；漁民終於闖出去了，卻被打得落花流水，各不相顧。大半數舍舟上岸，少半數戰死遭擒。等到趙邁等和四流山虞百城聯繫妥貼，九江口漁民的抗官運動已經失敗到底了。

失敗的緣故何在呢？

就在於趙邁、穆成秀等聯繫水陸聯兵起義，遲了一步。

怎樣的遲了一步呢？

鐵秀才趙邁尚還「能見其大」，而鬼見愁穆成秀的游俠作風，竟把事情「輕重倒置」了。鬼見愁穆成秀半路上忽然要考驗趙邁吃苦耐勞的本領；他又路見不平，拔刀仗義，要搭救一些落在妖人手裡的童男童女。他耽誤了二三十天，把童男童女救了，可是把九江口漁民起義的事給誤了！

原來，在葉道長分派穆、陶等人搭救鐵秀才趙邁時，穆、陶等人都覺得趙邁文縐縐的，和自己氣味不人相投。等到救出趙邁之後，陶氏昆仲陪伴著趙邁逃難，一路上艱苦備嘗，趙邁卻能忍受，對趙邁便改了一些看法。可是鬼見愁穆成秀總有點不放心這個文弱書生。這一次由九江口到四流山，鬼見愁穆成秀恰與趙邁同路，鬼見愁要試試這位秀才師弟，於是他

玩了一點把戲，而趙邁果然吃不消了。

　　穆成秀自幼受苦，當乞兒慣了，風餐露宿，冷地寒天躺下就睡，一睡就睡熟，有點動靜，睜眼就清醒。趙邁是讀書人，怎麼著也得有鋪有蓋，躺在床上才能安眠。別的苦他都能受，受累起早全成，就是這一手他準傷風。跟穆成秀伴行幾天，他就患傷風幾天，隨後咳嗽起來了。但是他貪圖跟大師兄學能耐，學江湖經驗，強行忍受，苦不肯言。數日後，被穆成秀看出來了，他卻不能同情趙邁這份脆弱。他脾氣既怪，又太任性；他嘲笑趙邁：「怎麼樣，老弟，不行了吧？要想幹我們這一套，就得熬得住，受得了，才成。再像舊日在家納福，可有點吃不開呀。」

　　趙邁臉一紅道：「我得慢慢的來，吃苦也得練；師兄你不要心急。日子長了，我就改過來了。可是，若教我練成大師兄你這樣的銅筋鐵骨，心硬如鋼，我還差得遠，卻是你要容我一步一步的修煉。」

　　鬼見愁穆成秀哈哈大笑道：「老弟這幾句話，是該畫圈（猶如說，值一百分），我倒想不到你體氣頂不住，嘴頭子倒夠硬的。」

第八章
萬惡妖人竟然生剖孕婦，
無知土霸妄想南面稱王

然而，克服困難，須有限度。十數天後，趙邁又病倒了。

而且穆成秀在路上走，不但眠食無正規，而又忽然施展夜行術，緊跑起來，忽然又耗起來。遇見道路傳言，人間忿語，他就要刺探。譬如剛在一座破廟住下，師兄弟睡下了，半夜一睜眼，趙邁看見穆成秀沒影了；等到天亮，又睡在身旁了。清晨該上路了，穆成秀縮做一團，要補睡一覺。八個字的批語：他是「起居無時，行止無定」。往往是今天誤了行程，明天就該跑步。穆成秀雖然是大師兄，脾氣確乎有點乖僻，他又有點剛愎自用，總而言之，「穆師兄乃是怪人也。」趙邁卻是個常人。

可是這一來耽誤正事了。趙邁病了好幾天，不能走動，陶天佐、陶天佑也被牽扯得走不成了。四個人重聚在一塊，一面給趙邁延醫治病，一面由陶天佐、陶天佑向大師兄發話，把大師兄的怪誕脾氣痛痛快快的抨擊了一頓。穆成秀還強詞奪理：

「我這是好意，我這是給趙邁弟一個磨練。」陶天佑道：「哪裡有這樣磨練的？你也得照顧到趙師弟的體力呀，你不能把他磨出病呀。」陶天佑道：「不對！這不是磨練，這簡直是貽誤要務。我們現在須要趕緊和鎮九江、四流山聯繫，我們得快趕緊著走，不能沿路逗留，因小誤大。要磨練盟友，得看緩急。大師兄，你犯了任性逗留之罪了！」

　　穆成秀起初還狡辯，到底被二陶痛切駁倒。他捫著大腦袋，翻了一回眼珠子，好半晌忽然笑道：「是，是，是愚兄錯了！我就算犯了逗留之罪了。」

　　陶天佑道：「不只是逗留之罪，還有輕重倒置，拿正事不當正事辦的毛病。」

　　穆成秀道：「對！這都是一連串的，一錯百錯，通通出毛病了。實在講起來，我是嫌趙師弟斯斯文文的不大對路；我要矯正他，可就矯枉過正了。」

　　陶天佑道：「你那一套也不能算是正。你忽東忽西、忽睡忽醒的勁頭，只有我哥倆跟著你，還能頂得住；換一個人，誰也受不了啊。」

　　穆成秀道：「你挑的不對……」剛說出口，卻又趕緊噤回去，道，「對對，我行的儘管正當，可是我這討飯花子的做派，確也不算正常。老弟，以後我知過必改。」

　　這麼一鬧，等到趙邁病好，二陶就提議換撥，由陶天佐跟穆成秀一路，陶天佑跟趙邁一路，這樣就好辦多了。

　　於是繼續登程，奔赴四流山。只走了幾天，趙邁和陶天佑已經趕出兩三站。穆成秀又犯了老毛病，自恃腳程快，落在後頭了。陶天佐一犯脾氣，說：「鬼見愁，你一個人煞後罷，我也陪伴不了你。」攢起腳力，很快的趕奔前站，與陶天佑、趙邁合成一路。穆成秀笑罵了一聲：「我就一個人煞後！」便剩單人，算是暗中跟隨他們了。

　　這一天，剛走進鄂北羅田縣一個村鎮，天色已晚。趙邁便和陶氏弟兄，尋了一家客棧住下。二更以後，陶天佐、陶天佑枕了小包袱睡下了。趙邁向灶上討了一盆熱水，脫襪洗腳。剛剛洗完，忽然聽店房後窗沙沙一

響，趙邁微微一動，回頭低問窗外：「是誰？」

窗外低聲笑道：「是我。」

趙邁道：「可是穆師兄嗎？」

窗外說：「快開門，是我！」

趙邁慌忙拭腳穿鞋，陶天佐已然一躍而起，低叫道：「鬼見愁，你不會跳窗洞嗎？」卻已下地開門，穆成秀掩了進來，一口吹滅了燈，過去就推陶天佑。陶天佑伸手一擒腕子，道：「大師兄又攪惑人來了。」

但陶天佐在未滅燈以前已看出穆成秀神色有異，料知有事，忙說道：「別打岔，師兄什麼事？」

摸著黑，師兄弟四個人聚在床邊，趙邁沒經過這樣的事，未免沉不住氣，首先開口問：「師兄怎的了？有什麼事故？」

穆成秀道：「你們住的這座店靠不住！」

趙邁失聲道：「難道是黑店？」

陶氏昆仲手摸兵刃道：「看出哪點破綻來了？」

穆成秀道：「反正有毛病，是不是黑店，還難說。也許毛病不在店內，在四鄰。」

陶、趙齊問：「怎見得？」

穆成秀低說道：「你們進店不久，我就溜到店門了。我卻沒進來，要轉一轉。忽然看見一個高大肥胖的和尚，走到店門口，他也是不一直的走進來，卻抬頭看了看牌匾，忽然繞到店後。我覺得他奇怪，就慢慢的蹓躂著，隨在後面。他拐過牆角，我就蹲在牆根。那時候天剛黑，似乎他並沒覺出有人暗隨。他東張西望，末後捱到牆底下，站住了，從懷裡掏出一塊

石子來，隔牆拋了過去。隔了一會兒，後牆上有人探頭，向下望了望，看見和尚，就向他招手，又向旁邊指了指。那和尚便向那指示的方向走去。又是一個牆角，和尚轉眼之間拐過牆角，看不見了，牆頭的人也縮回去了。我這才直起身來跟追，抹過牆角，再找和尚，蹤影不見。那裡什麼沒有，只有一座草棚。我進了草棚，裡面空空如也。你們看這份詭祕，能說沒毛病嗎？」

趙邁聽得發呆，以為這不過是個和尚鑽洞，也許是偷情，不見得算是黑店。陶氏兄弟卻一面聽，一面結束停當，背起兵刃道：「走，我們仔細蹭蹭道，那裡一定有什麼蹊蹺。」便催趙邁穿襪整衣，收拾俐落了。四個人側耳凝神，聽了聽四面動靜，約莫已在三更時候。穆成秀輕輕開了房門，當先引路，陶、趙三人緊緊相隨。

陶天佑最後出屋，便回手帶上了門。幾個人悄悄溜出店院，卻喜店中人全都入睡了。穆成秀一指店牆，陶天佑飛身上去，伏身窺察無異，飄身跳出店外平地之上。趙邁不會上房，穆成秀騎在牆上拉，陶天佑蹲下來，叫趙邁踩肩頭，往上攀登，兩人幫忙，把趙邁架弄出去了。

穆成秀當前引路，陶氏弟兄和趙邁緊緊相隨，曲折找到草棚左近，四個人分開來，先窺看人蹤，次履勘地形。草棚這邊是一片空曠之地，孤零零有幾棵柳樹；空地以外，是一塊禾田。四個人反覆尋勘了一遍，似無可疑；重新來到草棚內外。

晃火摺火照看，棚中空空洞洞，大概原是個磨房，此刻廢了，卻靠牆根立著一個大磨盤。穆成秀仔細檢視了一回，低聲說：「毛病在這裡了。」熄了火摺，陶天佐伸手，就要用力搬。穆成秀急道：「慢慢的，輕輕的，不可用強。」他怕的是有消息機關。果然所料不差，陶天佐手勁不小，兩

隻手試行搬移，竟分毫搬弄不動；不但磨盤沉重，還似生了根一樣。陶天佐立刻重新站好了姿勢，就要拿出全力；穆成秀忙推開他，自己過來，翻翻摸索，竟摸著機括，只一推，便很順滑的推開了。

磨盤開，窟穴現。「不好，這一定是道地！」裡外漆黑，眼睛看不清楚，用手一摸，穴那邊還有擋頭。穆成秀推開擋頭，立刻從窟穴中撲出一股子陰風，挾著黴溫氣。那麼，窟洞之內，必有道地，必有地室，已無可疑了。

四個人決計入穴探險。四個人分創辦事。陶天佑和趙邁在外巡風，兩人一個藏在棚外，一個蹲在草棚內。穆成秀和陶天佐拔出兵刃，摸著黑，先後俯腰進入地洞去。這洞初進很矮很窄，漸進漸深，忽然開朗；約莫走出三四丈，由道地達到地室了。

地室有門，門隙透光。穆、陶互相關照，提氣躡足，分立門兩邊，聽了好半晌，裡面微有動靜，不聞人聲，卻從門縫中微微覺得撲出熱風。門縫太小，看不見裡面。陶天佐心急，伸手要挖門縫。穆成秀攔他不及，門那邊忽然有人出聲：「誰呀？唔……沒人？真他娘的，像下地獄、熬油鍋一樣，總教人起雞皮疙瘩，渾身發毛！屈死的小娃子，和娃子媽，你們不要鬧鬼，冤有頭，債有主，可沒有我馬老二的事呀！」

陶天佐再也按捺不住，突然肩頭用力，猛一靠門扇，門扇開了。

燈火之下，地室之中，一個大胖子背身蹲在地上，在一火爐旁大盆前，正在鼓搗什麼。門扇驟然一開，胖子回頭驚看，失聲叫出來：「誰？做什麼？」陶天佐一個箭步，竄上去把胖子按住。胖子極力掙扎，穆成秀倏的趕上來，急忙堵嘴扎喉。胖子只哼了一下，狗似的躺倒，幸未嚷出聲來。穆成秀急急往盆裡瞥了一眼。大盆中是一個死小孩。

　　穆成秀勃然大怒，陶天佐吐一吐舌頭：「好傢伙，鑽在地窖害人呀！」穆成秀立下重手，把胖子悶過氣去。隨即叫陶天佐火速把胖子拖出外面去，陶天佐便掐脖頸，扛死屍似的，往道地原路走。穆成秀留在後面，馬上開始了尋搜。地室有三間，人只胖子一個。來不及搜地室的上面，便先倒閂上地室門，滅去了則才撲門拖拉的痕跡，吹熄了燈，恢復原狀，退出了道地，來到草棚，掩上磨盤。這個胖子好沉，足有一百八十多斤，陶天佐弄了一身汗，才把俘虜架弄出去。陶天佑、趙邁一齊動手接力，很快的把胖子架胳臂抬腿，撮弄到禾田地。穆成秀也趕到，動手把胖子弄活轉來，急急逼訊內幕真情。

　　「你叫什麼名字？做什麼的？為什麼藏在地窖宰活人？」

　　胖子喘息良久，被逼問數次，方才惶惑地說道：「我叫馬二，本行是屠行，現給本家當廚掌灶。我不是宰活人，我是給本家主人洗死屍。」

　　「那盆裡明明是個小嬰孩，你怎麼給弄死的？」

　　「不是，不是，我敢起誓，這沒有我的事。那是從娘胎裡一剖出來，哭了幾聲，就死了的。那是一具童屍，主家教我剝洗剝洗。好漢老爺們可以細看，屍上沒有刃傷，我是受人僱，給人支使，我絕沒害人！」

　　「受什麼人支使？你可知道殺孕婦、剖嬰胎該當何罪？你分明是個妖人，不算主謀，也是幫凶！」

　　「好漢老爺別這麼說呀，我不是幫凶，我只管洗一洗，剝剝皮，我並不管宰活人。我不幹，主人不饒我，我是被逼無奈！」

　　「你主家是誰？」

　　「我還鬧不清楚呢！他們不叫我說，說了就拘我的生魂，煉攝魂魄。老爺們饒了我罷，別問啦，你老爺自己訪去吧。」

趙邁聽得毛髮直豎，穆、陶一齊激起義憤來，低喝道：「你還替妖人隱瞞，你就是幫凶！趕快說實話，舉出你們的教首來！如若知情不舉，教你嘗嘗厲害！」陶天佑掐住了胖子的手，使力一夾，如拶子一般。胖子疼痛，失聲待喊；穆成秀早防備到了，馬上一伸手，便掐住喉嚨，略使幾分力，胖子又差點閉過氣去。於是鬆了手，陶天佐抽出匕首刀來，往胖子脖頸上一蹭：「還不快實招！再不招，先宰了你，給慘死的嬰孩報仇雪恨！」

　　胖子喘了半天氣，方才實招。先招出他的東家姓李，叫做李二爺，李永照，就是這座店房的老闆。李永照是鄂北羅田縣大戶李永光李五爺李五皇上的本家。李五皇上有財有勢，「樂善好道」，家裡供養著一位紅蓮仙姑，道法高深，有很多信徒。

　　「可是李五皇上信的那門道，還不如我們李二爺。我們李二爺好交朋友，眼皮很雜，五行八作，三教九流，他都能交得上，就因我們李二爺現開著店房，什麼樣的江湖異人，過路英雄，他都有辦法碰得著。因此，我們李二爺就交結了一位陸地真仙……」

　　「陸地真仙……他叫什麼名字？」

　　馬二道：「這位真仙，叫做太谷僧，清世潔佛。」

　　穆、陶三人一齊驚說道：「太谷僧？這個名字好熟！」

　　趙邁聽到這裡，忍不住笑了：「管著和尚叫真仙，把僧道混為一家了！」

　　那馬二說：「可不是，人家太谷僧是把僧道儒三教歸一，紅蓮白藕青荷葉，三教算來是一家，人家太谷僧常常這麼講究。」

　　趙邁道：「放狗屁！」

　　穆成秀也忍不住笑了，說：「糊塗漿子一鍋粥，你別打岔，叫他說下去。」

馬二繼續說：「人家太谷僧老佛爺道法真高！」趙邁嗤道：「又是道法，你不懂得道法和佛法是兩件事嗎？」陶天佐推了趙邁一把道：「你不要咬文嚼字，叫他趕快講清楚了。」

馬二說：「太谷僧上知天文，下知地理，前知五百年，後知五百年，又會相面批八字，看骨法，煉丹捉妖，長生不老。

人家的道行可大了。他那天住店，看見我們李二爺供奉著驪山老母，就講起道來；一夜就長談，把我們李二爺說得頑石點頭，五體投地。頂要緊的是，他算出來我們這地方該出真主。

說我們李二爺鴻福遠大，貴不可言。李二爺起初還瞧不起自己，後來經太谷僧指出李二爺身上有三根仙骨，若肯修道，可以成仙；若要做官，可以封侯拜相。倘得能人輔佐，祈天造命，就許能夠登九五之尊。把個李二爺說得虔誠信仰。後來李二爺講到他的本家李五爺外號李五皇上，為人更通道，更有財有勢，家中供著紅蓮仙姑。太谷僧就問李二爺，這位李五爺住在何方？李二爺告訴他離店五十里，羅山縣西境。太谷僧就恍然喜叫道：『哈哈，原來大貴人出現在這裡呢！』立刻煩李二爺引他去見李五爺李五皇上。」

穆、陶、趙四個人互相推了一把：「想不到江湖上傳說的妖僧太谷和尚落在這裡了！」便催馬二扼要的趕快講。馬二接著說：「太谷僧跟著李二爺，見了李五爺。李五爺的局面，比我們李二爺又大了，光看住宅，就像皇宮修的那麼排場。那太谷僧當然早從李二爺口中把李五皇上的一切底細打聽清楚了，一見面，就口念『阿彌陀佛，我貧僧奔走江湖已經十幾年，不想今日，果然得見真主！』趴在地上就叩頭……」

穆成秀、陶、趙四人齊聲問道：「李五皇上現在做了皇上沒有？太谷

僧這個人現在住在李五皇上家中沒有？」

馬二道：「聽說李五爺快做皇上了，已經把龍床龍袍做好了，把我們李二爺封為一字並肩王了，太谷僧現在就是護國真靈佛祖師。」

可是太谷僧晉封為護國佛祖，也煞非容易。「他就和紅蓮仙姑鬥了三天三夜的法，據說是用盡無邊佛法，這才把紅蓮仙姑戰勝；他們兩位在和解之後，太谷僧這才晉封了護國真靈佛祖，稱為我主爺駕前的羅田四友第一位……」

「羅田四友，還有三友？」

「那三友第二位是太谷僧的一個師弟，人稱白羅漢任松，一身的好功夫，會金鐘罩、大力重手法。第三位就是紅蓮仙姑，三十多歲，生得漂亮極了，道法也高，就是不如太谷僧。

第四位已經占算出來，是青巾玉面儒單仙尊，據說是位白面書生，舉人秀才，將來可以請他當護國軍師，可是至今還沒有訪著。太谷僧給找了一位，姓劉，是個秀才，很有刀筆的能耐，歲數大點，紅蓮仙姑卻堅不肯認，她說這位劉秀才才學不高還是小事，可惜他福命不大，五行中又與李五爺相剋。李五爺是船底木命，劉秀才是金命；金克木，妨真主，害國運，是決計要不得。最好是水命，才能保養真命主。因為這個，一位佛祖，一位仙姑，又抬了一天槓，盤了一天道。末後還是我主爺跟劉秀才談了一回話，沒有談攏，就算拉倒了。這一回可算是紅蓮仙姑勝了，現在還是託人四處尋訪護國軍師儒童仙尊呢。

聽說訪著儒童仙尊之後，我主爺還要效法劉先主，三顧茅廬，御駕親請哩。」

穆成秀、陶天佐、陶天佑、趙邁問到這裡，一齊驚詫，想不到潛搜黑

店，找到一個妖僧的劣跡。但是還有死孩子這一件事，穆成秀再釘問下去：「你們這道地地窖玩的是什麼鬼把戲？

你是個屠夫，卻來當廚役，你一定宰過活人！看你橫眉豎目，決計是個劊子手。你老實說，你害了多少人命？」

馬二極力支吾，說自己從來沒害過人。這個死孩子不是他害的，他沒有弄死過一個人。就是說誤傷人命，那也不怨他。

白羅漢逼著他閹割活人，閹割了兩個人，實是上命差遣，事不由己，不信可以問白羅漢去。自己還為了這個受了責罵。現在人家白羅漢就是來親自動手的。馬二推了個乾乾淨淨。穆成秀不由發怒動手，捏緊他的手腕子，狠狠一用力，他悶哼了一聲，幾乎疼死過去。放鬆之後，他這才呻吟說：「我說，我說。」

馬二於是揭穿了又一個害幼童的罪跡。自從太谷僧、白羅漢先後到了羅田，施展「法術」，先給李五皇上淨宅相墳、造風水、破惡祟。改建了幾間房，添了幾棟樓，洩了宅中「白虎」餘氣，又給李家墳園添上地皇黃龍尾。他們說：「這一來李五爺的一統天下，足可後福無窮，奉天承運萬萬年，至少後嗣可當二十八代帝王。」

據說李五爺信心還不堅，雖然想爭天下，登龍位，卻怕禍滅九族。羅田三友異口同聲勸駕，說我主爺不過是覺著地方小，臣輔少，有些遲疑。古人說：聖人無土不王，文王以百里興。可是我主爺現在就擁有數頃良田，還有這些佃戶，已經是有人有土了。現在只不過是輔佐將相不足。我們三友可以盡力傳道，廣招信徒，古人云聖人以神道說教。白蓮白藕青荷葉，三教歸一，一以貫主，我們「大成教」行下去，一定可以蒐羅幾千幾萬信徒，可以運用他們起事。

趙邁插口問道：「哦，原來是大成教！你們李五爺、李二爺就都信嗎？」

馬二道：「怎能不信？現拔著這法靈驗，信徒越來越多，佃戶們誰要是信了大成教，李五爺就不再追欠租，也不再奪佃了；信了教就是教親，跟莊主李五爺都成一門同道，你想，誰敢不信？尤其是年輕的女信徒，一旦入了大成教，就可以隨便到莊主宅院，穿門入戶，聽經受法，跟一家人一樣了，好吃好喝的待承著。真有些女人捨身入道，整天整夜在莊主家中法壇上修煉，連自己家都不肯回去了。可是其中也有女人只去一趟，便痛哭流淚，說什麼也不肯再去了。後來便因為她信這不篤，真心不夠，鬧出了大差錯，弄得女人教男人痛罵狠打，女的上吊尋死，男的罵糊塗街，因而激出來奪佃被驅逐，忽然失蹤……一連串的慘劇。」卻是這種曖昧情形，馬二不能全知道，知道了也是不敢全說出口。就只這樣，穆、陶、趙已經聽得毛髮直豎了。「好妖僧，簡直罪惡滔天了！」

於是穆、陶、趙催促馬二：「快說下去！」

馬二道：「這一來，大成教信徒傳布的很快很廣，地面官也知道了，好像是縣太爺曾把李五爺傳了去向話。」李五爺和縣令盤了幾天道 —— 骨子裡是李五爺花了很多錢 —— 縣太爺不但不追究，還賞了一塊匾「勸善化俗」，說大成教三教歸一，可以正人心，息邪說，隱消亂民不軌之心，忠君報國，有益王道。自從縣太爺一賜匾，大成教在表面上又打起了勤王事、保大明、討流賊、御外寇的「光明正大」的旗號，算是奉官批准了。羅田三友太谷僧等向李五皇上慶賀；李五皇上大喜，信心增強，趕造地下宮殿，黃袍龍床，王靈大寶，封侯拜爵，祕造旗幟甲仗，鬧了個凶，備了個全。像中了魔似的，李家宅中男女瘋瘋癲癲，關上門、下地窖，稱孤道寡。於是乎大出金資，拐賣少女童男。女孩子準備選偏妃，當宮女。至於男孩子呢，馬二說準備著教他們當太監。

陶天佐忍不住「哼」了一聲，道：「當太監，當太監？」

馬二說：「就是這一手，小的我才受了罪。我雖然當過屠戶，可是我只會閹割牲口……」

鬼見愁穆成秀不由暴怒道：「好王八蛋，草菅人命！你、你害死幾個了？」

馬二囁嚅道：「我我我上命差遣，概不由己！」

「王八蛋，我問你害死幾個？」

「還不實招嗎？」陶天佑搗他一拳。

馬二無奈，這才說道：「十二個童男，只試了兩個，就閹割死了。那十個還活的好好的呢，就是不大吃東西，總哭，都瘦成鬼了。宮女們也很糟糕，有兩個老婆子，專給她們纏腳。要登在兩丈多高十二座蓮臺上站穩。並且不管登寶殿擺駕，登法壇排班，登蓮臺迎仙，她們總哆囉哆嗦打戰，越打她們不叫她們害怕，她們越害怕叫喚。弄得日日夜夜得看著她們，她們總尋死覓活。」

穆、陶、趙再也忍不住了，一齊罵道：「一二十條孩子們的性命，就教你們這群妖人恣行淫虐，任意宰割，你、你、你萬死不足抵罪！」

「好漢饒命，上命差遣，罪不在我！」

「你這個凶手！」陶天佐疾惡如仇，照準馬二就下毒手。

穆成秀道：「等一等，我們還要向他追究那一幫孩子現時困在何處，還有妖人太谷、白羅漢、紅蓮仙姑，以及李五皇上、李二王爺！」

可是陶天佐搶先下手了，用重手又把馬二弄死過去，本來跪訴，栽倒在禾田裡了。穆成秀怒斥道：「陶老大，你這傢伙太混帳，來不來的就行

凶。你看你把個活口弄死了，再也問不出什麼來了，你賠我吧！」

「治活他還不容易？」

「你摸摸看，都沒氣了。」

「沒氣了，不過多死一個妖奴，多臭一塊地，世界上並不短少他一個。」

「你還不認借？」

「我就不認錯！」

陶天佐也後悔了，但是他還是曉曉抗辯。穆成秀道：「我沒有工夫跟你吵，現在趕辦正事要緊。審訊這小子，耽擱工夫太大了，我們快去到地室搜尋妖人，搭救孩童去吧！」

「馬二這具死屍怎麼辦呢？」

「也許還醒的來，先不要埋，你把他捆上，堵上了嘴，放到沒人處，以免貽害禾田主。」

陶氏昆仲趕緊照辦了。覓一荒林土，把馬二捆堵了，放在土坎內，上加浮草、落葉，免被發現。然後穆、陶、趙邁四個人齊趨草棚，重下道地。

這一回更加審慎，因為不曉得道地內道地上妖人有多少，只可四個人各仗兵刃，一齊鑽道地，進內探險，尋妖、救人。

第九章
四眾探地牢除惡務盡，
單身入虎穴死裡逃學生

　　仍由鬼見愁穆成秀當先引路，陶天佐斷後，陶天佑和趙邁居中。穆成秀怕妖人已發覺馬二失蹤，進探很慢，一步一側耳，一步一警戒，慢慢的開門掩門，來到了地下室洗屍的所在。妖人似沒有聲察。各處履勘了一陣，隨後聽得地下室上面的房舍中透出不清晰的笑語聲。四個人低聲傳話：「上面人不在少數，要多加小心！」於是晃著了火摺子，點著了地下屋燈，重勘一遍，確是他們架走馬二後，無人進來，一切照舊。退路沒毛病了，四個人很快然而很輕地從地下室往上室進探。

　　仍然開門掩門，從地下室爬上地面。這三間地下室是建在一排後單房底下的。後單房又不像店房，倒像大宅院的後下房。出了後下房，就是後院，四處寂無人聲，也許有人都早睡了。前面正房卻人語喧譁，燈光還通過後窗紙，映得後院微明。四個人躍出地下室的出入口，略搜一下，便輕輕躡足，散開來往各處窺察。

　　鬼見愁穆成秀施展輕功，首先竄登正房後窗臺，舐窗往裡一看，竟看見了那個胖大和尚和一個瘦臉紳士高踞上座，正在飲茶，旁邊侍坐的、侍立的有著七八個歌童女伎模樣的人。這不是店房該有的情景。穆成秀側耳要尋聽他們的談話，原來他們喝醉了，說話已不清楚，只聽見「道爺、王爺、祖師，再來一杯，再來一杯」的勸飲聲。可是那一邊二陶進搜別院，

另有發現，趕來急打手勢，催鬼見愁快快過去。

在店房小小一座跨院裡，他們發現了佛堂法壇。佛燭半明半滅，爐器香菸繚繞，有一位瘦猴大仙，閉目闔睛，端然打坐，在法壇上裝蒜；壇兩旁立著四個仙童，已經困成瞌睡蟲了。「又是四個倒楣孩子，這一幫妖人把天真無邪的幼童毀害了多少！」

穆、陶、趙思索著，便要對這大仙人下辣手。這大仙手持塵拂，背後還插著寶劍。穆成秀心想：「這東西也許有兩手本領，不可不小心。」把掏出暗器來的陶氏弟兄暫且攔住，他要試一試大仙的眼神。由技擊家講來，驗看一個人的武功乃至道術，可從他的眸子分出深淺。

穆成秀掏出一塊飛蝗石子，正要試投一下，不料那大仙口中念念有詞，隨後睜開眼，直勾勾瞪視，伸手一指，喝道：「好孽畜！」

這一喝，莫說陶氏昆仲，連穆成秀也吃了一驚：「不知怎的，教他聽出動靜來了！」穆成秀沒動地方，二陶都退後一步。

等到窗外人再上前細看時，大仙手指處，並非向窗外，乃是向壇下。穆、陶、趙順著手向下來看：「哈，壇下黑影裡，還跪著一個呢！」

「真他娘的，倒把我嚇了一下！我還當他未卜先知，閉著眼就看見窗外呢。」

穆、陶、趙看透了大仙的伎倆，果然眼大無神，純然是個妖孽，便準備下手捉拿。卻不料藝高人膽大，背後有能人！他們各處潛搜，驚起了兩個行家。客房中歇息的人，內有應徵新到的兩個綠林豪客，竟似聽出動靜，結束停當，抽刀而起，從鬼見愁穆成秀、陶天佐、陶天佑、趙邁身後悄悄的掩來了。

「呔，看鏢！什麼人？」

且問且下手，照陶氏弟兄首先攻到，因為是相隔較近。陶氏弟兄卻也警覺，霍地一竄，閃開了暗器。在小院中，雙方交了手。

　　穆成秀應變不亂，先下手為強；一任二陶拒敵，他手發暗器，穿窗打入一支鑽心釘。大仙應手而號，隨聲而倒，直栽下法壇來。穆成秀低叫：「趙師弟，快追去捉妖，我來應援二陶。」他已看出掩襲而來的二客身手矯捷，是支勁敵，於是飛鳥掠空，撲到敵前。趙邁撲進法壇捉妖。

　　二客揮刃急鬥，並喝道：「你們可是鷹爪？」真是做賊的心虛，他倆把穆成秀、陶、趙當了追緝他們的捕快了。

　　「朋友快說話，你們可是山東來的朋友？」

　　「是靈霄殿派下來捉妖精的朋友！」二陶嬉皮笑臉的回答。

　　此時他們嫌小院迴旋不開，且鬥且走，雙方俱已轉到店院空曠處了。

　　二陶開玩笑的話，激得一個好漢出口惡罵，另一個好漢卻聽話知因，怦然心動。又見穆成秀衝上來，其鋒銳不可當，便急急叫道：「朋友別動手，你們要是衝大成教太谷僧、白羅漢來的，便與我們弟兄無干。我們是過路的合字，我們井水不犯河水，不要耽誤了你們的正事。朋友，我們失陪了！」

　　兩個巨盜說著話，手底下加緊，腳底下加快，把兵刃猛向穆成秀一攻，以攻為退，倏地抽身，跳出了圈子，撲奔店牆。

　　穆成秀揮動了點穴橛，向二陶急說：「你們搜店，這兩人交給我。」二賊一轉身，竄上店牆，穆成秀跟蹤他們也一縱身，追上了店牆。二賊飄身而下，覓路急走；穆成秀施展開身法，翻牆跟蹤，蜻蜓三點水，倏地趕過去，攔住了二賊的去路。

　　二賊大怒，轉身上步挺刃，齊聲喝道：「我們不是怕你，你何必苦苦的追趕？」

穆成秀上步回答：「我也不是追你，我是給二位送行；還有幾句話向二位說一說，問一問。」

「你問吧！」

「你說吧！」

穆成秀先問二賊的姓名，二賊反詰穆成秀的姓名。穆成秀道：「我叫鬼見愁。」

「哦，久仰，久仰！」

「你二位呢？」

「我們是哥倆，蕭英、蕭傑。」

「久仰，久仰！」

「穆兄臺為何事在此動手？」

穆成秀爽直的回答了，然後反問二人。

二人說是應羅田富戶李五爺之聘，給他護院。「我們本不願給財主當看家狗，無如我弟兄在山東背著命案，殺了一個惡霸，惡霸很有勢力，追捕得緊。我弟兄無可奈何，要借李某的家，隱避一些時。」跟著說自己弄不清楚李某人的底細。

穆成秀道：「原來如此，你說的這李五爺外號李五皇上，大肆搶男騙女，挾財為惡，殘害男女幼童。他又勾結上太谷僧、白羅漢、紅蓮仙姑，一心想稱孤道寡，作威作福。」

「呀！」

「你哥們難道一點摸不清？」

「一點摸不清。」

「現在總聽清了吧？我在下是路見不平，追拿妖人，為民除害，正感人單勢孤。意欲奉煩二位拔刀相助，趕到羅田縣李五皇上家，救幼童，捉妖黨！」

蕭英、蕭傑聽得呆了，穆成秀又催了一句，他倆半晌才答道：「穆仁兄，我們可真是對不住！此事我們本應遵命，追隨各位，替人間除害。無奈我們先已受聘，李五算是我們的東翁，去了豈不是倒戈害友⋯⋯」

穆成秀哼了一聲，大不以為然。

蕭氏弟兄卻又說下去道，「我弟兄的意思，我們不便出頭，我們先設法卻聘；另外替你老兄轉邀兩位朋友出場，不知老兄以為好不？」

穆成秀道：「也好，就是這樣辦吧。」

二蕭道：「我們也不回店了，就此告別，改日再會。我們給你邀好了朋友，就在某日某地方找你老兄接頭。」

「好，好，好！」

彼此一拱手，說：「請，再見！」

蕭英、蕭傑退出了是非場，鬼見愁穆成秀急急折回店房。

二陶和趙邁已然把全店房的人捆的捆抓的抓，掃蕩完了；把被難的男童女伎也都救出來，正在放火，要燒店滅跡。穆成秀說：「咳，使不得！現在還有這些遭難的男女孩子，還有這些脅從人犯，殺不得，放不得；你們一放火，四鄰必來救火，你們怎麼弄？」

二陶咧了嘴，好在火剛放，趕緊撲滅。穆成秀問趙邁道：

「那個大仙，捉住了嗎？」趙邁道：「捉是捉住了，這東西連滾帶爬，已然逃出法壇，我把他按住了⋯⋯」說到這裡住了口，陶天佐道：「我嫌麻

煩，賞了他一匕首，送他上了上清宮，見太上老君如來佛去了。」

穆成秀又哼一聲，仍問趙邁：「那個跪在法壇的人，和那四個童子呢？」

「童子現在這裡。那個跪壇入道的信徒乘亂跑出去了。等我追上大仙，把他擒住；再找這個信徒，已然溜沒影了。」

穆成秀道：「嚇，你們辦的好俐落，好乾淨！還有那胖和尚和瘦紳士呢？」

二陶笑道：「和尚宰了，紳士跑了。」

穆成秀道：「你們砸鍋啦！妖黨既然逃走了許多個，一定跑去給李五皇上送信；李五皇上和太谷僧一定要有準備，你們說是不是耽誤事？」

二陶忙道：「現在我們還可以急謀挽救，我們腳程快，我們立刻動身趕到羅田，殺他一個措手不及。」

穆成秀道：「也只可如此，這裡善後的事，我們緊著辦。

只是這一夥被害的男女難童沒處安插……」趙邁忙道：「就煩那兩位綠林好漢蕭英、蕭傑，把孩子們救走此地，送回原籍，豈不方便？」

「可惜的是二蕭已然走了，而且倉促之間交給他們，也未必妥靠。我們現在應該立刻把孩子們救出店外。」穆成秀說罷，引領陶、趙馬上把孩子們湊在一處，匆匆收拾了，把客店櫃房中的浮財悉數取出來，散給這些男童女伎，教他們各奔家鄉，自尋生活，然後一把火燒了店房。穆成秀等就要奔赴羅田，去訪拿妖人李五皇上。

趙邁對此不甚同意，他向穆成秀說：「清洗妖窟，搭救被害的人，固然要緊，可是我們不要忘了正事。我們必須先把鎮九江丁鴻和四流山虞百城的線接上，再辦別事，方不致誤。」

穆成秀和陶天佐、陶天佑都不以為然。他們以為插刀留柬之後，九江官府已經膽裂，鎮九江丁鴻等可保無事。可是抄店之後，白羅漢、李二王爺一死一逃，若不趕緊下手，李五皇上一有準備，就不好拿了。趙邁一個人扭不過三個人，就一齊趕到羅田縣，很快的窺探李五皇上的動靜。

　　李五皇上家果然事先得知變故了。首先透漏消息的，倒不是店中逃走的紳士和店夥，反而是頭一個挨捆的廚師馬二。二陶弟兄以為馬二已經扼死了，把他當死屍捆放在田邊空地坑窪中，蓋上了亂草，他竟活了。嘴堵得不嚴，叫他吐出來了，天明喊救，被人發現。他獲救之後，連店也不敢回去，一直跑到李五皇上家報信。然後李五皇上派人探店，這才知道他的店店祕窟教江湖能人剿滅焚毀了。

　　他既圖謀不軌，他也怕犯案。故此他乍一聽說那些個男童女伎教人救走，殘害幼童的命案當然也敗露了，他心上十分的疑懼。但等到穆成秀、陶、趙四人趕到羅田時，李五皇上被他手下那群妖人再三鼓舞煽動，出主意，想對策，把顆心又穩下來了。

　　太谷僧傲然發話：「我主爺請放寬心，我們道法高強，惡徒敢來生事，我一個也不教他得逃活命。」李五皇上道：「我只怕惡徒上官府告密。」太谷僧道：「那也不要緊，縣太爺跟莊主你是莫逆之交，縣裡真要是來查究，莊主再送給他一點錢，什麼事都完了。」李五皇上發愁道：「上次我已破費不少了，這回又得教縣官狠咬一口；你不知道這位縣官食嗓大得很哩。」太谷僧哈哈大笑道：「莊主你要圖大事，安能惜小費？將來你得了天下，這整個世界都是你的了。你的錢擱在縣官宦囊裡，和擱在你的箱子裡，正是一樣，早晚都得奉還你。」

　　太谷僧倒慷慨得很，李五皇上未免心焦。心焦當不了事，現在仍得想

法子，提防有人堵上門來找。李五皇上的輔佐也紛紛推測說：「據馬二講，這些剿店強徒，不像鷹爪，倒像江湖人物。怕是那些個拐來當太監的孩童失蹤之後，他們家中父兄煩出鏢行拳師、武林好漢，一路尋訪來搭救他們的。救走了人，想必就沒事了。」李五皇上搖頭說：「不對，他們拿起刀來就殺人，他們不會善罷甘休的。馬二不是說嘛，他們一定要找我來，你們不要大大意意，你們得想法子保駕呀！」又很怨恨的說，「你們硬說不要緊，等到要緊時，你們別要哈哈笑，教我一個人倒楣呀！」

李五皇上竟是如此的缺少「興王氣概」，除了怨恨，更無英斷。輔佐們一齊說：「莊主放心，我們是你殿下之臣，為我主爺創江山，焉能臨危袖手，坐觀成敗？對頭若來，我們一定要拚命保駕的。」

可是輔佐們儘管瞎吵，對於當前的事變，應該怎樣拚命護駕禦敵，這些從龍之士，竟沒有半個人提出妥當辦法來對付。

太谷僧一味吹氣冒泡，自誇法術靈妙，敵人來一個，死一個；別人也有恃無恐，隨聲附和。羅田三友的紅蓮仙姑言談更妙，她不想禦敵保駕之法，卻引著頭賣弄風姿，專跟太谷僧抬槓。

太谷僧告奮勇，仙姑就說破話。太谷僧說道法可以殺賊，紅蓮仙姑就說武功才能禦患。太谷僧說晚上要提防刺客，她就說夜間不要緊，要留神白晝。太谷僧說這一定是武林鏢客，受人委託來找失蹤的小孩，她就說不對，這準是官面來剿賊店，李二王爺做得不機密，把事情弄砸了。哪裡是興王君臣「御前會議」，簡直是男女妖人鬥法拌嘴，蛤蟆吵水塘。紅蓮仙姑的故意搗蛋，把太谷僧氣得翻白眼，她倒咯咯的笑起來。胡攪了一陣，到底晚上怎麼樣，誰也沒說出準主見來。有一兩個護院武師肚裡有點辦法，見「我主爺」過於寵信羅田三友，武夫負氣，也就「徐庶入曹營」，一言不發了。

僵持了好半晌，末後還是一個武林打手忍耐不住，提出了自己的辦法，勸李五皇上增派坐夜巡更之人，持兵刃戒備；又催促太谷僧、紅蓮仙姑，請由今夜起，趕快登臺施法，禁御意外來襲的強徒。並說：「我們是粗人，只知拿刀動杖；你們有法術，還不趕快施展出來，檢視對頭的動靜和來蹤去影嗎？」

太谷僧、紅蓮仙姑傲然應聲道：「那個自然，我們的法術一定要全拿出來，我們是文武道術，各顯其能！」

「對！」

於是乎「御前會議」就這樣吵了一陣，跟著便瞎抓起來。

武師有武師的做法，磨刀備箭，照著防備賊來攻莊的做法，亂搞了一陣。

術士有術士的做法。紅蓮仙姑仍用她那一套騙人伎倆，除了登臺念咒，還是登臺念咒。太谷僧卻變了卦，不知怎的，他竟猜到抄店的人是衝他來的，他的師弟白羅漢又被敵人殺死，上了天堂。他不願意追隨師弟也昇天堂。他暗暗地布置了，一旦有警趕快「腳底下明白」的妙策，也就是三十六計，走為上計。可是他陰沉極了，暗中潛做打算，他誰也不告訴。

李五皇上昏聵到極點，當初滿腔帝王夢，現時又怨天又怨地，逼迫他手下的輔佐：「你們得給我想辦法。」店房被抄，白羅漢一死，似乎嚇破了他的膽，「萬一出了事，我唯你是問。」

他對誰都是這一套抱怨責備的話，竟有點訕人的味道了。

他想不到這些混飯吃的妖人和拳師只會架秧子、吃財主，不會替主角分憂禦敵。他們只想當開國功臣，不會當赴難勤王的忠臣。他們從來就沒有思索過「忠臣不怕死」這一套，只懂得「幫閒騙富戶」。捱到了夜晚，居

135

　　然也有些人做起禦敵事情來了，也就是武師持兵坐夜，法師登壇念咒。

　　這時候鬼見愁穆成秀、陶天佐、陶天佑、趙邁一齊來到羅田縣境了。按指定的地點，和蕭英、蕭傑邀來的幫手，彼此會了面。

　　二蕭邀來的幫手，一共三個。一個叫邵宏閣，一個叫飛猴李柏，一個叫大力柴青，都是江湖上有成就的拳師，和二蕭是師兄弟。連穆成秀、二陶、趙邁共湊了七個人。要憑七八個人搜莊捉妖，實覺人單勢孤。七個人密商了一陣，只好採擒賊擒王的辦法，乘夜急襲，專拿太谷僧、紅蓮仙姑這兩個妖人。李五皇上這個人，究竟是個伏地蛇，若要動他，人手更嫌不夠；並且他一向所作所為，雖然略有耳聞，也當細訪。飛猴李柏便開口說：「我們先摸兩天，再動手。」眾人都說好，就暗暗訪察起來了。

　　不料這一訪，李五皇上的「鄉皂」，竟非常惡劣，可當得起為富不仁、欺壓善良、結交官府、稱霸一方的考語，提起來竟人人唾罵。至於收納妖人、宣揚大成教、挾財漁色，騙誘孩童，也實在有據。這個李五皇上，無論如何，也不該輕饒。

　　七個好漢訪了兩天，仍苦於人力不足，若要捉妖人、除惡霸，同時並舉，還得另外想法。穆成秀和二陶左思右想，想到鄂北還有熟人，飛猴李柏也推薦了幾個朋友。可惜此時他們都無暇分身親往邀請，遂由穆成秀和李柏寫了兩封信，轉託邵宏圖，另煩同道馳往求援。又耽誤了幾天，李柏所邀的人竟撲了空，僅僅由鄂北邀來五個幫手。湊在一起，不過十二個人。可是李五皇上的護院打手，以及妖黨信徒，足有百十號人。而且李五既是羅田紳豪，可算是地頭蛇；動手之時，也須防他以當地紳董報官請兵，把捉妖群俠誣為明火打劫的強盜。穆成秀、李柏兩人為首，與眾幫手做一夕籌商。陶氏兄弟道：「管他娘的呢，我們動手吧。我暗敵明，我們

驟然襲舉，足可以把太谷僧、李五皇上一包總拿住的。他們人多，全是廢物！」柴青、邵宏圖也道：「我們十二個人一定馬到成功。穆老兄不必太仔細了。」

這些草野豪傑，一向是膽大氣豪的，都說：「我們管保弄不砸！」左不過一個土豪，幾個妖人，幾個打手，算是要犯；剩下的大成教徒，無非是脅從之輩！他們全是李五皇上的佃戶，受逼入教；他們絕不會盡忠護教，實在是怕財主，不敢不附和。他們一向受害，敢怒不敢言；我們把搭救他們的意思表明了，他們準保一鬨而散，恐怕賣命保真主的人，一個也沒有。穆成秀道：「我假裝乞丐，到村子裡刺探，就聽見這些佃戶嘖嘖竊議，人家還沒真當皇上，就把人們懲治得這樣苦；真要是登了金龍寶殿，我們全活不成了。李五手下那夥忠奴鬧得更凶，整天逼迫鄉下姑娘媳婦進莊院聽經禮拜，拜紅蓮仙姑為師，往往害得兩口子打架，爹娘罵女兒。年輕小夥子，也被迫到莊院涌道站班，苦不可言。佃戶們真是怨聲載道，我們一動手，一定替窮人們解恨。只有一樣彆扭，我們人少，捉妖黨容易，救難童卻麻煩。」

飛猴李柏道：「既如此，還是找內線，裡應外合才好。不知李五皇上手下的武師，有我們認識的沒有？有嫌惡李五、嫉恨妖人的沒有？多少能夠拉過一兩個來，給我們臥底，就不怕敵眾我寡了。」

鬼見愁摸著大頭，皺了半晌眉說：「我們再多耽誤兩天，繼續往裡頭鑽鑽看。」

群雄說定，分別改裝，圍繞著李五皇上的莊院，續行深入刺探。這天正趕上市集，鄉民們忽然競相傳說：集上出現了一個神運算元，千百年眼，未卜先知，演算法奇驗；而且這個人出沒神奇，忽然在集上賣卜，眨

眼間，忽然又在村邊上出現了，好像是會分身法一般，教人捉摸不透。他給人算卦，膽大敢言，往往出語驚人，嚇你一跳。

這樣的神奇之談，立刻傳到李五皇上的手下人耳中。為了獻殷勤，立刻有人報告李五皇上：「我們這裡又出現異人了，是個賣卜先生，未卜先知，一定是我主爺洪福齊天，才引得異人下降。莊主何不叫這算命先生算一算？」

算命先生的奇蹟，李五皇上不很深信，卻也動了好奇之念：「把他找來，試一試看。這個人是怎樣的打扮？」

手下人把算命先生的言談舉止形容了一番。這位先生並不是雙失目，乃是個睜眼瞎子。三十來歲，外鄉口音，怪模怪樣，自稱千百年眼，神運算元，非為賣卜，乃是奉師命尋找異人，訪道求賢。手下人夾七夾八講了一陣，李五皇上的幫閒有的說：「這一位一定是個奇人，莊主爺應該把他蒐羅過來。」有的說：「不對勁，恐怕是個奸細。」又有的說：「奸細能把莊主怎麼樣？現在縣太爺就是莊主的好朋友。」最後仍有一個人說：「不管奸細也罷，奇人也罷，總該先叫進莊院，盤問一下，豈不是好？」

於是由李府上派出兩三個人，尋找這千百年眼神運算元。很快的就在市集上把神運算元找到了。

原來這正是陶天佐，他喬裝改扮，串村賣卜，已經好幾天了。直到市集這天，才聳動了鄉下人。他正想進窺李五皇上的妖窟，只苦混不進去；現在居然來邀，不由大喜，拿了算卦的招子、小藥箱、小鑼，隨了李宅幫閒，進了李府，穿宅入戶，被引入內廳。李五皇上端然正坐，命從人給算卦先生下首設坐。李府上的幫閒細細打量陶天佐，倒是滿臉江湖氣，只是眼珠子骨骨碌碌的，似乎不大老實。幫閒們開口詢問：「先生貴姓？」回

答：「湖廣人氏，湖北的。」「先生原來是外鄉人，怎麼流落到異鄉，串鄉賣卜呢？」回答說：「實不相瞞，我在下乃是奉師命雲遊四方，尋訪真主的。」

「什麼，尋訪真主？」

「正是。我在下修道多年，精研道法，前知五百年，後知五百年，夜觀天象，知道文曲星、武曲星早已下界，要扶保真主。只不知真主出現在何方。我覷星九九八十一天，只看出紫微星君光芒下照，似乎出現在江南分野，可是準方向估不定。

是我重上衡山，拜謁恩師，親承指教，才知真命主出現在羅田一帶，按八字推詳，此人該是三十八歲，屬牛的，擁有良田、廣宅，有人、有勢、有大福命⋯⋯」

「咦，我們莊主可不是三十八歲，正屬牛嗎？」

「不要瞎說，先生給我們莊主先算一算。」

「那太容易，請莊主把生辰八字賞下來。」

「莊主是醜年、寅月、卯日、辰時⋯⋯」

「哦，這可是大貴之命⋯⋯」

陶天佐裝神弄鬼，胡謅起來。其實他並不會算卦，至多會黃鳥銜帖罷了。他常常奔走江湖，巾皮彩卦的口頭禪，耳濡目染，得到了一些，可惜略知皮毛，病在淺嘗；若被行家一盤道，立刻就問短了。當著李五皇上及其幫閒，他糊天糊地，信口亂扯，倉促間倒把李五矇住了。然而太谷頭陀來到了，他早就學會一套跑江湖的本領，聽了一會兒，覺出毛病，就退出內廳，向手下人詢問：「這傢伙是從哪裡來的？」手下人一說，太谷僧搖頭道：「不對！這個人來歷可疑！」忙把一位護院武師找到，兩人暗暗嘀

咕了一陣，就齊到內廳，認真地盤詰起來。陶天佐漸漸應付不下來，被人發覺了對算卦是一竅不通，登時弄得「圖窮匕首見」！他那市招暗藏兵刃；太谷僧一句跟著一句地盯著問話，武師假裝旁聽，冷不防把市招拿過來，信手一抽，抽出一把匕首。

「哈哈！你這東西是賊！來人呀，快給我拿下！」

陶天佐倉促間還想支拒，李府武師全擁上來了。有一個武師說：「朋友，你是幹什麼的，你說實話吧！看這樣子，你還想動手嗎？」竟把陶天佐抓胳臂，架肘腋，拖到下面空屋子裡，捆起手來，吊在屋梁上，由李府幾個幫閒拿了籐條，且打且問：「小子，你到底是幹什麼來的？誰打發你來的？」

陶天佐口說：「冤哉，枉哉！我在下本是下山訪賢，你們怎麼把我當作壞人？有我這樣的壞人嗎？」

拷打良久，得不到實供。陶天佐反而做出任命受刑、以身殉道的模樣，自言自語說：「這原本是我在下一步磨難，我家師早就提示我了，不經磨練，不能成佛，想不到我的磨難出現在此地！」雖遭痛打，他倒豁出去了，一聲也不哼。幫閒們打得膩了，換了人再打，太谷僧也來親自拷打，竟沒打出實話來。太谷僧向李五皇上說：「這個人一定是奸細，今晚三更，把他活埋了吧。」

李五皇上親自到空房訊問，見陶天佐衣服都打爛了，依然無招，便走過去，親自問了問。陶天佐說：「莊主，你是大有福命之人，你不要聽信小人之言，殘害我一個世外人呀！孽是他們造的，禍可是莊主承當呀。我不過是個走江湖，吃開口飯的！他們竟把我當了奸細，要想屈打成招！莊主，這是你的事，你不要受人架弄啊！」

李五哼了一聲道：「你既不是奸細，怎麼他們盤問你，你答不上來呢？」

　　陶天佐道：「我是道家，他是僧家，道不同，不相為謀。他問我的話，我本來不在行嘛。反過來，我要問他，他也一點答不上來哩。」

第十章
囚徒竟分身幫閒傳言驚莊主，
暗器如驟雨來人出手嚇妖僧

　　李五皇上又哼了一聲，他陡覺陶天佐未免太可憐，太谷僧未免有點可恨。他一聲不言語，離開了空屋，跟紅蓮仙姑談了一陣，紅蓮仙姑照例說了太谷僧的破話。李五皇上便暗暗吩咐手下人：「不要毒打了，你們不要聽太谷僧那　套，我看這人不過是一個尋常算卦的。硬說他當奸細，他給誰當奸細呢！等到晚上沒人時，把這人放了吧。」

　　李五皇上不滿意太谷僧的獨斷獨行，生了反感。他這番話不知怎的，又傳到太谷僧耳中。太谷僧冷笑道：「莊主原來不相信我，好，叫他嘗嘗吧。」尋思了一回，想出對策，打發一個信徒，去到鄰村，尋找店中廚師馬二。馬二受了驚嚇，回老家養病去了，太谷僧找他，是教他認一認陶天佐是否剿店之人。卻是太谷僧沒把馬二叫來，這裡又生出了稀奇古怪的新聞！

　　李府上是把算卦先生扣下了，鎖在空屋，吊在房梁上，已經喪失自由了，想不到算卦先生他突然又在鄰村出現。

　　李府幫閒大為驚慌：「這個人我們沒放他，他怎麼出來了？莫非他會分身法嗎？」

　　分身法的傳說，很快的傳播開來。這一個江南人賣卜，被吊在李府空房；那一個賣卜先生，仍在鄰村敲小銅鑼算卦。一模一樣兩個人，分在兩

地！李府幫閒不勝駭異。

這一個幫閒跑到鄰村，找到算卦先生，瞎扯了一陣，算卦先生言談形貌，與被囚的人一般；立刻抽身回來，告訴了李五皇上。李五皇上大為驚駭，連忙帶這幫閒，來到空屋，開了鎖頭，把陶天佐提出訊問。「先生，剛才在村邊敲小鑼算卦的，不是你嗎？」

陶天佐道：「你們瞧著是我，就是我。我不是教你們吊起來，鎖起來了嗎？我怎麼又會溜出去呢？」

幫閒直湊到鼻頭，把陶天佐細看，連說：「怪道，怪道！」

於是另叫一個幫閒，去到鄰村，尋找那一位先生。找了一會兒，居然找到。這一位串村的，和那一位被囚的，分明是一個人！這個幫閒就詰問道：「喂，先生，你不是在李家莊院被吊起來了嗎？你怎麼又溜出來了？」

這一位算卦先生大睜眼道：「你說我多早晚被人吊起來了？」

回答道：「我說的就是現在 ——」

算卦先生道：「現在我被吊？我現在不是好生生的串村子嗎？」

幫閒十分駭怪，說：「先生，你 —— 是不是會分身法？」

算卦先生道：「你瞧我會分身法嗎？」

幫閒道：「你一定會！剛才我還在李家莊院空房子裡，看見你雙手吊在房梁上 —— 對，我記得你手上有繩捆的傷痕，先生你伸出手來，讓我驗看驗看……」

算卦先生怪笑著，不肯受驗。

幫閒便邀這一位先生，同他到李家莊院對證。這一位先生冷笑不肯去，說：「你們把我誑了去，也吊起來嗎？」

幫閒忙道：「不、不，我們莊主李五爺正在訪求異人，先生，你如果會分身法，我們莊主定要重金禮聘你的！先生，跟我去一趟吧。」

　　這一位先生仰天狂笑，說：「你們莊主訪求異人，卻要把他吊起來打，哪一個異人肯去捱打呢？你們莊主真要訪求能人，何必遠求？你只把空房中吊著的人放卜來，好好賠罪，自然他會原諒你們莊主有眼不識泰山之罪，你不必衝我麻煩了。在家敬父母，何必還燒香？你們回去好好衝吊著的人磕頭吧！」

　　幫閒聽了這話，非常惶惑，想了半响，仍拉住先生不放，定要邀他同赴李五皇上的莊院，去對證一下分身法。這一位先生堅不肯去，被幫閒強嬲不已，最後忽然動念，笑著說：「好了好了，我同你去一趟吧。你得先告訴我，你們莊主是在什麼時候，遇見那一位賣卜先生的？什麼時候把人家吊起來的？以及為什麼要吊打人家？」

　　幫閒以為這是異人考驗他，他一五一十，如實說了。說是「莊中的太谷法師把你老的替身當了奸細，所以吊起來打。想不到你老會分身法，我知道空房上吊打的不是你老的正身，乃是你老的替身。你老道法如此高深，你老可憐我一片誠心，收我為徒吧！」

　　算卦先生哈哈大笑，道：「我若是仙人，我也不能收你這樣的徒弟呀。你把仙人當罪犯，先盤詰，後強拖 ——」

　　幫閒跪下說道：「請恕弟子冒昧之罪吧。」

　　強嬲了半天，這個幫閒到底把這個先生架弄著，由鄰村撲奔李家莊院。兩人且行且談，陶天佑大放厥詞，幫閒肅然起敬，把他當了異人，天佑把這幫閒當了傻小子。一路談來，李家莊院的動靜，被陶大佑盤問了一個夠。幫閒起初還有隱飾，陶天佑說：「仙人考問你的真心，你卻滑馬吊

嘴。你騙別人，已經不該，騙仙人，更見你混蛋，你還妄想拜仙人為師呢！」

幫閒一想也對，便老老實實，問什麼，答什麼，全說了。

轉眼走到李五皇上的莊院附近，幫閒一眼看見同伴，大叫道：「喂，我找到神運算元的替身了，那位神運算元還在空房吊著沒有？」

同伴老遠的瞥見了，也不勝驚奇：分明是一個人，卻在兩個地方出現，不是分身法，又是什麼？這可真是李家莊院奇人奇事太多了。光一個紅蓮仙姑，一個太谷頭陀，就鬧得稀奇古怪，烏煙瘴氣，現在又冒出一個神運算元，一身兩現！這同伴兩眼死盯著陶天佑，直撲過來，大聲嚷道：「來吧，來吧，快把他帶到莊院去吧。那一個還吊著呢……」

不料這同伴剛一撲來，那陶天佑兩眼骨骨碌碌的瞪著他們，忽然怪叫了一聲，眼往這旁小樹林一瞥。小樹林似有人影一晃，天佑大喝道：「好孽畜！」猛然一翻身，像一支箭似的，往小樹林飛竄過去。兩個幫閒嚇了一跳，怪叫道：「神運算元先生，你不要走！」陶天佑不聽那一套，很快的竄進小樹林，兩個幫閒追入樹林，卻是三轉兩繞，陶天佑沒影了。幫閒嗒然若喪，無法回去交差。兩個人圍著樹林轉了一圈，驚驚詫詫的回轉莊院，向李五皇上次報：「的確尋見了神運算元的替身，費了許多話，把仙邀到家門口，不想他一聲長笑，好像飛鳥似的騰地不見了！神運算元說：你們莊主要訪異人，須具誠心；你們把異人吊起來打，你們的罪孽可不小呀！」

李五皇上心中納悶，不知如何是好。太谷僧仍認定神運算元是奸細，至於分身法，他說那是妖術，不足為奇。他說：「那也許是兩個人裝扮的炫人之技。」勸李五皇上用毒刑拷打空房中吊著的那一個，重刑之下，必能拷出真話。又斥責兩個幫閒：「你們兩個人是叫變戲法的妖人騙了，我

不信他會飛！」

太谷僧的狂傲武斷引起幫閒們的不快，當下不說什麼，背著人向李五皇上大進讒言：「人家神運算元說了，人家是奉師命訪求真主，考驗真心來的。太谷法師主謀吊打人家，那是大錯特錯。大主意可得莊主自己拿呀。人家說了，區區繩子捆不住人，人家要飛就飛，不過是看一看莊主怎樣待人罷了。」

李五皇上沒了主意，說：「依你之見呢？」

兩個幫閒你看我，我看你，誰也不敢硬出主意。倉促之間，一個幫閒答道：「依我之見，還是把神運算元解救下來，用好言慰哄，先問他的分身法是怎麼回事。不妨暫且軟禁起來，拿好飲食、好待承哄著他。他若是奸細，軟禁著也害不了事。

他若是真仙，我們也可以說，這一回出主意吊打仙人的乃是別人的陰謀，簡直是仙人的磨難，與莊主無干。」

另一個幫閒道：「對了，常言道的好，擒虎容易放虎難，我們固然不該輕放，也不該毒打。我們好好的軟禁起他來，他若是真仙訪真主，一定曉得莊主的真心的，也不會錯怪了莊主。莊主可以把錯兒全推到太谷法師身上。」

「況且這也不算是推錯，本來是太谷的錯嘛，太谷法師，簡直我不客氣的說吧，他是有點嫉爐。他一見這位神運算元會分身法，他就醋起來了。」

經過這兩個幫閒翻來覆去一說，李五皇上就命二人偷偷背著太谷僧把那會分身法的神運算元解救下來，挪到別院空屋，好好的軟禁、誘哄起來。

這個會分身法的神運算元——陶天佐受傷不輕，兩個幫閒給他治傷，給他酒食，問他「分身法」究竟是怎麼回事。

陶天佐飽食大喝之下，笑而不言。他的分身法「祕訣不傳俗人」。

究其實他的分身法，不過是借仗了他和陶天佑乃是孿生兄弟，一樣的相貌，一樣的打扮！陶天佐探莊賣卜，被吊在空房；陶天佑串村賣卜，因為模樣太相似，聳動了李五皇上的手下人，一鬨兩哄，哄出了分身法、替身符的怪話。

若是把陶氏弟兄倆聚在一塊，細細比驗，當然驗得出兩個人雖然貌似，究有不同。卻是分隔開了，兩個人太像了。孿生弟兄本來少有，一塊兒賣卜更是罕見，李五皇上的手下人可就少見多怪，瞎吵起來了。這一瞎吵倒提醒了陶氏弟兄，兩人一在莊內，一在莊外，索性裝模作樣，怪鬧了一陣。

陶天佐是被解救下來，衝著李宅幫閒雲天霧罩說怪話。陶天佑鑽入樹林，覷人不見，溜了出來，趕緊找到了鬼見愁穆成秀，訴說胞兄探莊被扣之事，同時飛猴李柏、大力柴青、邵宏圖等也訪得了李五皇上寵信妖邪、實無伎倆、結怨農民、不得人心的底細。大力柴青在市集上轉圈，也碰見了李五皇上家中的一個護院打手，名叫孫三的，彼此從前曾有交往，因而獲知這些武師們妒恨著李五皇上偏信妖人，已經嘖有煩言，說是一旦有了盜警事故，我們耍刀片的是外人，用不著賣命；人家一心通道，等到出了事，我們等著法師念咒卻敵吧。等他們念咒不靈，我們再動手。這本來是怨言，大力柴青趁著這機會，衝這武師大放厥詞，向他耳邊吹送許多冷言冷語，又說自己在直隸省一家財主家護院，宅主也是待我們拳師很吝嗇，卻捨得錢請僧道作法，後來強人來襲，我們不但袖手旁觀，我們裡面還有

幾位倒勾結外來的「合字」，把財主好好算計了一下，那才出氣呢。

武師孫三聽了，說：「這就叫活該！」

大力柴青道：「誰說不是！你剛才說，一旦有事，你們要瞧瞧法師們的能耐；究竟目前你們有事沒有呢？」

武師孫三道：「正鬧著事故呢。最近李五皇上的本家李二王爺的店房就被人剿了。至今不知剿店的人是鷹爪，還是仇人。」

大力柴青忙釘了一句道：「老兄你可要小心，你們這裡不久就要出事。我最近就在羅田縣，遇見很多異樣的人，你這一說，我明白了，這些人多半是找尋李五皇上來的。這裡面的人，也有我認識的。說老實話，我們全是跑江湖的漢子，拿財主那幾個錢，犯不上給他賣命。他若瞧得起我們，則罷罷了；他又瞧不起，我們更犯不著了！」

孫三道：「誰說不是呢，我們全是這樣想。你說你認識的那一位，姓什麼？叫什麼？他們真是衝著李五皇上來的嗎？他們的來意是為了什麼？」

大力柴青道：「他們的來意，我倒說不清，我本來無意打聽。我只知他一個姓邵，一個姓穆。」

孫三武師很關切的說：「費你的心，有工夫替我打聽打聽，他們究竟是訪財神，還是為替人報仇？你給打聽明白了，我們也好看事做事。」

柴青道：「對，有機會我給你二位引見引見。」

當下兩人拱手告別，大力柴青回去告訴同伴，再和陶天佑訪到的情形一對照，他們決計當晚冒險探莊。一來搭救陶天佐的事情刻不容緩；二來李五皇上的手下人彼此並不和；三來李五皇上又不得民心；故此動手正是機會。

十幾個人趕緊預備，所有探莊的山口，早已勘明。捱到二更天剛過，

他們便悄悄的從下處溜出來，分頭約定三更一齊下手。

這些好漢們都抱著必勝的把握，認為採急襲的辦法，捉妖人手到擒來。只有鬼見愁穆成秀心中憂悶。他知道捉妖算不了一回事，拿李五皇上也沒什麼，拿得了就拿，拿不了還可以殺；替民除害，做來不難。卻是李五皇上家還有一群被害的童男女。在李家店雖救出了一批男女孩子，在李宅那一批童男女，估量不在少數，恐怕比李家店的還多，這可有點不好搭救。他左思右想，限於人手不足，竟找不出妥策來，只可打定走著瞧的辦法了。

於是，他們潛伏在李五皇上莊院，捱到三更，打了一個暗號，紛紛從莊院前後左右，悄悄襲入。

李五皇上莊院裡面，在前邊有守夜的打手，不時出來巡夜；在後邊也有幾個人守夜。在跨院，便是太谷僧的法壇，太谷僧正支使著一群信徒持法器排班念咒。紅蓮仙姑另有作為，在內宅一處神舍打坐，默誦大法。

這些妖人們和打手們已經亂了好幾天了。剿店的人還不來，他們漸漸的積久翫忽。守夜的打手輪流坐夜，十分無聊，就賭起錢來。

飛猴李柏、陶天佑和鬼見愁穆成秀、鐵秀才趙邁等人，一進到李宅，便先搜尋被囚的陶天佐，同時查勘妖人練法的地點。

大力柴青和邵宏圖便先搜尋那個武師孫三，同時查勘坐夜打手的歇息地方。

飛猴李柏輕功很好，不在鬼見愁穆成秀之下，一路尋來，竟在三間空屋的微弱燈光之下，發現了三個人對坐低聲談話，仔細瞧下去，這三個人是兩個穿短打，一個穿長衫。穿長衫的人很像陶天佐。李柏繞到前窗，側耳偷聽，隱約聽見裡邊穿短打的人似乎搖頭說：「不行，人太少，你們不

要輕敵。」跟著又低聲說，「我弟兄只能做到這一點，就是幫助你老兄脫險。若教我們倒反李家莊，老實說，外援不夠，我們不敢輕舉妄動。

一個弄不好，不只打草驚蛇，還弄得這一群妖怪們加緊戒備，跟官府進一步的勾結，我弟兄可以一走了事，本地村民越加吃苦了。」

這些話，飛猴李柏並沒全聽清，只聽出「不要輕敵，助你脫險」，下面的話一字也沒聽出來，然而這就很夠了。

飛猴李柏大喜過望，他為人很細心，竟不先打招呼，慌忙留邵宏圖在這裡盯著，他抽身退出，去找陶天佑。屋中燈昏影暗，隔窗孔窺伺，他怕錯認了人；萬一屋中穿長衫的人不是陶天佐，那麼身在虎穴，豈不又生枝節？

飛猴李柏跳下後窗，躍上短牆，對面房脊上人影一晃。李柏趕緊一俯身，那人影直尋來，口打微哨，向李柏點手。李柏急忙湊過去，來的人正是鬼見愁穆成秀。

鬼見愁穆成秀急急告訴飛猴李柏：「這個太谷頭陀居然有兩下子，不知怎的，他竟震了（警覺了）！他大概另有詭謀。

剛才他正在法壇上搞鬼，不知怎的，仰天直嗅，忽然叫了一聲：『好孽畜！』一晃身不見了。我們現在必須把人湊在一起，專去對付他。他也許會妖術，我們不能不防備他施邪法害人！」

原來在那個時候，江湖好漢如穆成秀之流，對那些邪法，明知是騙人伎倆，可依然存著戒懼之心。江湖上流傳著妖術殺人的謠言，精擅技擊、久走風塵如穆成秀等人，仍自害怕妖人的攝魂法，以為「也許真能攝魂」！穆成秀打算大家一齊動手，先除了妖人，別的就好辦了。

然而飛猴李柏心上比他更急，忙悄聲攔道：「你說的那不要緊，先等

一會兒。我告訴你，我尋見陶天佐大兄了……」

「還吊著嗎？」

「不，陶大兄真有兩手，他居然串通了李家莊裡邊的人，不但把他放下來了，而且正商量著做內應。穆仁兄，你不要擔心太谷僧，你快設法把陶天佐大兄哨出來，問一問底。」

飛猴李柏笑了笑，一拉穆成秀道，「小心一點好，我怕萬一看錯了。陶天佐大兄和那兩個人說話聲音太低，聽不清意思，萬一那兩個人是莊中人奉命誘供呢？」

穆成秀哼了一聲，事態十分緊急，想不到飛猴李柏身手如此迅快，性情如此穩慢，也就不再說話，跟了飛猴就走。

不料穆成秀飛猴李柏兩人剛剛來到空屋後窗，屋中的燈突然吹滅了。前面竟有人輕輕叩窗，低聲說話：「神運算元先生，不要吹燈，把亮子弄明了，有一個朋友，要跟你談談。」

屋中人半晌沒動靜，窗外人又復催問；屋中人反詰道：「你是誰？」

窗外人透出不悅的口氣，說道：「朋友，你把招子放亮了，你不要自誤……哦，屋裡還有誰？」

「你到底是誰？屋裡就只有我一個呀。」

外面哼了一聲，仍不肯自報姓名，稍一俄延，外面忽然說道：「神運算元先生，快快開門。如若不然，我要破門而入，把你和你的夥伴一齊堵在屋裡，你不嫌害事嗎？你休要擔驚，我給你提一個朋友，你就放心了，你可認識大力柴青嗎？」

「大力柴青跟我也是朋友，我們昨天見面了，我是一片好心，為著你們，你不要錯想。」

屋中三個人嘖嘖的低議了一陣，陶天佐不發言，那兩個穿短打的武師，其中有一個湊到門邊，低聲說：「外面可是孫三師傅嗎？」

　　窗外人略略遲疑道：「哦，你是……」

　　「我也是熟人……」

　　「不錯，你我都是裡頭人……」

　　「大概我們走在一路上了。」

　　嘩啦的一聲，屋門開啟，竄出一個人，把孫三拉到屋中，仍不點燈，摸著黑說話。

　　在後窗偷聽的穆成秀、飛猴李柏一齊大喜，立刻彈窗發話，李五皇上的打手們孫三沒有太吃驚，那兩個穿短打的卻嚇了一跳。

　　這兩個穿短打的武師，氣不過太谷僧一群妖人的飛揚跋扈，竟向李五皇上自告奮勇，要來找神運算元誘供。他倆說：神運算元如果真有能耐，我弟兄願意把他遊說過來，扶保莊主；如果他是奸細，我弟兄願施反間計，假裝背著莊主偷著來放他，把他的真情誘出。這兩個穿短打的武師，一個叫張金來，一個叫武順成，乃是師兄弟。起初很得李五皇上信任，自太俗僧一到，壓過他們去了；他們也是隻信國術，不信妖法。李家店房被剿後，他們知道李五皇上要壞事，他們就多留了一個心眼。

　　陶天佐被囚後，他們二人認為對頭的臥底人已到，故此自告奮勇，要向陶天佐探口氣，自留退步，及至跟陶天佐深談之後，兩個人就打定了腳跳兩隻船的辦法。

　　當下，裡面的人，外面的人，齊聚在窗前屋內，立刻挑開了窗簾說話。彼此匆匆敘明原委，穆成秀急請孫三和張金來、武順成去攔阻護院武師，請他們袖手旁觀，不要幫助妖人；還請他們聯繫朋友，相機幫拳，助

剿妖人，替民除害；至少請他們藏在黑影裡，吶喊助威。這三點全做到更好，如果不肯或不理，也請量力度勢，做到一點是一點；至不濟也要請他們本人退身局外。張金來還在游移，孫三和武順成道：「江湖上是一家人，穆師傅你？好吧，我們絕不能幫太谷僧。」把張金來一拉，火速走開了。

這就給穆成秀等閃開了捉妖的路。穆成秀、飛猴李柏、邵宏國、陶天佐、陶天佑、趙邁等立刻分數路去尋找太谷頭陀。

幾個人剛剛圍繞著法壇逼湊過去，隔著一道牆，突聽宅中一人厲聲喝道：「什麼人？」大家不由一愣，往黑影裡一閃，急急回頭閃目尋聲。牆那邊連聲喝問，似有動作。「是誰？再不說話，可要放箭了！」另外一個聲音低答道：「是我，不要動手，我找謝師傅。」那人說：「不對，你是！嚇，好賊！」應聲聽見刀劍一陣拼鬥，夾雜著叫喊。事情是已經爆發了！原來是大力柴青引導邀來的幫手，去暗中防堵李宅護院打手，露了形跡，首先動起手來。

這時候，喊鬥之聲漸高。李五皇上已然驚覺，躲在上房中，又驚又怒，只罵：「果然出事了，果然出事了！快叫太谷僧法師抵擋，快教武師們動手！」只顧吵鬧，一無辦法。

穆成秀等人雖聞呼鬥之聲，不管這一套，仍去搜捉太谷僧，只由飛猴李柏和冒充「神運算元」的陶天佐前去策應，兼管巡風。於是很快的趕到法壇，法壇上只有被拐小孩扮的仙童仙女和村中壯丁扮的力士金剛分班侍候，主壇的法師太谷頭陀依然不見。穆成秀等在房脊上往下觀看，不由失望。急急抽身尋找，從法壇找到花園，突然從花房衝出來一群人，怪喊如雷道：「好孽畜！」人人持法寶和兵刃，挑著兩對燈衝殺出來。

太谷法師竟很威武的結束登場，穿一件半截窄袖僧衣，高腰襪僧鞋，

背插戒刀，腰懸葫蘆，手拿黑漆的鐵禪杖；指揮信徒，特來威嚇敵人。這傢伙本來有些武功，卻一向拿妖法騙人，騙人太久了，也就自欺欺人，連他自己也有點迷信起他的法術了。他又從來沒有指揮大眾打過群架，現在他公然挑燈出來尋敵。他身邊帶出來的這幾個信徒，也是一群受迷惑太深的倒楣鬼，過於相信他的妖法，左手晃著妖幡，右手拿了降魔杵、斬妖刀，竟口誦護身蕩魔神咒，不顧死活的衝殺上來。穆成秀、飛猴李柏、大力柴青也是被妖法所惑，恐怕他們的妖法萬一有效，也就採取了先下手為強的辣手，以防不測。當下齊聲大喊：「好妖人，看傢伙！」登時舉手不留情，把飛鏢、袖箭、甩箭、梅花針、金鐵鏢，紛紛照妖人打去！

老實說穆成秀等有些臨敵知懼，把妖人估價太高了。他們藏身高處，突下毒招，這一陣暗器如雨，登時一陣大亂，泛起了驚疼怪號聲。撲出來的妖人信徒，竟應手被打傷一大半，如滾湯潑老鼠，後邊的張惶回顧，還在尋找敵人的來路，前鋒的妖人倒下了三四個，中間的妖人撥頭往回跑，竟衝退後面的妖人。跟著第二陣暗器又已發出，妖人抵擋不住，亂叫亂碰的攪做一團了。

太谷頭陀不禁大駭，抬頭往房上看。房上群雄已然湧身齊出。這兩陣暗器雨已然揭穿了妖人的伎倆，弄壞了妖徒的銀樣蠟槍頭。鬼見愁穆成秀性雖嫉惡，卻也憫愚，振吭大叫道：「下面人聽著！我們是山林劍客，專為誅討妖人太谷僧來的！

你等妖人趕快放下兵器，退出莊院，逃走者不究，助妖者必戮！」吆喝聲中，飛猴李柏等早已各揮刀劍，跳下平地，照太谷僧殺去。

妖徒們受傷的，有的連滾帶爬，四散逃命；沒受傷的也跑了幾個。卻還有幾個，不相信妖法無靈，只道他們受傷的人乃是心不誠，或者犯了

戒，故此吃了虧。他們幾個人沒受傷，自然是他們功夫精，得到神佛保佑。太谷僧早就墊了話，這一回抵禦外劫，將藉此印證信徒功果，考驗信心。這幾個人就至死不悟，拚命掠幡揮杵，和群雄硬拚。這卻激怒了飛猴李柏這些年輕人，擺好架式，揮刀劍攻殺，轉眼間砍倒了三兩個。那太谷僧獨自舉了禪杖，在後督戰，群雄的劍還砍不著他。

鬼見愁穆成秀大怒，飛身跳下房頭，蜻蜓三點水，讓開了妖徒，猱身挺刃追刺太谷僧。太谷僧揮禪杖橫搖，怪喊一聲，很凶猛的迎打過來。穆成秀急急退步抽刀，旁觀的一個妖徒竟從側面來，將斬妖刀照穆成秀斜削。穆成秀把刀往旁一蕩，跟手一紮，嗤的一下，想不到妖徒是這樣有勇無能，立刻被刺中要害，怪號一聲，竟誦佛號，不往後退，整個身子投向穆成秀撲來！穆成秀咬牙切齒，往旁略閃，刷的砍下一刀，把這妖人立斃於刀鋒之下。

然後穆成秀抽刀拭血，再鬥妖僧太谷。不意這時候，陶天佐、陶天佑已然抄後路撲到太谷僧背後。兩人鋼鋒齊舉，雙戰太谷僧。太谷僧怪吼一聲，唱了一句佛號，把禪杖三花大撒頂一耍，耍得呼呼風響。陶氏弟兄見他鐵禪杖太粗太沉，怕被磕飛了兵刃，便刷地撤轉身來。武林人物從來不肯硬碰硬，是要以熟練的技巧來贏敵的。哪知道他們上了太谷僧騙身蒙虎皮的當，他那鐵禪杖，錚光漆亮，很像鑌鐵杖，上敷明漆，究其實那禪杖這麼粗，這麼大，乃是空心的一根鐵筒，擺樣時內中灌水銀，舞弄時早就倒出水銀，弄得輕而易舉了。

陶氏弟兄卻被太谷僧這個胖大黑粗的體格所騙，以為人粗力壯，禪杖必然重，萬料不到他的道法和武功是同樣的稀鬆。

陶氏弟兄不明虛實，便不肯硬鬥，施展身法，欲以巧降力。這便耽誤

了工夫，氣壞了穆成秀。穆成秀斷喝一聲：「待我來！」

哪知道穆成秀才從妖徒屍上跳過，從花園那邊突然轉過來大力柴青。大力柴青揮一對巨斧，不管不顧，衝到核心，認定太谷僧，霍地就是幾斧。猛聽刮的一聲響，太谷僧失聲驚叫！大力柴青的巨斧竟把妖僧的空心鐵禪杖劈折了！

陶氏弟兄見狀幾乎氣破了肚皮，恨罵道：「你可把老子騙死了！」弟兄倆各擺兵刃，突擊妖僧。妖僧禪杖已折，妖徒多傷，手握斷杖，雖然嚇了一跳，他陡然石破天驚的絕叫了一聲，比鬼號還難聽。不知他怎的一甩袖子，滿空浮起一層迷霧。群雄驟吃了一嚇，穆成秀急喝：「迷魂藥，快退，快堵鼻子！」二陶和大力柴青捏了鼻子，一齊往後退跳。卻不料這並不是什麼迷魂藥，更不是妖僧會興煙造霧，不過是一袋子嗆人迷眼的藥末罷了。然而群雄怕上當，不能不躲一下；太谷僧趁這敵人一躲，忽地鬼笑了一聲，又一甩袖，擲出來「天雨花」似的一大片東西，逼得群雄再後退，再揮刃格打。等到迷霧四散，飛花落盡，群雄重上前進攻，太谷僧竟早已提著兩截禪杖，一溜煙的逃走了。

穆成秀驚叫：「上當！」群雄火速去追，穆成秀忙喊：「一半追妖人，一半搜宅子。」群雄倏又止步，分出一半人來。就這一遲誤，再跟蹤追趕妖僧太谷，太谷逃到花園，繞假山，鑽花房，三轉二繞，眨眼不見了。穆成秀大怒，命二陶專找李五皇上，他親去搜追妖僧。僥倖這李五皇上乍想登龍位，地下宮殿剛剛起造，還沒有建好祕密隧道。穆成秀窮搜之下，瞥見妖僧太谷從別屋鑽出來，似乎他善財難捨，回去盜取財物，準備棄了李五皇上自逃活命。就在這戀財不捨的一念之下，被穆成秀追上。

第十一章
院裡喊殺聲聲土皇死去，
莊前火光處處妖僧逸逃

太谷僧十分險詐，他覺是情形危迫，陡又起了李代桃僵的嫁禍毒計。他不往別處跑，竟往李五皇上潛登寶殿的地方跑，以為對頭就是衝著自己來的，也必以李五皇上為首，對頭要捉的，第一必是李五，第二才是他。他為了轉移目標，他臨跑還要嫁禍給李五。

然而時機不湊巧，李五皇上嚇酥了，沒有下地窟、登寶殿，還在內宅打戰呢。太谷僧撲了一個空，卻在地下宮殿的別室，瞥見了那一群給李五皇上當宮女、裝仙女的受害女孩，正嚇得擠做一團，不知起了什麼禍事。太谷僧「賊起飛智」，背著一個大包，拿著一把戒刀，闖到「宮女」群中急急叫道：「大劫來了！你們的魔星來了！外面有個大頭星尋來……不是不是，有一個大福命的人尋來，你們快迎上去，拉住他，跪求他！求好了他，你們就得活命了！求不好，你們全死！快去，快去！」

太谷僧滿臉的驚惶，透出煞氣，又把戒刀連連揮動。這些「仙女」、「宮女」被他擺布得久了，一個個畏之如虎，聞命不敢不依。這些女孩子受他逼騙，驚驚惶惶的，你推我，我推你，從地下宮殿湧出來，太谷僧留在後面，就要趁機溜走。

果然這幫女孩子們在萬分驚恐中，鑽出地下宮殿，劈頭遇見了大頭鬼見愁穆成秀。穆成秀急走如風，帶著煞氣，孩子們嚇得出了聲，不敢上

前。可是她們被訓練得慣了，不敢「違背法旨」，就一大堆遠遠跪下來，舉手高叫：「大仙爺救命呀，大仙爺救命呀！」

鬼見愁穆成秀不由詫異止步，可是他仍要先捉妖，後救人，急急叫道：「你們不要害怕，那太谷僧呢？」

太谷僧走得慌，忘了叮嚀這一句：「仙人來了，你們別說我……」這群「仙女」「宮女」們未受祕囑，原盤托出：「大仙爺，救命！那太谷法師他老人家還在那邊呢！」許多小手往太谷僧藏逃的方向一指。

大頭鬼見愁穆成秀呵呵一聲長笑，飛身一竄，越過了跪地求告的女孩群，急急的續追太谷僧。

太谷僧背負大包袱，手揮戒刀，剛剛鑽出地下室，穿院越牆而逃，穆成秀大吼一聲，趕了過去，仍恐他走脫，人未到，暗器先發，刷，嚇了妖僧一跳。

「我的佛！」妖僧一滾身，栽到牆那邊去了。

穆成秀久經歷練，夜影中不敢輕敵，不肯跟蹤隨上，卻稍稍移過一點位置，從牆頭別處躍上去，以防妖人暗算。可是就這一點審慎，倒給妖人留了逃命的機會。牆那邊果然潛伏著敵人，是李五皇上兩個護院打手。這兩個打手做了太谷僧的替死鬼。他倆想是「受恩深重」，不然就是別有想頭，竟不聽孫三師傅、武順成的勸阻，出來替主人李五皇上「扛刀」，黑影中埋伏在這裡，太谷僧栽過牆頭，二人便冒冒失失突發一鏢，太谷僧捱了一下，叫了一聲：「自己人，別打！」連滾帶爬，穿房跳窗逃走了。兩個打手還想追，這工夫，鬼見愁穆成秀忽在牆頭現身。兩個打手回頭一看，暴喊一聲，疾發暗器打去。鬼見愁穆成秀一晃身，閃開了襲擊，跳下短牆。兩個打手一個揮槍，一個掄刀，上來雙戰穆成秀。穆成秀厲聲斷喝：

「我們前來捉妖救人，你們是無辜良民，趁早躲開！興妖助虐的，一律誅殺無赦！」儘管他聲罪致討，這兩個打手做定了李五皇上的死黨，又沒看清楚逃走的是太谷僧，竟大呼小叫，擋住了穆成秀，寸步不讓。穆成秀怒極，便下辣手，劍鋒犀利，劍術精奇，很快的刺傷了一個打手。這一個打手負傷，那一個打手依然不退，反而吹起銅笛，四面呼援，並且喊殺聲起，已有別的打手尋聲撲到。於是從穆成秀來處，趕到了三四個打手，抄後路掩擊過來，一霎時，穆成秀陷入包圍。可是打手們剛剛圍攻穆成秀，飛猴李柏和邵宏圖等又已尋聲趕到。他們剛趕到，卻又有一幫李宅護院打手，整好了隊，舉著火把燈籠，從前院衝到後院，似乎趕來救院護主，看來勢很凶，卻只一味搖槍吶喊，遠遠的堵院門、扼牆角，大多數不肯過來力戰。李柏、邵宏圖借牆障身，兩口刀便戳住了他們十幾個人，他們只往院門放箭拋石，沒個人膽敢冒險突入，就這樣打起了阻擊戰。穆成秀趁此機會，手腳鬆動，大喝道：「妖僧已逃，我去追趕，你們快搜李五皇上和別的妖人！」揮劍一衝，殺出圍陣，追趕太谷頭陀去了。

此時喊聲鼎沸，飛猴李柏、邵宏圖一點也沒聽清穆成秀的話。只望見他衝退了一個打手，反倒穿窗竄入一排房間，料是深入搜敵；兩個人便要棄敵斜抄房後。可是兩個人才一退，院門那邊的打手高舉火把，也過來了。火光照處，望見了幾個豔裝的女孩子，哭叫著磕磕絆絆，亂藏亂躲，還在高叫大仙救命。

飛猴李柏登時明白，這就是被拐騙來的那批裝仙女、當宮女的難童，忙振亢叫道：「你們不要害怕——」一句話未了，忽聽背後弓弦響，急急往旁一跳，身旁的邵宏圖大喝：「休放亂箭，誤害好人！」忙揮刀格打，打落了幾支流矢。仍有未打落的流矢，竟射入這些女孩子群中，連傷了兩個，女孩子們越發驚喊亂竄起來。李邵二人好生不忍，一齊大怒，便不再

走，轉身撲鬥，和那亂放箭的護院打手們打起來。打手很多，地勢逼狹，沒有迴旋餘地，這就給武功好的人留下以少制眾的機會。飛猴李柏和邵宏圖背對背堵門迎敵，手快刀疾，對面打手竟弄得人擠人，磕頭撞臉，施展不開手腳。只幾個回合，打手們竟被逼退到門那邊，用花槍扼門，堵御李、邵的追擊，當下又陷入阻擊戰了。

李五皇上的莊院，主房五層三進，左右跨院，還有花園馬棚，還有外圍堡牆，本來是角門甬道，四通八達。當此時，全莊大亂，人聲雜亂，東一堆西一堆，分不清敵友，只發現人蹤亂竄。飛猴李柏、邵宏圖剛剛逼退了護院打手，要抽身去搜元凶首犯，忽然間，從西廂房後窗跳進來兩個人，卻是陶天佐、陶天佑昆仲。黑影中看不清面目，只聽南方口音大喊道：「李家莊人等聽清，我前來捉妖救人，已將李五斬首！你等良民受迫，趕快棄下兵刃，退出莊院，就既往不咎，饒恕你等性命！」

聲喊中，高舉著血淋淋的一顆人頭，意在示眾。飛猴李柏忙喊：「陶兄，把李五殺了嗎？太谷僧可曾捉到嗎？」還沒住聲，突然間，東廂房旁邊緊閉的角門呀然大開，奔突進來六七個人，大喊道：「捉賊呀，捉賊呀！」又是一撥護院打手和大成教徒從後莊院繞來，敵我雙方又碰在一處。這邊突門的打手一到，那邊堵門的打手立刻響應，暴喊一聲：「拿呀，殺呀！」立刻發動了夾攻。二陶所說李五已被誅死的話，他們並沒聽，也不信。可是他們的鬥志並不很強，只是倚仗人多瞎起鬨罷了。

那邊孫三師傅和張金來、武順成三人，由於大力柴青和二陶的聯繫，又憤恨太谷僧妖言惑眾，看不起武師，他們就袖手旁觀，暗助穆成秀一把。他們臨變抽身，去向李五的打手說破話，吹冷風，使他們停兵不鬥，居然在忙亂中也已生了效，但只阻撓住瞭望臺上的一撥打手。他們又找到了那些畏威受迫、前來莊主家值班服役的佃戶信徒，跟他們領頭的人說私

話：「大事不好了，大批的劍俠趕來捉妖人來了，太谷僧是大成教妖人，你們大概不知道。現在他犯了事，你們還不趁早躲開？你們趕緊回家關上門睡大覺去吧。李五皇上也不是厚道人，你們犯不上給他捨命扛刀！至不濟，你們也該溜到一邊，坐山看虎鬥啊！」

這些冷話吹到耳中，倉促之間，人們還在遲疑觀望，可是這已經奏了效。李五皇上的教徒和打手，弄得七零八落，許多人湊在一堆亂嚷嚷，不肯上前拚命。

護院打手裡面，可也有些巨賊，乘亂逞威，濫砍濫殺，似乎並不管誰是敵誰是友。紛亂中，後莊院突然起了一把火。人們登時喊叫：「不好了，惡賊放火攻莊了！」哪知是打手中兩三個巨賊陡生歹心，要趁火打劫。他們亂喊道：「仇人大隊殺來了，李莊主還不棄家逃命！」登時有幾個打手不去救火，反往內宅奔去。內宅早已大亂，這幾個惡打手暗暗得意，竟撲奔李五皇上的藏金祕室，砸開箱籠飽掠一頓，結夥逃走了。更有兩個妖賊，別起惡念，帶上了面幕，假裝外寇，到內宅祕室搜尋李五皇上的姬妾，想架走一兩個，以快私慾。哪知時機太緊，這兩個妖賊持刀強逼李五皇上的內眷，剛剛用兜包背在身上，溜在後院，翻牆要走，劈頭遇上了大力柴青和張金來、武順成。張武二人也是戴著面幕，本是來尋找太谷僧的，卻正堵上揹人跳牆的妖賊。柴青張武三人大喊一聲：「妖人休走！」揮刀上前截擊。二妖賊回手發出一鏢一箭，三個人略略閃身，喝命：「快放下人，饒你不死！」這兩個妖賊武功很強，還想強拼，無如寡不敵眾，被大力柴青一對鋼鞭、張金來一口單刀逼得風馳蓬轉。忽聽哼哧一聲，一賊負傷，棄了女人先跑，另一賊也只得丟下兜包，兩個妖賊分兩路逃走了。

兩個女子被摔得半死，哭喊饒命救命。大力柴青顧不得救人，先馳去追賊。

　　這時候，前院不知怎的也起了火。正在混戰，無人救火，火勢立刻乘風延燒起來。李五的莊院起了哭聲，許多小男婦女潛藏在暗室發抖，大火既起，披頭散髮的逃出來，如沒頭蒼蠅一般，亂鑽亂撞，倒鬧得護院的人和捉妖的人展不開手腳。

　　陶天佐、陶天佑見狀躍登房頭，連聲呼叫：「妖人李五已死，小男婦女一概無罪，你們不要害怕，不要亂跑！」儘管嚷叫，婦女們依然哭號逃竄。倒是妖徒和打手們一見火起，情知事敗，中間有幾個人怪叫道：「不好了，我們莊主遭到魔劫了！我們不要和天命強抗，趁早跳出火坑吧！」呼啦啦的逃走一群。

　　工夫不大，這個見那個逃，這個也逃了；那個見狀心慌，也鑽黑影了。這兩把大火，倒燒散了妖人的鬥志。轉眼間，李五的莊院只剩下殘兵敗眾，受傷的，半死的，和一些親眷婦孺，卻也紛紛哭叫，覓路逃命。

　　李五的人緣竟壞得很，莊院起火，鄰村竟沒人肯來馳救，也似乎不敢救，怕被反咬一口。

　　李五的信徒既已四散，李五的打手趁火打劫，紛紛停鬥。

　　起初是幾個人搶財物，生私心；後來幾乎人人見機而作，人人看出李五「大勢去矣」，就人人在全身遠退之前要順手撈一把，只算是找恩主借盤川。霎時間，禦敵的人全潰散了。

　　此時穆成秀追趕妖僧太谷，已然追得沒了影。趙邁、二陶已然殺死李五，一見火起，打手停鬥，也就大喜過望，和大力柴青、飛猴李柏、邵宏圖等分兩面乘機搜宅尋妖。

　　妖人死走逃亡，只剩下紅蓮仙姑，帶了兩個女妖徒，拿了兩件法寶，正在東藏西躲。大力柴青舉斧要殺，紅蓮仙姑嚇得撒手擲出法寶。大力柴

青揮斧一擋，把法寶打得粉碎，大喝一聲上前。紅蓮仙姑抹頭就跑，腳底下一軟，摔了一溜滾。那兩個女妖徒嚇得坐倒地上，口中不住念咒。大力柴青順手一斧，劈傷一個女妖徒；那另外一個女妖徒狂喊：「饒命！」陶天佐、陶天佑、趙邁慌忙趕過來攔阻：「慢著！」轉面來屬聲喝問：「你是什麼人？」

那女妖徒嚇得說不出話來，陶天佐仍在持刀逼問；陶天佑就趕過去，截住了紅蓮仙姑喝道：「你是什麼人？快說！」紅蓮仙姑跪地討饒，再三盤詰，她說道：「我是李五爺的姑姑！」陶天佑追問：「那個什麼紅蓮仙姑呢？」回答說：「往那邊跑了！」

二陶並不認識紅蓮仙姑，當卜受了騙，說道：「沒有你們婦女的事，你不要亂跑。」紅蓮仙姑道：「我怕，我怕燒死！」

陶天佑道：「既然如此，你們跟我來，快領我把紅蓮仙姑搜出來，還有那些女孩子，也該搭救！」紅蓮仙姑道：「我、我走不動，我嚇酥了！」卻是剛說完走不動，她突又坐起來，跟著站起來，說，「我領好漢爺找仙姑去，好漢爺要找女人，年輕的、漂亮的，這裡很不少，請你跟我來！」

紅蓮仙姑也想起了嫁禍之計，心想找到別的女人，就放鬆了她。哪知此話露出破綻。趙邁、陶天佑喝道：「等一會兒走！」把紅蓮仙姑扭到火亮處一看，半老徐娘，一身妖服，分明帶出狡獪奸詐的神情來，與尋常良家婦女截然不同。趙邁、陶天佑斥道：「你到底是誰？你分明是個女妖人，你一定是紅蓮仙姑……」紅蓮仙姑忙叫道：「好漢別認錯了人，你瞧紅蓮仙姑不是往那邊跑去了嗎？」

可是她的詭辯已然來不及了，那另外一個女妖徒，在陶天佐刀光揮動逼問之下，已然說出了實話。她承認自己是紅蓮仙姑的得意門徒，而紅蓮

仙姑就是手擲法寶摔了一溜滾的那一個。趙邁、陶天佐哈哈大笑，追上來捉仙姑。大力柴青已然聽清，怪叫道：「殺了罷！」刷地竄上來，照紅蓮仙姑就是一斧。

陶大佑說：「等一等，問一問！」利斧已然斫下，紅蓮仙姑慘叫一聲，撒手紅塵了！趙邁搖頭不語，陶天佑道：「可惜妖僧太谷的下落，沒有顧得問她。」

飛猴李柏道：「我看見穆成秀追趕下去了。」

陶天佐道：「鬼見愁太荒唐，他追太谷僧，追得沒了影。

現在我們趕緊設法搭救這幫孩子們吧。」

群雄向四面一瞥道：「都不知道跑到哪裡去了，我們怎麼救，又怎麼安插呢？」

陶天佐道：「先尋找，找到了，再想安插的辦法。」

群雄齊聲說：「就是這樣辦。」幾個人登時搜尋、查尋起來。

這時候，那一夥被逼充「宮女」「仙女」的童女，有的潛藏在屋中，有的潛藏在莊院內，有的跑出莊院，潛藏在禾田地裡。趙邁、二陶和大力柴青、飛猴李柏、邵宏圖等，極力查詢，只找出六七個童女。童男是一個都沒有了，因為都攝弄到李家店去，已然先期遇救了。

群雄聽說李五皇上拐賣來的童男女很多，現在覺得數目不夠，急找「倒戈」和袖手的護院打手孫三師傅和張金來、武順成，想向他們細問底細。不料張金來、武順成二人一見火起，誤認是穆、陶放的火，他們二人大不謂然，心中又很懼禍。兩個人便悄悄的你拉我我拉你，溜出了李家莊院，悄悄的不辭而別了。只剩下孫三師傅，很生氣的找到大力柴青，嚴詞詰問：

「你們到底是捉妖人，救難童，還是趁火打劫？」

陶天佐、陶天佑急忙插言：「我們是捉妖救人！」

孫三師傅道：「既然是捉妖救人，為什麼放火？」

陶天佑道：「我們也不知道是誰放的火啊！」

孫三道：「你們不知道，難道是李五皇上自己放的火？」

大力柴青道：「也許是走了水。」

孫三道：「怎麼會走水？明明放火燒了柴堆，你們到底是怎麼回事？」

群雄極力辯解，孫三師傅微微冷笑，說道：「我們也明白，這種為富不仁、與妖作怪的東西，就燒死了也不多，可是這等玉石俱焚的辣手，區區在下竟做不出來。」說罷轉身要走。

二陶急忙勸阻，還要解說，孫三笑道：「你看火快燒到內院來了，李五死了，我的飯碗也砸了，我得打點打點。若不然，明天天亮四鄰報了官，我留在這裡，豈不要打誆誤官司？」

二陶還想說話，孫三師傅道：「我先把我的東西拿出來，不然，就燒在裡頭了。」到底抽身撲奔前院，大力柴青盯著他，不料三轉兩轉，連柴青也不見了。

這兩把火引起了誤會。孫三等確信是群雄故意放的火。哪知這火仍然是護院打手放的，反而害得穆、陶替人負罪。趙邁、二陶咳了一聲，飛猴李柏催道：「先把這些孩子救出火場才好。」

二陶道：「對！」

捉妖群雄一共十三個人，現在只剩了八個，被難的童女只尋到六七個。當下各背一個，火速離開了火場。為了徹底搭救難女，陶天佐也搜到

　　了一些財物，趁天色未亮，他們走出李家莊院。

　　救人捉妖的事，弄得七顛八倒，並沒有辦俐落。

　　三四天后，鬼見愁穆成秀到底追丟了妖僧太谷，反尋回來，和二陶等人見了面。二陶抱怨穆成秀，穆成秀只搔頭皮，說：「太谷僧這傢伙也許真有點兒門道，不知怎的，溜得沒了影。」

　　陶天佐笑道：「他也許會地遁。」

　　陶天佑道：「什麼地遁，分明是大師兄雙眼瞎。你自覺招子亮，結果鬼迷了眼！」

　　穆成秀道：「得了，二位老弟不要抱怨了，我們還是救人要緊。」

　　飛猴李柏道：「這一幫女孩子怎麼辦？往哪裡安放？」

　　眾人都沒了主意。邵宏圖道：「只得把她們送回家。她們一定都有父兄。」

　　穆成秀哼了一聲道：「那也不見得。這些女孩既被拐賣，她們家中一定有緣故，不是少爹沒娘，便是後娘狠心，再不然哥嫂不是人。若不然，誰肯把自己的孩子，送入火坑？」

　　「那可怎麼好呢？」

　　群雄束手無計，邵宏圖低頭沉吟，想出一法道：「我倒想了一個門道。羅田縣附近一家地主的少奶奶，年輕守寡，娘家也有錢，為了怕少奶奶守不住，就勸誘少奶奶念佛修道，不修今世修來世，給她蓋起佛堂尼庵。現在這少奶奶已快四十歲了，信佛已經很深了，她還要大開宗門，招收女弟子。我想把這些女孩子送到她那裡去，倒是個暫時之計。」

　　趙邁卻吸了一口涼氣，說：「那可不行！你們可不知道這帶髮修行的

闊少奶奶、闊小姐的怪脾氣哩，儘管吃齋念佛，專好毒虐女徒使女！她們
又慈悲，又狠毒，尤其妒恨女孩子的天真爛漫，必得把小孩子整治成槁
木死灰，一點生人樂趣都沒有，跟她守死寡守活寡的一樣，她才心平氣
和。」眾人聽了，啞口無言，最後還是陶氏弟兄說：「我看我們還是就近找
個地方，暫且把這些女孩寄頓一下，隨後騰出工夫來，再替她們打算終身
之計。不知我們這些人，有認識本地富戶紳士、素常宅中使奴喚婢的人家
沒有？」

穆成秀道：「我在此處人生地疏。別位也是江湖上的朋友，有誰熟識
這種巨室闊人呢？」

二陶道：「如此說，那只有靠趙邁了，他是皖南人，又是出身紳衿。」

穆成秀道：「我們只好靠趙賢弟。真是一點不錯，行俠仗義，除惡霸，
拿妖人，都容易，若說到安良救難，真有點動輒滯礙。這區區幾個女孩
子，比男孩子還不好辦。」

趙邁卻搖頭道：「我也沒有辦法，我不過一介寒儒，不是使奴喚婢的
人家。我也沒處安排她們。」

大力柴青、飛猴李柏也笑道：「尤其是我們個個一派江湖氣，忽然帶
了一幫女孩子行路住店，處處引起行人側目，官人注意。我們若認識開戲
班的朋友，把這些女孩子們全扮成歌伎還倒不太招睜。」

穆成秀猛將大腿一拍道：「有了，我認識一個開戲班的，他本人是刀
馬旦，他的老婆是個繩伎，他們夫婦都有一身好功夫。我們可以把這些女
孩子暫且寄放在他們戲班裡。」

邵宏圖道：「這個人叫什麼名字？靠得住嗎？他們不會生心圖利，拐
賣人口嗎？」

穆成秀道：「我想不會吧。這個朋友名叫薛鳳桐，他自己就從小被人拐騙，賣入戲班。我想他不會自己受了害，再來害人。」

邵宏圖道：「那可難說。」

穆成秀道：「那也不要緊，我們不要先害怕人們做壞事，我們只要隨時查勘一點，就行了。況且我們這只是暫時寄頓……」

二陶道：「就是這樣辦吧，可是妖僧太谷怎麼樣了？教你追到哪裡去了？」

穆成秀道：「查詢他的下落，你們只管衝我說。現在你們跟我走吧。」

「跟你上哪裡去？」

第十二章
土霸祕造地下金鑾藏龍臥虎，
妖人從中興波作浪暗害賢能

「跟我找太谷僧去呀。」

當下群雄趕緊料理，把幾個女孩子安置了，把邀幫忙的朋友謝遣了，穆成秀仍與二陶、趙邁火速上道，追拿太谷僧。

太谷僧逃到哪裡去了？

一路尋訪，才知他逃到豫南羅山縣八畝圍千頃侯侯闌陔那裡去了。而千頃侯侯闌陔正在祕修藏珍樓，地下宮，利用著一個巧匠，當快竣工時，他要殺這個巧匠滅口，卻反被巧匠逃走，引起了內部的猜疑，掀起了軒然大波。

千頃侯侯闌陔本是羅山縣首富，擁有良田千數頃，掛過千頃牌，獻過皇糧，家中奴僕成群，佃戶上萬，平日起居服食不羨王侯。他的為人極豪奢，又極吝嗇。起初他只做個好客的孟嘗君罷了，家中養著詩人、畫家、棋手、拳師、花兒匠、練氣士，好比閒人養蟋蟀，以此自娛罷了。明清交兵，天下大亂，饑民吃大戶，流民搶老財，風聲日緊，他就陡起戒心，不惜重金，修築堡壘，團練鄉兵，要據地自固。不久他當了八個鄉團的團總，他就有了一種不可告人的雄心；而他也就有了軍師謀士，一個是自居智多星的幕府師爺杜先鵬，一個是堪輿師馬雲坡。這兩個人給他出了許多主意。又因他家大業大，財多為累，杜先鵬便勸他請巧匠營造園林別墅、

藏珍樓、地隧、地窟。於是他訪著一位巧匠，名叫孫九如，這個人善造攻城禦敵的器械，也善造園林迷宮，實在是個巧匠。不過這個人年少奇巧，又會武藝，未免恃才傲物，有點不受財主豢養的脾氣，很不好對付的。侯闌陔派去聘請他的人，往返兩三次，費盡心機，才把孫九如請到八畝園。

等到和千頃侯侯闌陔分賓主敘坐，略談了一會兒，孫九如就有點翻腔。他不住聲的詰問侯莊主：「閣下不遠千里，訪邀巧匠，祕造藏珍樓、地下室，你打算幹什麼？」侯闌陔敷衍說：「為了護產防盜。」孫九如大笑道：「現在外寇深入，江山日蹙千里，整個國土淪喪完了。你便關上家門，修造銅牆鐵壁，藏珍藏嬌，也攔不住大隊胡騎前來圈地占莊啊，你修這個有啥用？」

侯闌陔面皮一紅，剛要答言，那門客杜先鵬搶先說道：「噤聲！機密事不能隨便濫說──孫爺你猜著了，我們莊主胸懷大志，應運救民，正是要殺胡！」

孫九如道：「哦，真的嗎？」

門客杜先鵬哈哈大笑道：「怎麼不真？孫爺，你想，若不殺胡，怎能成其大事？你若肯攀龍附鳳，凌煙閣上標名……」

孫九如剛剛聽得入耳，這幾句話又覺得味不對，睜大了眼問道：「你說什麼？誰是龍？誰是鳳？上哪裡去攀附？」眼光直射到千頃侯的臉上。

千頃侯侯闌陔趕快把話拉回來，笑著說：「誰也不是龍，誰也不是鳳，這只是杜先生打一個比喻。孫仁兄你剛才說得好，要保家鄉，先守國土；要守國土，必須先驅殺胡虜。殺胡虜，就必得據地自固。我要修築這些東西，就是為了殺韃子。

我們不能叫外人看破我們的密謀，故此要建造地下室；為要抵禦韃子

和外寇，更要起造堅城隧道。願請孫仁兄把我們這八畝園莊院細勘一下，該如何興修，全憑你的高才了。」極力的解說，孫九如方才不再駁詰了。

當晚，千頃侯侯闐陔和他的謀士祕議，幾個人以為孫九如這傢伙恃才傲物，不識真主，看不起莊主。那堪輿師馬雲波說：「我們的大事索性瞞著他，我們只好好哄著他，巧利用他。等到他替莊主把迷宮祕殿築成，那時我們再……」底下的話不待說，全都默喻了。

那堪輿師更對侯闐陔說：「不但這姓孫的，我們那位武師飛刀周彪，意思也不對。我奉莊主之命，試探過他幾回，他口氣尖刻，也是瞧不起莊主的。我說從推背圖看出來莊主是應運而生的真主，他冷笑著勸我，不要聽信妖人的肆口胡言。他還勸我轉勸莊主，沒事時拿鏡子照一照，不要妄想稱孤道寡，惹火燒身。並且他還對我說私話，他說莊主看相貌，看人性，看作事氣派，左看右看，絲毫看不出半點貴相來。他說莊主自奉豪奢，待人苛刻，不但不能成大事，也不能辦大事，一切局面都小。他勸我：為人應給大丈夫幫忙，卻不要給大財主幫閒；莊主的財主脾氣若不改，生在這種亂世，恐怕連全身保家也不容易。」

這一番話把侯闐陔傷得不輕，然而他居然很有一點土財主所沒有的把戲，他只強笑了幾聲，說道：「周武師跟我是莫逆至交，他不嘲笑我，誰來嘲笑我呢？」

於是千頃侯侯闐陔堅囑幕賓、堪輿師，今後對孫九如力避深談，要虛心哄騙，他愛聽什麼就說什麼，哄得他趕快修造密窟祕室和戰守器械才好。另外又收買了些技匠，明面給孫九如作下手，暗中偷藝。對待飛刀周彪，侯闐陔也存了敬而遠之的心，禮貌更優，祕謀卻再不叫他預聞，同時他仍教這幾個謀士多方去到別處尋訪能人。

　　孫九如到底鬥不過老奸巨猾，他縱然聰明，卻吃順不吃僵。他被人抓住弱點，蒙在鼓裡；他愛聽什麼，他周圍的人就說什麼。左右侍候他的人，一片頌德聲，盡誇侯莊主如何仁厚，如何忠義。孫九如痛恨韃子，他們就說侯莊主團練鄉勇，就為的是殺韃子。孫九如痛恨明廷的閹黨貪官，他們就說在朝的人沒個好人，所以我們莊主才退隱田園。侯莊主待承孫九如，也禮貌更優。孫九如遭了欺騙，真個的苦心勠力給侯莊主設計建造起藏珍禦侮的工程來了。

　　侯闌陔折節下士，開館招賢，好像真是為了殺胡人，廣攬英才。兩三個謀士陸續給他引來大幫草莽人物。只不過這幫人多半是大成教的妖人和江湖上賣藝的騙子罷了。

　　因此，弄假變不成真，狐狸尾巴終久露出來。孫九如和這一夥幫閒，總有當面交談的時候，當然格格不投。他曾罵過街，那個幕賓杜先鵬就向他解說：「雞鳴狗盜，也或有用。為了殺胡人，什麼樣人物也不能拒之門外呀。」這話似乎有理，可是孫九如心中不舒服。他和飛刀周彪卻一見如故，兩個人走得很近，似乎也議論這夥幫閒。幫閒向侯闌陔告密，侯闌陔眉峰一皺，想法子把兩人隔開。

　　孫九如漸漸體察出侯闌陔被宵小架弄的情形。他看破侯闌陔夢想稱王這一節，他只嗤笑侯闌陔鬼迷心竅。他想這可真是「亂世為王，關上大門稱孤道寡」。他以為侯闌陔是受了門客的愚弄。本想諷勸，轉念一想：「管他娘的呢，只要他能殺韃子就好，他願意發瘋，當土皇帝也罷，當草頭大王也罷，好在礙不著我，我是等到給他修完了樓殿，站起來一走。」可是他又憋不住，有觸即發，跟馬雲波抬過幾次槓，狠狠的挖苦過他們。

　　孫九如在羅山縣八畝園度了將十個月。他又發覺侯闌陔這個人外表儘

管謙虛慷慨，卻被他們的佃戶們看成活閻羅，對他害怕得很！莊前野外見了莊主，佃戶們嚇得要躲，躲不開必須站起來，施行大禮。孫九如偶然得到機會，與鄉下人和佃戶們閒談，每一問到：侯莊主這個人怎麼樣？待你們佃戶好不好？

鄉人們往往變色四顧，低頭回答：我們莊主待我們恩重如山，若不是莊主厚道，一收佃，我們早就活不成了。神氣顯見得感恩之意少，畏威之情深。

又過了些日子，工程也修得過半了。孫九如忽然想家，要回去看看。

他說：「大丈夫來去明白。」他先去探看飛刀周彪，找出七八里地，才在團練分所會見。行禮落座，當面話別，跟著祕問幾件事情，內中一件，便是：「聽說侯莊主的門客，從外鄉買來了八個童男，八個童女，據聞將有大用。周仁兄你可曉得嗎？」

周彪愕然道：「這倒沒聽說！」

又問：「你可聽說，江湖有些妖人，要殺孕婦，剖取胎兒，修煉什麼子母陰魂劍嗎？」

周彪瞪大眼睛搖頭道：「沒聽說……不過，我倒聽說過這種妖言，卻不知道太谷僧也會練。我想這乃是人成教的妖術誣言，不會真有的。」

孫九如冷笑道：「真有嘛！太谷僧的確說過，聽說他們正在訪求孕婦呢，說要出大價購買！」

周彪沉默不語，半晌說：「這些妖魔鬼怪的話，你怎麼打聽來的呢？我和侯闌陔共事日子不少，我只知道他非常自負，好算卦相命，好看推背圖，別的事怎麼我一點也沒覺出來呢？」

孫九如道：「大概人家把你當作一勇之夫，當作一員驍將，卻不是當

作軍師。也許你素常口風不對，拿你當了外人，卻不是心腹人。」

周彪道：「那麼，你一定是心腹人了？」

孫九如道：「笑話，笑話，我更不是心腹了，我乃是財主爺花錢僱來的匠人……」

周彪忙道：「這話可不對……」

孫九如道：「對得很，你別看他把我高高供在招賢館，事事都瞞著我，不過巧支使我罷了。館中的聽差有點嘴不嚴，於是乎他們背地講究，被我留心聽見了。我看這個八畝園簡直是個妖窟，正派人片刻也不能待的。」

周彪明白了，自從太谷僧來到之後，八畝園果然不是守宅相助的鄉團莊院了。侯闌陔果然被他們架弄得昏天黑地了。

孫九如等了半晌，見周彪低頭不語。他就說：「我不管那一套，我決計離開這裡。大丈夫做事，來去明白，我今明天就告辭。」

飛刀周彪還顧念舊交，向孫九如說：「我們可以勸勸侯莊主，不要聽信妖言，拿人命當兒戲，我們可以切切實實諫阻他一下。」

孫九如搖頭道：「侯莊主陷溺已深，我看回不過頭來了，現在他一腦袋帝王夢。」

周彪狠哼了一聲。

孫九如此時打定主意，第一步潔身引退，第二步貴加諫阻，第三步勸阻無效，就在引退之後，施展他那鑽雲手的功夫，試探著前來搭救那八對童男童女。他想：這八對童男童女，反正是太谷僧練妖法用的，絕沒有好事。但他覺出自己孤掌難鳴，當下向周彪吐露己見，意在求助。周彪只是沉吟不肯兜攬。孫九如性子乖古，又哼了一聲，不再深談了，就站起來告別。

周彪很懊惱的說：「孫仁兄，你真個要走嗎？現在就要走嗎？」

孫九如笑道：「男子漢說了就做，怎麼濡戀？說走，拍拍腿就開步，還顧瞻什麼！」

周彪道：「走是可以走的，不過，我勸你凡事要活看，不要硬拗脖頸，硬拗 —— 怕有害。」

孫九如不覺噁心起來，怎麼這位周武師教財主豢養的一點骨氣也沒有了？「不可與言，而與之言，失言。」孫九如自以為話說多了，就臉上堆下笑容來，說道：「老兄金玉之言，小弟拜領。我小弟不過是一個匠人，無拳無勇，無智無謀，然而在世路上也奔波這些年，當然多少也會看風使舵，絕不會跟壯主硬碰的，那不成了以卵擊石了嗎？我只跟他好搭好散，客客氣氣的告退，就完了。」

周彪雙眼叮著孫九如，好久才說：「老兄，我是一番好意。你這話裡還含著硬氣，我以為我們好漢做事，要有軟有硬，有明有暗。」

孫九如更不耐煩了，可是越發堆歡含笑的說：「對對對，我姓孫的其實渾身一塊硬骨頭也沒有，你別聽我嘴硬，我是瞎說。你老兄大名是個『彪』字，你倒有剛有柔，全不帶一點彪勁，我佩服之至！」說著嘻嘻哈哈的笑起來了，把個周彪笑得面紅過耳，然而他還想勸告孫九如，孫九如陡然站立起來，雙拳一抱道：「走了，我們再見！」一跨步，到了門口。

周彪忙追送著，說：「孫兄慢走，我且問你，你此去是回家，還是到別處？」

孫九如道：「回家，回家，別處沒地方。你看現在遍地是胡氛，再不然就像八畝園一團邪氣，簡直沒有一塊乾淨土，我姓孫的空負三寸氣，沒有地方蹲，只可蹲在家裡！」

　　周彪忙道：「不然，不然，還有好地方，我告訴你一個地方，是大坡嶺彭鐵印那裡，一個地方是信陽州毛俊那裡，你如果去，我可以……」

　　鑽雲手孫九如早聽不下去了，邁開大步，出離了團練分所。

　　周彪碰了個軟釘子，然而周彪說：「咳，到底年輕，氣兒太粗！」於是他送走孫九如，籌思了好半晌，暗暗下了一個決意。

　　那邊，孫九如一口氣回轉招賢館，立刻捲鋪蓋。其實他應徵而來，沒帶行李；他只做出捲鋪蓋的模樣，明示去志。命館童去請東翁：「你去告訴莊主，就說我孫某離家日久，現在有急事，必須回去看看。」

　　館童諾諾答應，先去報知客房司事，司事對幕賓杜先鵬一說，兩個人嘀咕了一陣，同去面見東翁侯闌陔，隨後就叫館童告訴孫九如：「莊主這兩天不自在，正在吃藥，等過幾天，再和孫爺面談。」孫九如說：「不行，我現在就要走，我不等了！」

　　館童攔不住，司事忙過來敷衍，孫九如咬定牙根，今天不走，明早也得趕路。司事替主人道歉：「沒聽孫爺你說要走啊，怎麼走的這麼緊？可是起居款待不周？下人服侍不到？或是誰人無意中得罪了？」孫九如說：「滿不是那回事，我只是離家太久了，必得回去瞧瞧。」司事又道：「孫爺替東翁監造工程，還沒告竣，半途而廢，可怎麼辦？」孫九如道：「我沒立下包年包月的合約，工程我都畫了圖樣，照樣興工，那有什麼？」

　　司事挽留不住，幕賓和別的門客也來留駕，孫九如去志極堅，誰勸也不行。門客們無法，齊去稟報東翁侯闌陔。侯闌陔恚怒起來，說道：「這是什麼事體？說走就走，丟下全盤工程不管了，把我看成什麼人？他竟要半腰裡拿捏我嗎？」

　　堪輿師馬雲波插言道：「拿捏人，可真有一點。更可慮的是，莊主爺

不惜重資，禮聘他修造迷宮祕殿，他老人家犯脾氣，甩袖子走了，滿處給你一抖摟，我們全盤的機密消息全成了廢物了！」

「哎呀，那可太可怕了！這絕不能叫他走！」

侯蘭陔越發動怒：「這東西居心太可惡，把他押起來，拷打他，審問他！」一下子把禮賢下士的面孔全翻過來了。

於是賓主齊心同意，絕不能放走孫九如。但門客們又說，這孫九如不太好對付，他有一身的武功，我們須要投鼠忌器。

侯莊主道：「不要緊，可以請周武師來拿他。」堪輿師馬雲波道：「周彪跟他走的很近。恐怕有交情，未必肯動手。」侯蘭陔瞪眼道：「什麼？周彪竟敢徇私麼？」別的門客忙道：「他們倆大概走的不錯，反正小心一點好。」馬雲波道：「叫霍武師倒合適，不過依門下之見，應該祕密的把他拿下，祕密的把他處置了，千萬喧嚷不得。萬一傳出去，怕妨害莊主好客招賢的名聲。」

眾人一齊稱讚，還是軍師高見。幕賓杜先鵬欣然接言道：「我想莫如山莊主出去面見孫九如，用好言挽留，挽留不住，再請他寬住幾日，擇吉給他設筵餞行，把他灌醉了，那時隨便有一個人，就把他料理了。所謂用力不如用智，明擒不如暗下毒手。」

這話又招來了嘩讚。但另有一人道：「孫九如他素常不好喝酒，怎能灌醉呢？」

太谷頭陀一指鼻頭道：「不要緊，有我哩。我有藥，下在酒裡，只要他半杯沾唇，保管他魂不附體。」

「極好了，喂，這不是有他剛監造成功的弓索銅網麼，我們把他誆進去看看。他自己造的機關消息，就讓他親身試試靈不靈，這就叫請君入甕。」

「對！」

杜先鵬又說：「孫九如這傢伙很機警，我們不要只預備一條計，我們至少要祕密布置下三條道，叫他一計不成，還有二計。」

「對，對！」

杜先鵬又道：「還有，我們把他捉住之後，是殺是剮，是存是留，也要預先商定……」

太谷僧插言道：「殺，取他的心血，給我煉丹。」馬雲波道：「我卻不以為然。我意應該把他雙腿剁去，教他變成孫臏，他就跑不掉了。然後我們再逼著他，把他的機關技巧全獻出來，不許他存一點私；他只要存私，就拷打他！」

「對，對，對！」

於是詭謀商定，千頃侯侯闌陔這才親自出來，會見「招賢館」的英雄孫九如，面致挽留之意。「孫仁兄定要還鄉，我也不便堅阻。可是自從識荊，深佩英才，尚望不嫌小弟銅臭，重賦歸來，再圖良晤。我已吩咐他們趕備車馬，擇吉後日，替吾兄餞行，還有一點土儀，並請笑納！」

言辭禮貌謙和極了，孫九如道：「不用不用，侯莊主，我這人是個俗物，不喜酬酢，說走，抬起腿來自己就要走，用不著車馬的。我明天一定要登程，侯莊主你就無須乎多禮了。不過臨行之前，我倒有幾句拙言，要向莊主請教，不知道可肯垂聽嗎？」

「你太客氣了，仁兄你有何金玉良言，請當面賜教。」

「那就是恕我口直了。」

侯闌陔拱手道：「請談。」

孫九如不客氣的就把童男女、龍袍祕殿、教門盟單；有的他聽到的、見到的，有的他猜想到的，一一給揭了蓋子。揭到末了，還說一部十七史，從來沒有一個妖人能成過大事，當上帝王的。尤其可怕的是，妖人架秧子，捉弄財主，往往把人害得「禍延滿門」。這便是妖人也有不軌之心，他藉著你的肩膀往上爬，機會一成，翅膀一硬，他就弄死你，取而代之了。他也想當大王。況且上天有好生之德，帝王以得人為本，哪有個殘殺無辜、拿活人煉法寶，會得到天佑人助的？」

　　孫九如原意是要臨別贈言，用諷示語把堪輿師馬雲波和太谷頭陀的陰謀點破。不想話簍子一開，攻訐謾罵之辭順口流出來，侯闌陔虛情假笑的聽著，起初極口不認帳，可是聽到後來，有些話非常刺耳，不由得也動心了。屏風後轉出書僮來，說內宅有請莊主。侯闌陔站起來，拱手強笑道：「我領教了，謝謝你。我是不聽信別人撥弄的，我更不信妖言。架秧子、哄財主的伎倆衝我使，也不大容易，你放心好了！」

　　侯闌陔回轉內廳去了，孫九如把心口一塊石頭吐出來，感到輕鬆，卻又感到不是滋味。他已覺出來：屏風後有人偷聽。

　　他稍稍的有點懊悔自己話說多了。頭一樣，疏不間親，交淺言深；第二樣，一張嘴抵不過許多舌頭，侯闌陔明明受矇蔽已深。孫九如諷示的許多話，至多給侯闌陔提個醒：多多防備馬雲波太谷僧罷了。孫九如多口取憎，越增加妖人們殺他滅口的狠心。孫九如傲然的說道：「去他娘罷，孫太爺明天就離開你們這群狐群狗黨，看你們鬼畫符，能把太爺怎麼樣？」

　　招賢館裡的賓客們都知道巧匠孫九如要走了，這一位那一位出來詢問、惜別。內中有兩位就說：「明天是東翁給孫爺設筵餞行，今晚我們招賢館同人暫設小酌，給孫爺話別。」孫九如當然謝絕，賓客們說得好：「孫

爺總不能不吃晚飯啊，我們大家湊在一塊吃，不過另外多備兩壺好酒罷了。」就硬擺上席位，硬留出首座，硬拉孫爺坐上座喝酒。

大家傳杯遞盞，硬要拿酒灌孫九如。孫九如真有鯁勁，閉口決然不飲。門客們自找臺階，說：「孫爺不賞臉，我們多了不敬，大家公敬三杯，這可行了吧？三杯不成，一杯還不成嗎？」

一杯熱酒硬端到嘴邊，孫九如還是不喝，一讓一推，把一杯酒整個灑了。第二杯，第三杯，照樣。有的門客怒了，孫九如哈哈大笑起來，說道：「這樣的敬酒，莫說三杯，三滴不少嗎？半滴我也辦不了，我就怕的是拿酒當灌毒藥，你們不灌，我倒對付著自己喝。」

閃眼一看，信手搶過來別人面前的一杯酒，仰脖喝了，照杯示乾。連搶了三杯，飲盡把杯一放，說：「我喝過了，諸位別僵火，再拿刀軋脖頸，我也不來了，吃菜倒成。」於是大吃起來。

其實這酒裡頭沒有毛病，乃是幕賓出的主意，今天先試著灌他一下，看他肯不肯喝。如果肯喝，明天的餞行酒就有玩意了。他們做的機密而譎詐，招賢館不只孫九如，還有別的「能人」，很有幾位至今還沒開啟窗子說亮話，仍然瞞著呢。故此他們只能暗算孫九如，不能明目張膽的去剪除。若硬摘硬拿，殺人滅口，怕的是嚇跑了好容易招來的別位能人。

當下幾個謀士暗中搗鬼，別的人都不理會，反怪孫九如太不識相，不給人面子。幕賓杜先鵬向那堪輿師馬雲波偷遞眼色，不再灌酒。招賢館的門客們大呼小叫，痛飲不休，很鬧了一大陣，終席而散。

一計不成，詭謀加緊。當晚三更以後，鑽雲手孫九如住的那間客房，燭滅室暗。孫九如悄悄解溲，出去了兩次，無所見而歸，罵了一句道：「娘拉個蛋！」拍拍枕頭睡下，翻來覆去，漸漸睡著。驀地又驚醒，覺得有點

動靜，聽了聽，又沒有了。

翻了個身，又復睡著，卻又突然驚醒。這工夫，覺有一股異香刺鼻，頭腦涔涔的不好受。孫九如翻身坐起來，好在他是和衣而臥，預備起五更動身。他張鼻嗅了嗅，說道：「唔？」揉眼凝眸，登鞋下地，搶奔房門，房門大概倒鎖了，拉不開。

孫九如吃了一驚，慌忙去壁上摘那掛著的一口劍，劍沒有了。轉身忙往床頭抓了一把，還好，枕下的尺八匕首，床裡的萬寶囊全有；他那隻小包袱也還在床旁椅子上，便伸手一提，奇怪，包中不過是幾件貼身衣服和一些銀兩，這一提竟沒提起來，分量忽然變得奇重。屋中異香氣息越濃，呼吸很不好受。

孫九如顧不得檢驗包袱，急速尋找香氣的來路。哦，就在屋牆角下，似有一洞，忽嗒忽嗒的，從外往屋內搧煙。

孫九如心下駭然，他是巧匠，又通國術，自然懂得這一套。這卻不是他設計監造的。「壞了，這不成了賊店了嗎？哈，他們要害我？哼，那不成！」枕頭底下有他那隻匕首，力能削金切玉，幸而沒丟，他立刻抄在手中。還有那萬寶囊，裝著刀械暗器，趕緊取來，掛在身上。他立刻要對這牆角搧煙處下手，心似旋風一轉，暗道：「且慢，應該先脫出虎口，應該把煙弄滅……並且人單勢孤，不要打草驚蛇。」他曉得抵製毒煙，光堵鼻子不成，嘴喘氣一樣會迷糊過去的。他就不顧一切，在黑影中，火速的把床上被褥拖下來，桌上有一壺茶，就用茶水先沾溼一條手巾，護住口鼻，再沾溼一隻被角，輕輕堵住了牆角漏煙的洞，又輕輕搬過來一隻書櫥，擠住了被褥，免得被外面抽出去或挑開。

屋中積煙很濃，孫九如搶到窗前，要破窗出煙，或者人從窗戶竄出

去。不料這紙窗已經從外面放下了窗檔（這本是隆冬的裝置）。孫九如輕輕試用手一推敲，幸而窗檔是木板，還不是鐵扇。那麼，這客房還不是害人的所在，只是臨時起意罷了。

孫九如心頭冒火，摸著黑，身在屋中一轉，咬牙暗罵：「好惡賊我豈肯輕饒了你！」小包袱不管了，他就挺匕首，重趨窗前，擇一扇窗檔，輕輕用力來割削。刀鋒犀利，幾下子就破開了半扇窗板。他剛剛探身往外一瞥，外面突然有人斷喝：

「有賊！」刷地打來一陣暗器。孫九如急急閃躲，信手抓起一個椅墊，當作盾牌，刷地奮身一竄，燕子鑽雲，飛掠到院中。院中門前，早就埋伏了好幾個人，刀兵紛舉，吆喝著拿賊，齊奔孫九如撲來。

鑽雲手孫九如徹底恍然了，這是要陷害他，不教他活口得出八畝園。孫九如恨極罵道；「你們這群不知死活的走狗，你們給妖精財主墊了背，你們還不明白，快給我閃開！」來人不聽，竟下毒手。一支兵器似是鐵杖，挾著銳風，照孫九如頭頂猛砸下來。孫九如匕首雖利，尺寸卻短，急急的跳閃猱進，匕首照敵人兵刃，一按一削，當的一下，就勢往外一抹，敵人怪叫著跌倒。「好賊行凶殺人了。」聽聲似乎就是那妖僧太谷頭陀。他自己連滾帶爬，被別人扶救開了。

斜刺裡又撲來三個招賢館的武師和壯士。一個揮雙鞭，一個揮單刀，一個揮大棍，丁字形夾攻孫九如。此外還有人一遞一聲，賓士喊叫，分明是早就安排下毀害孫九如的陣仗了。

孫九如一面辨認敵人，一面招架，一面奪路。這三個傢伙，只有那使雙鞭的，上下揮打如風，武功特強，這個人大概就是那位霍武師霍凱聲。那個使棍的有猛勁，沒功夫。那個使刀的只會賣藝的花招，沒有真殺真砍

的經驗。黑影中，只走過三招兩式，孫九如便體察透了敵手的弱點。無奈孫九如頭眼昏昏，腿腳顫顫的，情知自己睡裡中了毒，縱然毒不深，卻已無力以寡敵眾了。只可咬牙狠拼，若不傷敵，便不能自救，他就大罵：「替死鬼還不滾開，孫太爺要下絕情了！」

武師霍凱聲哪裡知道是非曲直，只一味給財主看家罷了。

財主的走狗做好了圈套，把孫九如誣成見財起意，偷了東家的東西。霍凱聲就信以為實，一心要替財主拿賊，雙鞭擋住了路，刀棍兩邊掩擊，孫九如竟衝不開，他就挺匕首猛向霍武師一撲。這是虛冒一下，霍凱聲才待錯鞭對架，孫九如刷地跳轉來，夜戰八方式，衝開圍攻，單欺到單刀武師的身邊。敵人單刀疾掃，孫九如架刀進刃，疾如電火，刺傷了敵肋。側面鐵棍攔腰打到，孫九如如旋風般一閃，躲開了棍，刷地頓足飛躍，箭似的掠過敵人上三路，雙足錯登，踢中了鐵棍武師的面門。

哼哧一聲，這個武師仰面栽倒，那個武師掩肋退去，只剩了雙鞭霍武師，孫九如躲避著他，如飛奪路往外搶。

不料庭院的月亮門機關發動，這正是孫九如親手設計監造的，月亮門本來沒有門扇，此刻平地湧現出鐵板，阻住了出入。

鑽雲手孫九如倒吸一口涼氣：「真是作法自斃！」他曉得月亮門堵住，花牆雖矮，不能攀越。凡有消息機關處，必套著別處的消息機關，這短牆牆頭上還有暗箭的裝置。

孫九如退回來，這邊還有角門，還有甬路。他知道甬路平地還有翻板。武師霍凱聲追殺過來，孫九如且招架，且奔繞，他既要躲避追捕的敵人，又要躲著消息埋伏，步步擇路，且戰且走，居然被他闖出兩層院落。這時候，全莊院走鈴嘩啷嘩啷的響，指示警報方向的紅燈也隨著人轉，招

賢館的武師們和莊客壯丁們陸陸續續出來拿人。工夫不大，四面合了圍。孫九如努力突圍，躲避險阻，繞趨坦途，時候耗久了，到底沒有逃脫出去，到底被院中突然發動的鋪地錦絆住了他的腿。

這鋪地錦的裝備，也是孫九如設計的，倉促間，他覺得只有這鋪地錦容易破，他的鋒利的匕首可以挑斷鋪地錦那些密網縱橫軟鏈。可是他已然中毒，氣粗腿痠，雖然很快的衝破了網羅，卻手忙腳亂，被撓鉤乘危搭住了褲腿，竟不容他掙奪，當下一搋而倒，把他生擒活捉了。

孫九如破口大罵，千頃侯侯闌陔手下的謀士斷不容他揭發陰謀，立刻把孫九如身上洗了一遍，匕首和百寶囊全給摘除，立刻架到地牢，囚禁起來。任憑你叫罵，沒人聽見；任憑你掙扎，繩索捆的緊，地牢扃得固。他們這就要生生把孫九如餓殺在他自己監修的地牢中。

囚禁以後，侯闌陔和謀士們先安撫擒人受傷的武師們，扶回臥榻，傳醫救療；然後到招賢館，會集群雄，宣揚孫九如的罪名，說是「賊起盜心，做客偷了東家的金銀財寶」。千頃侯侯闌陔輕描淡寫的講：「我和這個人並不認識，是朋友舉薦，出重金僱他來監工的。這個人原來手不大穩，教人識破，有點臊了，就鬧著要走。哪知臨走還來了一手，人們攔他，他就要殺人；想必是惱羞成怒吧。暫且軟困他幾天，煞煞他的凶氣。然後我們怎麼把他請來的，再怎麼把他送走，就完了。」

這真是一口的仁義道德。心腹謀士們卻不這樣講，當場就把孫九如醜詆了一大套，說：「早就看破姓孫的不道地了，手這麼黏，見了東西就想偷。」這一個說：「我看見過他偷翻人家的衣袋」；那一個說：「我看見過他往枕頭底下掖東西。」他們哄起來說：「我們快到他住屋裡搜搜看。」

大家擁到孫九如所住的客房中，好，真贓實犯，孫九如那個小包袱塞

得滿滿的，全是東翁家中的金首飾、銀酒器、古玩、金元寶、珍珠串。床底下還藏著個大包袱。屋裡隱祕地方，也亂丟著不倫不類的贓物。

幕賓杜先鵬高舉著從孫九如身上洗下來的匕首和百寶囊，一口咬定，這就是做賊的傢伙；武師霍凱聲也跟著說。可是招賢館的好漢們，有的認得百寶囊中的斧鑿錯刀乃是巧匠的工具，卻是人多嘴雜，人們全說姓孫的是賊，也就沒有人肯替做賊的幫話講情了。

孫九如就坐實了是八畝園的賊了。招賢館一位好漢義形於色的說：「我們招賢館竟有這樣人物，真是我們招賢館大家之羞，我們應該把他亂刃分屍。」門客們有的不作聲，有的就喊：「對！」可也有人說：「罪不至此吧！」

千頃侯侯闌陔似乎覺出風色，擺出笑臉說道：「我知道孫某人的下流行為引起眾位仁兄公憤，但我侯闌陔一生待人厚道，不為己甚，我的意思，只要靜靜的餓他兩頓，稍稍煞一煞他的火性，再請馬雲波師傅勸化他一番，就把他打發走了。我不能從嚴處置他，更不能軍法從事，把他斬首。怎麼講呢？他只是偷了一點東西，並沒有勾結外寇。我還怕挑毒瘡，傷了好肉，教別位賓客心裡不舒服。馬馬虎虎放寬他一步吧。」

門客譁然頌揚道：「莊主太厚道了！」又互相告語：「人家莊主真是生兒養女的心腸。像這樣壞蛋，盜竊被發覺，膽敢行凶拒捕；被擒之後，不知服罪，還敢恩將仇報，謾罵東翁，這種人實在可殺不可留。莊主還要放他了，真是仁至義盡的了。」

賓客們應聲喝起彩來，侯闌陔便做出禮賢下士的氣度，向大家慰謝。又道：「天不早了，諸位安歇吧，明天我還要設筵給眾位壓驚犒勞。」

「這個賊呢？」

「那不是擱在地牢了嘛。就叫他在那裡好好歇歇吧。」一陣嘩笑聲，大家散了。

於是莊主侯闌陔回轉內宅，那些贓物自有人收拾了。幕賓杜先鵬、堪輿師馬雲波被請入內客廳，和莊主商計了一陣，方才出來。

這時候八畝園侯闌陔已經受著大明官府的節制，千頃侯侯闌陔統率鄉團，兼理民詞，已歷好幾年，他實有處死孫九如的威權。和謀士商計結果，把孫九如祕密處死，最為妥當，現在就安排下手的人和下手的辦法。

鑽雲手孫九如被困在地牢中，手腳被捆綁，掙扎不動，簡直把他氣壞了。一連兩三天，勺水不沾唇，孫九如以為這是要把他活餓殺，哪知不然！侯闌陔手下的狗軍師已然決策，要趁半夜三更，把孫九如架至莊外，掘坑活埋。

侯闌陔他們自以為剷除異己，手段巧妙，行動祕密，但到底瞞不了明眼人！

招賢館中，有顧金山、顧金川弟兄倆，出身綠林，當場就看出栽贓滅口的疑竇。更有一個跑江湖、賣膏藥的年輕拳師韓一帖，早就聽說過鑽雲手孫九如的名望，也曉得孫九如的師承，只是從來沒有會過面。他在招賢館住久了，知道孫九如應聘而來，就想親近親近。不料孫九如看不起這個跑江湖的藝人，侯宅謀士又蓄意隔絕招賢館人物彼此間的交遊，孫韓二人竟沒有機會深談。

招賢館裡議論紛紛，固然多半是幫財主罵孫九如的；可是犯疑心的人也很有幾位，譬如說往聘孫九如的那位門客，就覺得姓孫的性子很傲，不像盜竊的人。只是這幾位稍稍懷疑，便遭親信門客同聲的駁詰了：「你幾位請想：我們莊主不惜重金，禮聘四方豪傑，前來護莊拒胡防盜，他

招賢還來不及，豈能嫉賢害能，誣衊請來的人？」立刻批駁得人們啞口無言了。

於是乎話講當面，一連氣碰釘，當面不能談，可就一轉而為彼此之間暗中嘀咕了。江湖道上什麼樣人都有，什麼把戲都有懂行的。等到謀士們暗遣莊客到莊外私掘埋人坑，顧韓等人就驀地心驚：「不好，這不對勁！我們沒眼見，可也耳聞過，有的惡霸活埋他的仇人，有的栽贓陷害對頭……這簡直是土皇上！」

不平之氣悄悄騰出口外，也就難免暗地見機行事——這一天深夜，八畝園侯闞陔莊院忽然大亂，奉命活埋人的人，去敲地牢，滿以為時過五天，囚徒孫九如應該餓得半死。俗話說一日不食則飢，三日不食則病，七日不食則死；五天頭上，人當然死半截了。不想幾個人拿刀帶杖，開鎖啟封，闖進地牢一看，孫九如已然不見了，那團繩索卻捆著監守地牢的莊客，嘴裡還塞著麻核桃。

孫九如的匕首和萬寶囊，儲存在內帳房，當作賊證的，也突然不見了。

謀上們驚喊：不好，出了內奸，把人放走了！什麼時候放的呢？他們解救下看守地牢的莊客，才問明白，不早不晚，就在今夜，一個更次或者半個更次以前。不是孫九如自己掙斷牛筋繩逃走的，乃是蒙面穿夜行衣的外援進來救走的。細情說不上來，因為這守地牢的莊客後腦捱了一悶棍，昏厥過去，等他緩醒過來，已被堵嘴上綁。他只恍惚記得，有個黑衣蒙面的人在他面前晃了一晃。

第十三章
八畝園好漢脫離虎口，
九里關盟友火並寨前

全莊院立即騷動，千頃侯侯闌陔從睡夢中醒來，一聽此事，吃了一嚇！這可真不好，縱虎歸山，須防反噬。大匠反顏成仇，迷宮的機密難保，一番工程白費事了。尤其可慮的是，既有內奸，必不止一個；招賢館的好漢們「人心隔肚皮」，個個成了無形的對頭冤家！

東翁動了猜忌，不知死活的走狗，依然有人賣命討好，喊鬧：「這怎麼辦？人逃了，還不趕緊追？」

這個說：「逃的工夫太久了，往哪裡去追？」

那個答：「工夫不算久，逃走的方向也好辦，孫九如這小子來從何處來，一定是逃往何處去，我們履著他的腳印，分頭去搜！」

第三個叫好道：「對對對，這小子一定奔江南，他若不會爬山越嶺，橫渡桐柏山，那麼往西必走九里關，往東必走白沙關、青臺關，往北必奔竹竿河。我們分兵三路，馬上就趕！」

招賢館好漢立刻有五位攘臂告奮勇，結束停當，抄起兵刃，打著燈籠，拔腿搶出莊院，先奔白沙關。侯闌陔看著這五位好漢的後影，大為欣慰：「還好，還真有扶保主人的！」那幕賓掩著懷，喘吁吁的，稟承莊主，發號施令。頭一撥派定三路進兵，就循著東西北三條路線，火速奔逐關河。第二撥又分兩路，一路往南搜山；一路繞莊排搜。侯莊主有打獵消遣

的幾條獵狗，還有護莊的猛獒，謀士就吩咐追兵帶著狗去尋蹤跡。

招賢館的好漢和本莊總團的鄉兵，共派遣了兩撥五路二百多人，馬上步下，刀槍撓鉤、弓箭、獵狗、燈籠、火把，如五條火龍般，衝出莊外。「捉住了逃犯，絕不輕饒，要就地正法！」「不成不成，莊主說了，要捉回來，用毒刑拷問，把跟孫九如合謀的內奸根究出來！」

武師霍凱聲率領一隊，如飛的趕奔莊北竹竿河，搜尋不多遠，劈頭遇上那告奮勇搶先追賊的五位好漢。情形不好，五位好漢竟兩個架一個，一個背一個敗回來了。兩邊碰頭，這五位好漢說，他們追逐著夜犬吠影的聲音，在竹竿河附近，追上了逃人。逃人大概在河邊上搗亂，幾條人影亂晃，好像自己人跟自己人動了手似的。但等到五位好漢吆喊著奔過去，逃人就合在一塊，不再打算過河，反而鑽進了北樹林。五位好漢奮勇上前兜捕，不想逃人勾結的內奸或外援竟不少，足有十來個，潛伏在林外土崗後，用強弩排射，把他們五位好漢射傷了三位，內中兩位很重。然後逃人們就先往北，又往西北逃去了，揣方向好像是奔信陽州一帶。

霍武師聽罷，把自己所率領的人分出幾個來，將重傷的兩位好漢搭回莊院，輕傷也請他回去養患，就請沒受傷的兩位在前引路，斜奔西北搜去，同時也放出獵狗。

追出不多遠，夜影中人呼犬吠，便見火龍似的另一隊追兵，也從別處抄來。逃人大概是改了道，似從西北折奔正西。

霍武師一行就趕奔正南，那正是九里關。

霍武師幾個人說道：「姓孫的自找霉頭，他應該奔東方竹竿河，往自己家鄉跑。現在他奔信陽州，是自投死地，往正南奔九里關，也是自投死地。這兩處全跟我們八畝園聯盟結體，我們一通暗號，盟友們一定幫著我

們捉拿逃叛。後追前堵，看姓孫的往哪裡逃活命去？」

於是武師霍凱聲很有把握的循蹤躡跡，追趕到九里關、八畝園交界的地段，上前喊暗號，叫盟友，要人。

事情出於意料之外，竟因為追索孫九如幾個人，引起了八畝園、九里關兩地的交惡敗盟大事變來了！

原來鑽雲手孫九如被幽囚在自己監造的地牢機關之內，幾乎把他氣炸了肺，悔不該不聽飛刀周彪之言，遭了暗算。他便一聲不哼，強納住了氣，試著要掙斷或卸掉手腳上所捆的繩索。繩索又堅又韌，捆法很在行，用不得力！孫九如百般掙扎，全是徒勞。可是他並不灰心，忍住飢火，繼續用力。熬到三天頭上，守牢的莊客從小洞孔探頭窺看，看見孫九如閉目垂頭，便拋來一塊小磚石試驗。孫九如猛一張目，把守牢的嚇了一跳，說這傢伙三天並沒餓死，精神還足得很哩！孫九如度日如年，又熬到五天頭上。半夜三更以後，突聞撥門開鎖之聲，兩個蒙面的人闖進來，叫了一聲：「孫朋友，怎麼樣？」沒等應聲，便一晃火摺，伸手來摸口鼻。沒等摸到，便先看出孫九如目光炯炯，元氣仍旺，並且低聲問道：「是哪幾位朋友前來搭救我孫九如？」

兩個蒙面黑衣人很喜歡，說道：「還沒餓壞！」又道，「孫朋友，你不要多問，逃出虎口，我們再細講！」用刀挑斷了繩索，攙扶孫九如，試走了幾步，問：「能走嗎？」孫九如已然走不上路來，他強咬牙說：「行！」那蒙面人早就一俯身，把孫九如背起來。另一個蒙面人在前開道，還有一個巡風的人，卻將看守地牢的那人，趁著昏迷，塞嘴上綁，給丟在牢中，仍將牢門鎖好。於是一個人背負，兩個人前後維護，把孫九如很快的救出了莊院以外。

　　這搭救孫九如的三個夜行人，就是招賢館的顧金山、顧金川和韓一帖，都是孫九如不大看得起的人。三個人替換著把孫九如先背負，後攙架，奔竄到竹竿河。三個人武功並不很精，認為東西南三面關山連亙，無法飛越，故此直走平陽，打算到河邊，覓船逃渡。一口氣奔臨渡口，孫九如因四肢血脈漸漸活泛起來，只苦於幾天飢困，中氣不足。顧韓三友一路扶救，也累得汗喘吁吁，只得找一個隱避地方，讓孫九如坐在地上，四個人一同歇息，把孫九如的匕首刀和百寶囊也交還給他。孫九如大喜，向三位恩公一再叩謝，心中感激不盡，此時他已經認出救他的人是誰來了。韓一帖為人心細，居然帶著水壺和乾糧，拿出來讓孫九如充飢。少許乾糧下嚥，孫九如頓增活力，便說：「此處並非善地，我們不能在虎口邊上歇腿。現在小弟好多了，三位恩兄，我們今夜不拘怎麼樣，也得逃出百里之外，方免無事。」

　　韓一帖願意伴送孫九如還鄉。他久慕孫九如的技藝，一心要借這番恩誼，拜師學藝。顧金山、顧金川弟兄，要把孫九如偷偷送出險地，本人仍願折回千頃侯莊院。他弟兄兩人身世悽慘，年輕時，在故鄉灤州，曾因得罪了本村土豪，一場鬥毆，存身不住，被迫逃亡，在外鄉遊食好幾年。不幸韃虜南侵，故鄉灤州遭胡騎縱火燒村，他們的老娘和妻子跟隨鄉親渡河逃難，土豪仗勢急舟奪渡，把活人生生擠落灤河急流中，顧老娘等全淹死了。顧金山、顧金川深深體驗到：財主們往往拿人不當人，自覺有錢能買鬼推磨，就無所不為。他弟兄也知道侯闌隊可惡，可是天下老鴉一般黑，他弟兄靠力氣混飯，到哪裡也得侍候人，莫如留在八畝園，一來混飯，二來，哼，暗中行方便，抓稜縫跟財主爺搗蛋，「他害人，咱救人！」

　　顧氏弟兄的憤激話，孫九如聽了很動情。他勸兩人道：「二位恩兄何必跟了歹人一塊鬼混？二位如不嫌棄小弟，我願邀請二位到舍下。」二顧

不肯去，說：「你們府上也不是正鬧韃子嗎？我哥倆躲在八畝園，也是為了韃子。」孫九如道：「二位也恨韃子？那好了，我們可以一同去投奔另一個地方，那地方是專心殺韃子的。還有這千頃侯侯關陔幹的這些壞事，以及害人的把戲，我們應該拿出大力氣，給扳轉過來，那不是我們三兩個人能幹的，我這回遭他們暗算，就是吃了人單力孤的虧。

我們應該多聯繫人，單人匹馬絕不會闖出名堂來。我現在上一回當，學一回乖，我一定要改掉一個人瞎鼓搗的拙主意。」韓一帖道：「對，孫仁兄真是高見，小弟韓一帖決計跟著你走！」

四個人在黑影暗地裡，一面述懷，一面歇息。忽然，鑽雲手孫九如聽出近處聲息不對，慌忙跪地伏身，側耳察聽，探頭尋看，道：「那邊來了人！咦，這邊也有人！」

果然在他們潛身處的四外，似有輕輕的腳步聲。韓一帖說聲：「不好，有人追來了！」慌不迭的站起身來，向外張望。這一直身，陡聞喝聲道：「呔，什麼人？出來，站住！」韓一帖登時揮手打出一件暗器，立刻換回來一件暗器，哼的一聲，韓一帖中了暗箭。二顧和孫九如齊叫：「快伏身！」已經來不及了。

五六條黑影分縱兩廂兜抄過來。孫九如一看，業已逼近，逃躲不開，便抽匕首，把精神一提，招呼三友：「隨我來！」立即準備且戰且走，不要奔竹竿河渡口，改計繞奔西北。可是圍抄過來的人，身法很快。當頭一人疾如箭矢，飛竄到孫九如面前。

來人亮出兵刃，喝道：「幹什麼的？」孫九如抗聲答道：「走道的。」來人隨又發出暗號和隱語。孫九如聽不懂，卻已覺出口音很熟。正要反詰，旁邊顧氏弟兄已然發話，用隱語回答了隱語。這才知道：來人不是別個，

就是飛刀周彪。

周彪因聽說孫九如犯了背恩盜財的罪，拒捕傷人，已被拿下，便忙即密邀幫手，趕來相機救人。來遲了一步，已探明囚徒勾結內奸逃走了。他就抽身暗暗退出，和幫手追下來了。當下彼此把話敘明。周彪道：「孫兄臺不聽我言，果遭暗算。侯莊主這個人一向耳軟的，小人們一套弄他，他就免不了胡來。」

孫九如道：「我真慚愧，若不是三位恩兄搭救，性命難保，還被加上惡名。」周彪勸大家速離此地，少時追兵就到；又勸孫九如還是投奔信陽州或九里關為妙。二顧說道：「我知道他們已跟侯闌陔結了盟，我們投奔了去，倘或他們把孫兄和我們當作逃人叛徒，給送回八畝園，豈不是逃出虎口，又投狼窩？」

周彪道：「這個，這個，不能！」稍停片刻道，「索性我陪著你們幾位去吧，我可以把是非對他們說明，他們結盟是為了抗胡大義，不會偏袒財主，拿我們江湖好漢送禮。他們也是江湖人物，跟我們是同類，跟侯莊主倒顯得氣味不投。你要曉得，侯莊主的財主脾氣，他們忠義盟的好漢們眼珠子夠亮，一看就透骨。他們只是為了聯兵殺胡不得不跟侯闌陔拉攏，免得他倒到敵人那邊去。他們彼此間的氣味是不大相投的。」又道，「我看諸位不必投奔信陽州毛俊。信陽州距此地較遠，我引導諸位徑投九里關義盟去罷。九里山義盟寨主鄭范、副寨主張鐵珊，全是山林豪傑，你們跟他一談就明白了。」

孫九如思量著仍要回家，顧氏弟兄的顧忌，惹起他的心事。周彪極力鼓勵他。韓一帖也勸他，他們又說：「孫仁兄一手監造迷宮祕殿，原本是侯闌陔的陰謀異圖，他絕不願意把機密洩漏到外邊。孫仁兄跟他們鬧翻了

臉，他們一定要殺你滅口的。現在雖然逃出寨，恐怕他們仍要派人追蹤到你家鄉。你回家不大妥當，我們還是先到九里關，住上幾時，也可以把這件事交他們評評理。」

孫九如憤怒道：「我絕饒不了侯蘭陔。他要想殺我滅口，我還要抓機會，抓他的王八窩，把那八對童男童女救出來呢。那祕密地室，我會修，我就會放火燒！」

他們終於商量停當，決計由飛刀周彪引導，往投九里關。

幾個人便由正北轉奔西南。

他們遇上了八畝園首告奮勇的五個追兵，飛刀周彪唯恐被追兵認出面目來，便下辣手，用伏弩把追兵射傷。他們繼續往前奔，和九里關的伏兵相遇。飛刀周彪忙發暗號隱語，向九里關的伏路兵要求引見盟主。可是八畝園的後撥追兵也陸續趕到，也發出暗號隱語來，要求協助堵截逃叛之人。

九里關伏路兵不敢自主，慌忙報知義盟守界的領袖，說是八畝園有人逃來，求見盟主；又有人追來，要求把逃人截回，不敢做主，請令定奪。守界領袖鮑祿友先盤問逃人。他沒和孫九如見過面，可是他知道飛刀周彪與他們曾會過盟，乃是八畝園的武教頭。他問周彪：「何故倉皇到此？」周彪說：「一言難盡，我們莊內起了內亂，現在請你快引我見鄭寨主。」

守界領袖鮑祿友為人很機警，從神色上已看出周彪、孫九如等必有非常變故，便不多問，立刻派十幾個人，把周彪、孫九如等護送到山腳下，第一道寨內，說護送是可以的，說押解也可以的。緊跟著八畝園鄉兵，由武師霍凱聲領率，打著胡哨，一直趕到交界處，徑向鮑祿友要起人來。鮑祿友支吾道：

「不見有人越界！如果有人過來，我們會盟立約，理應聯防，絕不容叛人從我們這裡逃開的。只要搜著，我們一定把他拿下捆送到貴莊的。」

此時八畝園的追兵前撥後撥越來越多。有的人就仗勢發喊，說眼見逃人越界到九里關界內去了，一定要人。鮑祿友說是沒有人過來。他們就要派自己人過來搜尋。鮑祿友據理拒絕，說：「我們約定，嚴守境界，各不相擾，諸位不要忘了我們的盟約呀。諸位要搜逃人，請交給我，不出三天，必有交代！」

八畝園的鄉兵人多雜亂，氣勢洶洶的，有的人竟衝過界椿來了。

九里關義盟軍規森嚴，鮑祿友一見八畝園鄉兵越界，登時紅了眼，大叫：「盟友們趕快退回！你們追捕叛徒，請派人跟我們大寨去說。我小弟鮑祿友奉命守界，軍法森嚴，斷不准私放外人入界。請諸位折回，否則彼此多有不便！」

鮑祿友已然著急了，八畝園的人們也叫道：「我們明明看見我們的逃犯上你們這裡來了，你們不肯給我們捆出來，又不教我們追過去搜，你們太不夠朋友了，難道你們跟逃犯通謀作弊？」說著，竟擁上來。

鮑祿友道：「那不成！」

此時八畝園的人已然越過九里關的界樓瞭望臺。哨樓的九裡關盟友不待吩咐，立即發出告警的響箭，一共三支，射向山腳下第一道寨砦。第一道寨砦聞警傳言，又向第二道寨砦射出三箭。第二道寨砦接著往後傳，片刻之間，傳到了九里關關口和關上總寨。鮑祿友也已被激怒，率眾出來扼住界口。八畝園武師霍凱聲，一來挾持己勢，二來倚仗跟九里關是同盟，三來有人分明瞥見黑影越界，就不管九里關的據理拒絕，他自己拉開了陣仗，把鮑祿友等圍住；另一個武師唐紹先，就率隊越界深入，開始了搜尋。

雙方登時失和，動起手來。鮑祿友奮力截擊，卻不是霍凱聲的對手，霍凱聲的雙鞭恍如蛟龍剪掃，只幾個回合，鮑祿友架開一鞭，第二鞭又到；剛閃開第二鞭，竟被霍凱聲一腳踢倒。霍凱聲叫道：「弟兄們上！」一擁而上，越過了哨樓。

　　鮑祿友一滾身跳起來，愧憤交加，人叫道：「你們絕不是八畝園的盟友，你們竟敢堵上門來欺人，我跟你們拼了！」抬手發出一暗器，惡狠狠揮刀又撲上來，以死相拼。守界的盟友也都紅了眼，二十幾個盟友捨生忘死，強守界口。鮑祿友仍然打不過，竟又被霍凱聲一鞭打傷，栽身倒地。其餘盟友寡不敵眾，一連傷了好幾個，被八畝園數十個鄉兵圍住了，一直壓退到哨樓之下，仍自強行招架。

　　這時候，大還沒亮。九里關第一寨盟友領袖蔡振，出身闖將，為人驍勇。他已然問明了孫九如等逃亡越界的原委，也已接到東卡子上的警報。他立刻把孫九如一行人順小道送往總寨，跟著就傳集騎隊，整隊出來檢視。東卡子上的盟友已然奔來兩個人送信，蔡振怒喊如雷，登時發動各處埋伏，一齊堵截越界之人。

　　蔡振率突騎首先迎上八畝園武師唐紹光，只一交手，竟把唐紹光活擒住，唐紹光所率八畝園鄉兵陷入包圍，一少半被俘，一多半潰退下。霍凱聲到這時才覺出九里關防務戒備極嚴，誤會已成，悔之不迭，就火速的策應鄉兵往後撤退。可是他不認輸，臨退時把鮑祿友和三個盟友也擄了過去。

　　這一場追叛拒搜，引起爭端，八畝園擄走了四個盟友，九里關扣下了十七個鄉兵。義盟第一寨領袖蔡振還要率騎兵追趕，並要截救鮑祿友。可是這時候，八畝園的援後也已趕到，燈籠火把遠遠的漫過來了。同時九里

關寨主鄭范、副寨主張鐵珊已經聞耗，立刻派登山豹楊封和第二寨領袖關效仁整隊馳來增援問隙。一個號令傳下來，蔡振的騎隊率眾扼險，退屯在交界處。

於是兩陣相對峙，各遣信使究問隙端。耗到白晝，登山豹楊封、關效仁，和八畝園的謀士武師費了許多唇舌，仍不得開交。僵持了兩天，千頃侯侯闌陔盛陳武衛，親來求見盟主鄭范。

鄭范已和周彪、孫九如、顧金山、顧金川、韓一貼幾個人懇談過了。鄭范眉峰深鎖，悄與周彪、登山豹楊封商量：「我們原知道侯闌陔坐擁廣田，團練鄉勇，頗有亂世稱王的雄心。

更不料他受妖人蠱惑，戕害婦孺，耍練妖法。據周彪武師說，孫九如是個人才，只因不受財主豢養，不受妖巫利用，又不幸獲知他們的機謀陰事，要潔身引退，就惹翻了他們，要誣害他，殺他滅口。周彪為了搭救孫九如，指引他來投托我們，自然是信賴我們。但我們跟侯闌陔一經聯盟，守望相助，就不能收納他們的逃叛人犯。按理說，還該代捕，押回。可是我們又不能這樣做，我們若把孫九如交出來，送回去，豈不成了助虐了？往後聚義之人，誰還肯投我們來？現在也不能挺身出來做和事佬，當中保人，替侯闌陔、孫九如賓主之間勸解說和。侯闌陔口口聲聲是來追索叛徒逃賊；我們一做和事佬，就無形中袒護逃人了……」

楊封道：「姓孫的沒有賣身投靠，人家是聘請來的巧匠，怎能看成逃奴！」

謀士石彥貴：「財主脾氣，一向把西席當簽片，當奴才，吃他的，喝他的，就得屬他管。現在他辦著團練，他又藉口軍法，把孫謀士當逃兵叛卒了；況且他又很毒辣的栽贓，誣人為賊。盟主所提的說和一舉，決計辦

不得。看樣子，侯闌陔還不準知道周孫諸位確在我寨，我只答應替他們搜尋，暗中卻將周孫等人遣送到關外分寨去，給他一個人去無對證罷了。」

盟主鄭范是個言而有信的人，又不肯瞪眼扯賴。他很想著勸侯闌陔釋嫌為好，各立誓言，侯闌陔不要再搜拿孫九如，孫九如也不要洩漏侯家莊院中的機密。楊封聽了，說：「這全是敷衍同盟、不顧是非的和解辦法。那八對童男女又待如何？我們自創義以來，抗胡救民，全力以赴，既然知道了，焉能見死不救，坐令妖巫戕害良家婦孺？豈不被江湖豪傑恥笑我們怕事？」

盟主鄭范拊胸說道：「這可真難！大丈夫做事，須顧及大局。目今胡氛方強，我等力弱，我們必須固盟結好，降心推誠，才不致破壞了抗胡陣營。我們怎好為了搭救這八對童男女，就跟侯莊主二千多名鄉兵挑隙決裂？」

謀士石彥貴勸道：「難，難，難！」

楊封憤憤叫道：「我們難道說，一味為了委曲求全，固盟交好，就幫同妖人殘害民命？難道說為了抗胡，就先給妖魔鬼怪作了幫凶？」

幫凶二字，椎心刺耳，盟主鄭范、張鐵珊也不禁眼圈通紅，半晌說不出話來。

祕議良久，無可奈何。楊封又把周彪、孫九如、二顧一韓邀來，把種種顧忌開誠布公說了出來，把擬議的應付之策也列舉出來，動問他們的意思。

孫九如不由得激動道：「我本要繞道還鄉，不問世事，是周仁兄勸我投託大寨，一同創義。不想大寨又怕為了孫某人，敗壞了盟好。那你們就不必作難，我怎麼來的，我再怎麼走。

我還不是怕死貪生之人。你們把我交給他們好了，我跟他們碰去！我只求一樣，請你們雙方大會群雄，當場把我交出來，當場容我講幾句話，正是公說公有理，婆說婆有理，我不盼望大家替我評理，只求你們平心靜氣聽一聽誰是誰非。我有嘴，侯蘭陔也有嘴，會說不如會聽，只要把我眼裡見的、肚裡存的，當眾全抖摟出來，我孫九如碎屍萬段，死而無怨！」

飛刀周彪也似乎看出鄭范左難右難，不願得罪侯蘭陔，心中也怫然不悅，於是做出了抱歉的樣子，說道：「這都是我周彪魯莽不識大體，給你們義盟添了紛擾，我竟忘了你們有盟約在先，理應互相庇護了。現在我既將孫仁兄指引了來，做錯了，挽回還來得及，我們現在就一走為妙罷。人走了，就沒有招對，鄭盟主跟侯蘭陔容易講話了。我想鄭盟主還不肯把我們捆送回去，就請你連夜借道，把我們送出九里關也罷。」

兩個人的話，說得鄭范很難為情。他既不肯偷放來人另覓活路，也不肯扣留來人送回死路。他很誠懇的告訴二人：「二兄千萬不要過慮，既承諸位不棄前來聚義，我斷不會買好財主，對不起諸位，我心上懸念的是怕敗盟……這樣辦吧，明天我會見侯蘭陔，見機而作，用好言語諷勸他，不要聽信妖言，陷害好人。」極力的安慰周、孫二人，周、孫二人怏怏不樂，兩個人暗中也做了一番商量。這都是鄭范過於坦率惹出來的麻煩，他就不該把他的顧慮公然對周、孫二人挑明。

到次日辰牌，八畝園侯蘭陔帶領謀士、武師、鄉兵，盛陳武衛，來到八畝園和九里關交界的一座小村，打著旗號，暫行駐紮，另派兩個能言的管事，叩寨求見義盟盟主。盟主鄭范早已來到前寨，聞報親自接見來使，一聽說侯莊主已到，立即要迎接侯莊主進關，管事承命連說不敢當，不肯入關；又請進寨，也說不敢當，不肯進寨，並說：「鄙上的意思，是請盟主光臨小村，借地相會。」說的話很客氣，卻暗地存心戒備，儼然看作敵

方了。這又是侯闌陔門下狗頭軍師的主意，他說兩方互擄部屬，嫌隙已生，常言道：「宴無好宴，會無好會。想當年金沙灘雙龍會，宋遼二帝想見，楊大郎喬裝宋王爺，用袖箭射死遼主帥，韃兒韓昌飛又刺死了楊大郎。莊主又是個文雅紳士，怎能跟他們草野強徒善處，誠恐一言不合，遭了暗害。」

小村口有一座山神廟，侯闌陔斷不肯紆尊入關，定要盟主到山神廟來見他。鄭范笑道：「恭敬不如從命！」他倒毫無戒心，一面赴會，一面動問：「你們來了多少位？」他是要給八畝園來人預備酒飯，來使又疑心鄭范是探問他們的兵力，就虛張聲勢的說：「我們來了五六百人！」鄭范愕然道：「來了這麼許多人？」忙命盟友快快預備，每個人兩個饅頭，一碗肉，一碗酒。另外也備辦了幾桌酒席。然後，鄭范就率領數十名盟友，前往會見。

侯闌陔、鄭范在山神廟見了面。寒暄一陣，侯闌陔便詰問義盟，不該扣留他們的十幾個人。鄭范慨然認錯，說：「現在兵荒馬亂，我們九里關戒備較嚴，冒犯了盟友。貴莊那幾位盟友，已在敝寨置酒謝罪，少時便即奉陪過來。敝寨守界的弟兄，也有幾位被侯莊主的鄉兵俘虜過去，請莊主吩咐他們一併放回罷。」

侯闌陔道：「那個自然，這都是手下人之過，他們一見大寨扣下我十幾個人，就急了，也效尤起來；他說若不扣下押當，還怕換不回自己人來呢。」說著呵呵的笑了起來，跟著就請鄭范先把他們的人釋放。鄭范說：「好，好，好！我們一塊放！」十幾個鄉兵先放出來，四個盟友也交換回來，互通氣息，相邀就座。侯家的謀士乘機發話：「還有我們莊上的逃犯，也請鄭盟主一併費心交出來罷。我們是同盟，我們想盟主絕不會收留逃叛之輩的。」

鄭范道：「我已經問過他們守卡守寨的人了，他們全沒見……」

八畝園被扣的十幾個人，含嗔發話道：「我們眼見孫九如他們進了你們九里關，我們跟腳緊綴，眼看就抓著了，被你們的人橫遮豎攔，忘了雙方的盟約，既不替我們堵截，又不教我們自己搜拿……」

那九里關被捕的四個人，立刻反唇相譏：「我們告訴了你們，沒有看見逃人越境。如果看見，我們為了自己的防務，也要搜拿的。你們不講理，不通情，倚仗人多，硬來砸卡子，闖關口……」

侯闌陔的武師們譁然抗辯。盟主鄭范抱拳道：「得了，得了，誰是誰非，少說兩句吧。這都是黈夜相遇，倉促疑誤；如有過失，全是我鄭某統率無方，巡察不嚴之罪，還請侯莊主和盟友們海涵！諸位注意的不是逃犯嗎？我們先辦正事，免究過去。請問侯莊主，逃過來的都是些什麼樣人？共幾個？姓名、年貌如何？因何事犯混潛逃？請明白見告，能開一個清單來，更好。這件事必須給予時間，下心細搜，此地關山連亙，地廣林多，哪裡都易窩藏人。」

侯莊主指出姓名來，是孫九如、顧金山、顧金川、韓一帖，另外還有幾個人失蹤，一併算在孫九如一堆了，卻單單沒有周彪。罪狀是勾結外寇，潛畫本莊地圖，又偷盜財物，暗害莊主未成，事情發覺，拒捕傷人……一連串的罪名，越變越重。侯闌陔說話，還保持豪紳禮貌，那些幫閒謀士、武師們就惡狠狠的說：「我們的人親眼見得叛賊逃到你們界裡，被你們的那個鮑祿友收留，躲藏起來。鄭盟主，你不要找我們莊主要年貌單，你只仔細審問你們守卡子的人，他們一定會招出來的。我們莊主大仁大義，只要你們交出人來，就兩罷干休。」

鮑祿友急了，拍著胸膛道：「就憑你們走上門來嚇詐人！

看這樣子，我們不交人，你們就要吃人？」鄭范連忙揮手攔住，一面沉住氣，向侯蘭陔解說。侯蘭陔捋著鬍鬚裝大方，從任手下人叫喊。那個幕賓杜先鵬見鄭范口氣軟，就說：「我們也不會吃人，我們講的是理。我倒有一計，只要鄭盟主肯讓我們搜拿叛賊，我們可以派一二百人過來，給你們做眼線，協同你們的人大搜一下。鄭盟主要曉得，這是跟你們很有益處的。這些叛賊吃誰害誰，簡直賣主通敵，給韃子做奸細。他們在我們八畝園滋事，逃到你們九里關，跟你們也不會忠心的。你們不肯交人，又不教搜，那可是引鬼進門，早晚遭殃。」

這可有點咄咄逼人，鄭范哼了一聲，登山豹楊封早有點忍不住了，呵呵大笑道：「什麼逃人叛賊，　入我界，我們決然要搜查的，卻不勞貴莊派人進界幫忙。正如我們這裡倘或丟了人，也只能煩求四鄰分神代搜，既不會堵別人門口找上別人的家，硬要進院子，翻屋子，那豈不是訛人嗎？至於逃來的人，身犯何罪，我們不跟他們通謀，當然一概不知。卻有一節，打官司要聽兩方之辭，不能淨聽一面理。好在我們盟主跟侯莊主乃是同盟好友，凡事自當秉公辦理，既不會袒護惡人，也不會誣害好人。若像你老兄剛才的話，立逼著交人，交不出來，立逼著派人來搜；莫說我們九里關義盟無法遵命，就是尋常一個老百姓，也不肯隨這份硬挖頭皮。況且當家主事，在乎一人，我們要聽聽侯莊主的意見。也不能七言八語，素不相識，隨便一個人就支使我們怎樣怎樣！」

幕賓杜先鵬紅了臉，反唇相詰道：「我是七言八語，你是幹什麼的？」

楊封應道：「我是幹什麼？我是九里關一個盟友，跟我們鄭盟主，跟你們侯莊主，我們全是一拜之盟，同盟弟兄。你大概不認得我。你問你們莊主去！在會盟上，我登山豹楊封無理的話從來不出口。我卻沒領教你閣下高名，貴姓，哪個村的？」

　　兩個人就要吵起來，鄭范忙道：「別！別！誰都可以說話的……」

　　侯闌陔變色道：「鄭盟主，你聽見了？貴盟兄是不准我們八畝園的人隨便說話，也不教搜，也不交人；並且窩藏逃犯，開口傷人！」

　　楊封忙道：「我沒有，我不敢……」

　　兩方的人變顏相吵，八畝園的武師們很傲兀的盯著鄭范、楊封，蓄勢欲發。侯闌陔暗施眼色，似乎不教他們妄動。楊封和幕賓杜先鵬依然嘵嘵舌辯。義盟這邊能言善談的軍師石彥貴沒有到場，鄭范的話釘不住，楊封氣太粗；最糟的是，義盟只顧答辯逃犯交不交，教搜不教搜，不能把侯闌陔偏信妖人、胡作非為以及殺人滅口的罪狀當場道破。鄭范口直，性子更直，若要揭穿壞事，他只能抓破了臉，明著叫出來，軟中硬、假中真的婉言諷勸，他一點辦不到，頭一樣先沉不住氣。現在他怒氣湧上來了，話也講不出來了；他知道他的話說出來一定難聽，他急得冒汗。楊封暴躁起來了，就不顧一切的吵，越吵越明，僵局漸破，決裂的苗頭已現。

第十四章
狗頭軍師裝神弄鬼大談法力，
潑皮教練好勇鬥狠被縛陣前

就在這時，山神廟外，爆發了如雷的喧鬧。八畝園在外巡邏的武師鄉兵大呼小叫，奔進來好幾個，竟在會場亂跳亂喊道：「那個孫九如在這裡了，大頭小頭也在這裡了！鄭盟主這可不對，你看看，你看看是你們窩藏逃犯不是？逃犯都鑽出來了！」

可是侯闌陔和他的謀士也不由得愕然！

逃犯公然露頭，眼前的局面可以想見！這不像義盟情虛交犯，又不像逃犯畏罪投首，這恐怕是義盟和孫九如他們布置下來的「活局子」，要堂堂正正在桌面上講理，當著大家教八畝園出醜！

侯闌陔自己做的事，自己明白。侯闌陔瞪大眼說：「好，孫九如在哪裡了？把他抓過來！」身不由己站起來了。謀士們也很惶惑的說：「逮住他，逮住他！」

鄭范缺少應變之才，有點失措道：「這是怎麼回事？」

侯闌陔一個人冷笑道：「怎麼回事？這不是你們手下人把逃犯藏起來，沒藏好，露了餡啦！」楊封心路快，忙道：「你不要這麼硬拍，現在還說不定是你們的逃犯不是，等一等我去看看。盟主你陪著侯莊主在這裡坐著，我去驗看一下，如果真是孫某人，那好辦，把他押進來，他有罪，我們兩家公審他。他沒罪，我們也不能誣害他。」

鄭范說：「對！」楊封如飛的跑出去了。

可是，這時候侯闌陔也要出去，心想要躲開，省得跟孫九如當面鼓對面鑼，遭他面辱。鄭范也要出去，心想要看看孫九如等為何鑽出來，軍師石彥貴為什麼不攔住他們？於是山神廟兩方的人物不由得一擁而出，全搶到廟前廣場。大家張目一望，前邊數箭地以外一道小土崗，上面壘有瞭望土臺，駢肩站在上面的，就是鑽雲手孫九如，和顧金山、顧金川。環繞土臺，是九里關義盟的人，西面也是義盟的士卒，東面是八畝園武師鄉兵，鄉兵們正自擠擠壓壓，指指畫畫，衝著孫九如叫罵。

孫九如站在那土臺上，正自大聲疾呼，對眾訴說他為什麼遭到財主的忌恨，為什麼被誣害，被栽贓……一開頭，孫九如和二顧剛一過來，八畝園的鄉兵掀起一番嘩噪。萬頭鑽動，喧鬧聲過於嘈雜，聽不清孫九如的大聲疾呼。義盟中有人向他打手勢，他就分開人浪，搶上土崗，躍登土臺。他拚命的銳聲叫罵，他的呼聲震動了八畝園鄉兵，鄉兵們錯愕的想聽一聽，只一側耳，喊聲便不知不覺住了口；只一住口，喧聲立靜，孫九如的大聲疾呼可就字字打入人耳。於是八畝園在土崗上的人不嚷了，嚷的只是站在遠處的人。

孫九如、顧金山、顧金川，不留餘地，把侯闌陔的害人陰謀和妖巫的殺人法術，通盤抖摟出來。

「諸位老哥，侯闌陔為什麼要謀害我姓孫的？他是叫我修完了祕殿迷宮，他要稱孤道寡，怕我洩了機密，他想堵住我的嘴，他要殺掉我好滅口！不但我，你們大家也一樣；誰知道他的祕密，誰就活不了。你們可知道武師麥錦洪是怎麼死的？他不是得了傷寒，他是中毒教妖巫毒害的！

「諸位老哥，侯闌陔不但一言不合就暗算他邀來的各方豪傑，他還聽

信妖巫，殘害婦女嬰孩，外人不曉得，你們總該多少有個耳聞！他不斷花錢購買童男女。最近他買了八對童男女，要盜取童男女的真元，妄想煉什麼丹，奪人的命，延他的壽！他聽信妖巫的鬼話，還要剖取孕婦的嬰胎煉什麼法寶。

「諸位老哥，外人不知道，你們總明白，侯闌陔倚仗他那幾文臭錢，苦苦折磨佃戶，不管誰家閨女小子長的清俊，只教他看上眼，便千方百計給算計到手，給他當書僮使女，隨便把人作踐！侯闌陔滿口大仁大義，實在搶男霸女，拆散人家骨肉；他殺人不見血，他只拿財勢壓你！他要折磨人家的閨女小了，他能逼你送上門！諸位鄉親，想一想，你們誰沒受過他的害！」

「諸位老哥，侯闌陔他殺人不見血！」

「諸位老哥，侯闌陔和他手下幫閒吃人不吐骨頭……」

孫九如振吭高呼，把侯闌陔的行事盡量揭發，很有些鄉勇聽愣了。跟著顧金山、顧金川也把他們怎樣搭救孫九如、莊上怎樣陷害孫九如，以及幫閒妖人壞蛋們怎麼樣架弄侯莊主、怎樣草菅人命，通通給抖摟了。只可惜他們倆不善言談，又不會當著大眾要言不煩的講道，他弟兄的話很凌亂，聲音也太尖銳，很多人聽不出來，但凡聽出來的，跟他們自己所經受的，以及所聽聞的事一印證，都不由得翻眼珠子對看起來了。

「哼，侯闌陔是有那麼一點拿窮人不當人，又有點耳根軟，淨聽小人言！」

然而侯闌陔手下的走狗，尤其是那幾個謀士，很有一套玩意，他們一看情形不好，立刻就使黨羽鬧哄起來。他們必須堵住孫九如和二顧的嘴。武師們有的面面相覷，幕賓杜先鵬和堪輿師馬雲波急急忙忙趕過來，向武

師們大嚷：「還不動手拿人！」又叫道：「好你們逃犯，你做了不是人的事，偷人害人，還在這裡蠱惑我們鄉團的兵心，你們太歹毒了！哥們，上啊！」

武師霍凱聲立刻指揮鄉兵，上前要把孫九如拿下土臺。義盟登山豹楊封恰巧也趕到，忙厲聲叫道：「且慢動手，請聽我……」霍凱聲冷笑道：「誰聽你那一套。弟兄們衝呀！」指揮鄉兵進攻土崗高臺。

侯闌陔的謀士企圖造成混戰或群毆，便可以把孫九如、二顧的話給淹沒了。鄉兵們有的不明白，真當是要拿人了，有一隊人糊里糊塗，高舉兵刃，刀矛如林，很快的要圍攻土崗。

土崗兩側的義盟盟友早已嚴陣而待，帶隊首領大聲吆喝道：「諸位鄉親休得用強，你們莊主和我們盟主全在這裡商量著哩，請你們快快退回去，有話往桌面上說去，這不是動武的事！」

侯闌陔一個武師竟口出不遜，大罵道：「管他娘的桌面不桌面，桌面辦不了一點屁事，扯到日頭曬東牆，他們也不肯把姓孫的交回來！他們九里關不講義氣，袒護逃犯！來啊！」

這傢伙竟率鄉兵，往前攻打。義盟的人急忙招架，猝然間，從人群中竄出來好幾支冷箭，一支射傷了九里關義盟一位首領，又一支沒有射著孫九如，卻射著了顧金山。孫九如大怒，破口罵道：「你們這群不知死活、給財主當奴才的渾蛋！」

其實這時候喊罵已經沒用，流矢橫飛，兩邊的人果然掀起了亂端。八畝園倚仗人多，雖然鄉兵們士氣動搖，究竟疑信參半，人們也不會立刻回過味來，被幾個武師督率著，分為數隊，跟義盟衝突起來 —— 卻像是鄉鄰們眾毆的模樣，不能算是敵我死戰。但就是這樣，一邊搶土崗，一邊阻擋，片刻間硬碰硬，也有很多人流血，很多的人傷亡了。

當此時，八畝圍莊主侯闌陔、九里關盟主鄭范先後從山神廟會場聞變出來檢視。侯闌陔手下的幫凶很夠機警，既然煽起群毆，立刻架弄著侯闌陔馬上往後撤。他們叫道：「他們忠義盟恃強行凶，袒護逃賊，現在跟他們講理，簡直白費話，莊主快走！」

鄭范忙道：「這位鄉鄰不要這樣講！侯莊主不要走，我們還不趕快各自約束各自的人，先把鬥毆壓下去！逃犯的事好辦！」

「好辦個鳥！」侯闌陔身邊那些個隨從打手罵口唰唰，抽刀襄護著他們的侯莊主，前護後擁，如飛的上了馬，奔向八畝圍。鄭范很著急，張著手勸阻道：「等一等，等一等！你瞧眼看要出人命！」一個打手回頭唾道：「去你娘的！」更有幾個打手完全擺出惡奴相，乘亂猝下辣手，照鄭范連發暗鏢。鄭范身邊盟友早存戒心，頭寨首領關效仁大喝：「不要放冷箭！快保護盟主！」盟友們這邊一擋，那邊一架，但是發暗鏢的不止一人，不只一方，鄭范到底捱了一下。

義盟群雄大嘩，關效仁趕上去一刀把一個放暗箭的八畝圍打手砍傷。其餘盟友也全拔刀了，虎吼一般，上前對付打手，救盟主。盟主鄭范急叫：「不要動手，我們九里關的盟友們不准行凶！」紛擾中，他的話沒人聽清，九里關盟友們如狂濤惡浪，且打且走，闖出會場。

這工夫，八畝圍千頃侯侯闌陔和他的扈從，馳馬急駛，遠遠的撤出山神廟，奔回自己的莊院去了，只留下他的鄉團武師和鄉兵，亂哄哄的喧鬧，有的尋毆，有的奪土崗。

義盟盟主鄭范剛由盟友搶救出山神廟會場，八畝圍的鄉兵由兩個武師率領，湧上一批來，約有百十名，大叫：「捉活的！」把鄭范等二十個人裹在重圍裡。

盟主鄭范陷入重圍，義盟大隊分數路漫山遍野而來，吶喊如雷，往前推進。他們已經得到警訊，軍師石彥貴高據頭寨瞭望臺，用旗指揮。守界的先鋒隊同時接到會場的告急飛報：

「八畝圜存心叵測，盟主陷入重圍！」先鋒隊騎兵呼啦啦的衝過卡子口，大呼衝鋒，把鄭范接救出來；又呼啦啦的保護著，退回頭寨，來去如風，鄉團鄉勇阻擋不住，並且險些被衝潰了。

就因為八畝圜莊主把勇士精兵做了自己身邊扈從，把鬥力較弱的隊伍用做破敵上陣的正兵。他是看重的護主保命比克敵禦侮吃緊，於是陣上就吃虧了。

攻土崗的鄉兵人數較多，由武師霍凱聲等督促，首先發動了械鬥，猛然一攻，九里關的盟友們兵力很小，便被壓退下來。鄉兵們挾眾乘勝，氣勢大漲，大叫著要捉拿孫九如和二顧。義盟守崗的盟友顧不得打架，先把孫九如等救走。孫九如等偏又拚命要上前，盟友們又要勸架，又要應付打架，手忙腳亂，便支持不住。轉眼之間，守不住土崗，撤了下去。八畝圜鄉兵得理不讓人，喊殺聲中，大隊的衝殺過來。

可是他們衝過來了，後路沒有接應；義盟的各路援兵卻發動了。義盟盟主赴會，盟友並不是一點準備也沒有的；為了守義氣，守信約，雖然蒞會的人很少，並且是徒手，各路安置下的戰備，卻能聞警馬上開到，到得又快又多，又分數路。當下列成鉗形陣勢，把八畝圜鄉團無形中攔腰切斷，退路沒有了。

鄉兵倚仗的就是人多，現在義盟的兵力亮出來，比他們並不少；他們鬥力又不強，孫九如一場喊罵多少更影響了鄉兵士氣。兩邊大隊剛剛對陣，並沒有接仗，鄉兵落後的隊伍竟發一聲喊，掉轉頭往回奔起來。

武師霍凱聲只知好勇鬥狠，是武師不是武將，他自己膽大，拚命揮刀往前鑽，後面的隊伍沒有全跟上來，先鋒隊馬上教義盟圍上。喧聲震天，兵心大亂，八畝圍鄉兵個個回頭看。

敗勢已見，立刻人自為謀，不等號令，亂動起來，這一隊還在拚白刃，那一隊早潰散了。

武師霍凱聲砍傷了幾個盟友，被登山豹楊封抄後路，掄刀背砸倒，立刻被生俘。鄉兵們見狀心慌，大叫：「不好了！」前隊、後隊如湯沃雪，呼啦啦落荒亂竄起來。楊封還想追殺，盟主鄭范已到頭寨，喘息略定，草草裹傷，一面發令箭令旗，通傳盟友們一律回防守界，不再追擊，鄉勇若再來犯，眾守勿攻；一面又發令箭，傳告軍師石彥貴趕快把來客周彪、孫九如和二顧一韓好好護送出險回寨，另作計較。於是十來個盟友持著令旗上馬，賓士前方去了。

孫九如、顧金山、顧金川，三個人曾經跳下土臺，要跟侯闌陔的打手們拚鬥。韓一帖負傷沒有出場，還有飛刀周彪，經盟友們勸說，喬裝隱身在義盟隊中觀場，一見凶毆，也要出頭，被陪伴他的義盟盟友再三攔勸，做好做歹絆住了。於是盟主令到，立刻把他們邀回大寨。

械鬥場逶迤數裡，前方後方相距十餘里，盟主鄭范的號令陸續傳布出來，已經稍遲。軍師石彥貴在瞭望臺上，將令旗招展，過了好一會兒，各隊盟友方才錯落收兵。尤其是抄後路的盟友，令到最後，聞命趕緊往側面撤，讓出了鄉兵的退路。可是沒有經過戰陣的八畝圍鄉兵已然潰不成軍了。

直到未牌時分，山神廟至十崗一帶，混戰才停。九里關的義盟戰士，遵命斂兵過險；赴會爭毆的鄉團潰卒，棄甲曳兵，一團糟似的退逃回莊

去。敗兵還沒有退淨，八畝園鄉團又亮出來了，由武師統率，足有四五百人，一隊把住了八畝園要隘，一佇列陣當前，搖旗吶喊，向義盟耀武揚威。

這一次簡直是八畝園傾巢大舉，凡是鄉團壯丁，固然整隊出陣，就是佃戶老弱，也都齊持兵仗，登上了土堡圍牆，梭巡守禦。侯闌陔一撤出會場，和他的謀士騎馬奔回莊院，開始紛紛議論，認定九里關義盟庇護逃賊，甘心背盟；既然背盟，必來侵擾。況且：「他們義盟乃是一幫強盜，恐怕他們早就垂涎我們八畝園的富厚，暗地存下收並之心，莊主不可不防備！」

又道：「孫九如陰謀內叛，由今天之會看來，必非他一個人陡起盜心，多一半是私通九里關，甚至是九里關買下的臥底奸細；可惜莊主一番建造，那些迷宮祕殿都成了廢物啦。就是莊主的藏珍寶庫，也不免洩露機關，成為無用啦。咳！還怕他們暗派飛簷走壁之人偷盜、打搶我們呢！」

謀士們自炫高見，信口胡謅，竟挑撥離間了雙方的信約。

侯闌陔是財主，最怕人想算計他的資財，他又十分耳軟，當下又驚又忿，懼怕之心支持他先發制人，於是「出隊，出隊！」

號令全莊戒備，並曉諭打手們、鄉勇們：「九里關幫盜違約背盟，收納我們的叛賊，就要來攻打我們八畝園。我們八畝園儘是安善良民、有家有業的好人，我們團練鄉勇，為的是守望相助，保衛家鄉，不為造反作亂。真想不到這些綠林草寇是聯不得的，他們打著抗胡的幌子，只想姦淫擄掠，殺人放火；他們居然找到我們頭上來了。我們八畝園居民無分老弱，不問貧富，今日一律要拚命禦寇護莊。如有不從命，怕死怯陣，離隊逃伍，查出一定要軍法從事，重者斬首示眾，輕者奪佃收田，逐出莊外。」這些鄉兵便由團練教頭、護院打手管帶著，一齊調出來了。

對峙了一天一夜，這些鄉團儘管吶喊示威，卻守定要隘，沒有殺出來。他們布陣以待，淨等著九里關義盟來攻，哪知義盟退守關卡，並沒有存心挑隙。兩邊倒耗住了。

這時候，團練分所總教頭飛刀周彪失蹤的事已經發露，周彪還帶走了幾個人。那些幫辦們乘機紛紛向侯蘭陔進讒。

一個門客說：「周教頭跟莊主是多年交情，想不到會臨陣脫逃，恐怕他是本領不濟，不敢跟九里關山寇交鋒。」堪輿師馬雲波道：「他哪裡是怯陣潛逃，簡直是勾結孫九如，一塊投奔九里關了。」

侯蘭陔很生氣的說道：「人心難測，侯某待周彪推心置腹，可謂恩深義重，真不料他臨事離我而去。他跟九里關並無交情，倒是跟信陽州毛俊相好。他跟孫九如也是在這裡才認識的，到底他們倆是否有勾結，好教人難測！」

幕賓杜先鵬從旁說道：「我知道太谷法師占算效驗，你何不袖占一課，到底周彪失蹤，所為何故？投奔何方？」

太谷頭陀裝模作樣，拿出他的「袖裡乾坤」本領，低頭掐指鼓搗了一會兒，口中念念有詞，好半晌抬起頭來說道：「莊主所見不差，周彪沒有投奔九里關，他是受了小人誘惑，投奔西南方去了。」

幕賓道：「西南方正是信陽州，那麼他一定是投奔毛俊去了。我們莊主真是料事如神，天分過人！」

堪輿師馬雲波道：「太谷法師再算一算我們八畝園跟九里關這回交兵，勝敗怎麼樣？」

太谷僧微微一笑道：「莊主天命所在，自然戰無不勝，這用不著我再算了。」

　　幕賓杜先鵬問道：「太谷法師你的法術玄妙，何不施展一下，把九里關殺敗？」

　　太谷僧道：「這個，依貧僧看來，何必施法術，憑莊主的洪運，些許草寇遲早也要覆滅。」

　　侯闌陔聽了，轉臉盯著太谷僧說道：「太谷師，往常聽說你法術精深，今天無論如何，你也施展施展，好教大家起敬起信呀。」

　　太谷頭陀忙道：「這個，容易！當年我從家師學過幾種陣法，我可以把陣圖畫出來，我們趕緊排練。」於是太谷頭陀大言不慚的說出一個陣名來，叫做「陰陽八卦陣」，排練這個陣，八對童女不夠，必須要用八八六十四對童男女，而且要包括著十二個屬相，和金木水火土五命相配，此外還需用好多法物。

　　此陣擺成，巧奪造化之功，威力極大，敵人來一個捉一個，來一對捉一雙。不過要擺此陣，須備「時」「地」「財」三寶，陣主還要損壽十年。「怎麼損壽十年呢？」太谷僧說，此陣就是要用這八八六十四對童男女的真元心血，祭煉六十四對神幡。這裡面損傷著一百二十八個性命，當然會折去十年陽壽的；不過為了輔佐真主，太谷僧他倒不怕折壽，只是這一百二十八個童男女，要具備十二屬相，和五行運命，可不太容易找。說了半天，還是一個「辦不到」！

　　太谷僧依然說得津津有味，堪輿師馬雲波看出侯闌陔意含不悅，忙插言道：「這個陣實在厲害，既然厲害，就一定難練，太谷師兄，你還有別的禦敵路法沒有？」

　　太谷僧道：「妙法多得很，單陣路我就學會七十二套……」

　　堪輿師馬雲坡道：「有容易排練的嗎？」

太谷僧道：「容易的可沒有，想當年貧僧投師學法時，就立過宏誓大願，容易的法術我不學，我單學別人怕難不敢練的……」

此時侯蘭陔臉上神氣越發不對勁，幕賓杜先鵬識得侯蘭陔的財主脾氣的，也體驗出太谷僧說大話有時閃了舌頭，他就連忙拆解道；「太谷法師，你法術很多，不一定要擺陣，也有奇效的使上一使？」

太谷僧道：「也對！我先辦容易的……」思索良久道，「我就先誦金剛祕宗無生攝魂咒，把孫九如、飛刀周彪咒死。」

侯蘭陔道：「準能咒得死嗎？」

太谷僧道：「就在前年，我受馬尚書重金禮聘，經我行功誦咒，把一個東林黨戴逢時御史生生咒得發瘋投河了。」

侯蘭陔詫異道：「戴逢時不是大明淮北巡鹽御史，興兵抗虜，兵敗投水盡節的嗎？」

太谷僧道：「非也，非也！莊主你只知其一，不知其二。

那戴御史調動數百名巡丁，千數名鹽丁，起師和清兵打仗，本來民心兵心一致歸附，足能支持一陣。就是後方馬尚書跟他不和，百般掣肘，偏偏毀不了他，他反而飛檄報捷，獲得史閣部力薦。馬尚書怒極了，於是把我請了去，短短念了三天咒，戴御史就發了三天瘋，仗也打不好了，潰兵和饑民又鬧起來，弄得他左支右絀，一敗塗地，他就狂哭狂笑，自己把自己淹死了。他們全不知道這是咒語的靈效。」

侯蘭陔道：「他的夫人小姐不也是投水自盡的嗎？」

太谷僧道：「是呀，一點不錯，我這祕宗無生神咒一念，不但本人喪魂失魄，連他的骨肉親丁也要心驚肉跳，坐臥不安；弄大了，也是活不成的。」

　　堪輿師、幕賓同聲捧場道：「那極好了，就請你趕快行法，把孫九如、飛刀周彪、顧金山、顧金川、韓一帖一股腦咒死。」

　　侯闌陔這才欣喜道：「念咒如果有效，孫九如當然要咒死；飛刀周彪這個人還有用，只要咒得他六神不安，教他知道我們的厲害就夠，我還想把他收服過來。頂要緊的，還是把九里關這幫草寇，由盟主鄭范到楊封，通通給我咒死。他們首領一死，關寨必亂！然後我們再用兵力猛攻，一舉把他們的總寨分寨占據，收降了他們的嘍囉，誅戮了他們的頭目，則我們擁有八畝園、九里關，形勢已固，大事成矣。那時候論功行賞，太谷法師你便是開國國師了。」

　　太谷僧笑道：「謝主隆恩！我這咒立試立驗，確有靈效。不過我一行法念咒，就得坐壇七七四十九天，也得準備一些法器法物，還要用生靈之血，這叫做以生靈感召生魂。這樣辦吧，行法是我僧家的事，戰陣是教師爺的事，我們雙管齊下。頭一陣先和九里關挑戰，由我們的武師跟他們的領袖對陣比武；我便趁此機會，在莊內築法壇，高搭蘆棚，登壇誦咒。我們各忙各的，包管不出九九八十一天，教九里關家敗人亡，土崩瓦解。還有一層，我們跟九里關鬧翻了，也要先禮後兵，聲罪致討，請書啟先生修書一封，先把他們痛罵一頓。」

第十五章
八畝園前龍爭虎鬥，
九里山中英雄會師

書啟先生不高興道：「罵他一頓有什麼用？我若能把鄭范罵死，豈不比你的金剛祕宗咒又省事了？」

太谷僧捧腹大笑道：「書啟先生動火了，我是說，我們輔佐莊主，要文武並用，各盡其道。我們莊主既圖天下，奉天承運，百靈相助，跟區區草寇開仗，固然要用武將，也要用文臣草詔罵賊。要打他，先得罵他一頓，這才叫仁義之師呢。」

書啟先生道：「你說的話倒好，你叫我罵他們什麼？」

侯闌陔不耐煩道：「罵他們容留逃叛，敗盟挑釁，侵襲加盟鄰莊，這不是現成的詞句嗎？」

書啟先生臉一紅道：「對，我就寫。」於是他哼哼唉唉，費了吃奶的勁，寫了一封討賊檄文。差一員勇士，把檄文縛在箭上，騎馬打著小旗，來到交界對峙區，喊了幾句話，開弓把檄文射了過去，並通知鄉團教師，向九里關挑戰。

侯闌陔又催書啟先生修書一封，給信陽州毛俊，問周彪是否逃來。並宣布周彪的罪狀，請毛俊顧念同盟，把周彪拿下交來。

又催太谷僧趕快行法，咒死仇人。太谷僧就轉過來，催促莊主快給他

搭法壇蘆棚。侯宅執事人忙把天棚改為法棚，用許多張桌子和鋪板，高高搭起法臺。應用法物法器，該備辦的也備辦妥了。這就立刻看著太谷僧行法「一咒死活人」了。太谷僧到了這時，又提出枝節來，他說誦咒須辦七七四十九天。侯闌陔說：「日子太長啊！」太谷僧說：「哼，不長不能有效，請想，把活人硬咒死，沒有個多月日程，行嗎？」侯闌陔道：「那麼就四十九天。」太谷僧又說：「還有，那八對童男童女固然要備用，另外，得要六丁六甲，以生人降天將……」太谷僧提出道兒來，侯闌陔樣樣依從他。從佃戶中，找了丁年生的兩個人，丁月生的兩個人，丁日生的兩個人，甲年甲月甲日生的也照樣，這一共又是十二個人。還有三間淨室，至於黃表、硃砂、五穀、紅布、金銀銅鐵錫、白雞黑狗、寶瓶、攝魂鏡、攝魂牌、攝魂葫蘆……左開單，右開單，剛預備完，又添出一堆來。然而侯莊主有錢有人，要什麼，備什麼，太谷僧到底無法閃展騰挪，只得升壇做法。

行法的地方，是在侯莊主的後花園養靜室前。行法的時辰，是單擇「子」「午」。太谷僧說：「最好是子時，要朗月無雲，可吸陰氣；午時要密雲遮天，以引真陽。如果遇上這樣的好子午，法效是大增的。」

太谷僧一連氣做了七天法，弄得八畝園人心惶惶，有的信，有的驚疑，有的認為一邪引百邪，這不是佛門上乘大法，這簡直是妖術。可也有人暗地罵道：「上乘大法也是個屁，不過給財主開心洗罪，窮小子就是佛祖也不保佑的。你瞧這舉動，我們窮佃戶再也擺不起法壇的！」

這些偷偷議論的，大都是佃戶鄉兵，在莊主家下當差的，至於門客西賓們，除了書啟先生，都很替太谷僧捧場。他們都是一流人物，都是哄財主的篾片，誰也不拆誰的西洋鏡的。

220

做法一七期滿，太谷僧又用細燈草紮了幾個草人，寫上孫九如、周彪、鄭范、楊封這些人的姓名，然後拿了草人，找千頃侯侯闌陔，說要這幾個的生辰八字。

千頃侯愕然道：「周彪、鄭范、楊封的生辰八字，我是知道的；我們加盟換貼，寫過八字，可以找出盟單查一查。孫九如是臨時僱來的，他的八字，我如何知道？」

太谷僧道：「你不知道，我可怎麼咒死他？」

侯闌陔道：「怎麼，咒人一定要生辰八字嗎？」

太谷僧道：「那當然了。」

侯闌陔便命手下人，把盟單找出來。可是開啟盟單一看，鄭范、楊封、周彪等人只寫著某年某月某日吉時生，並沒有時辰。太谷僧哈哈大笑，說：「八字缺兩個字，咒起來，這可怎麼能生效能？我們白費事了！」

侯闌陔有點發急，說：「你這不是開玩笑麼？百設鋪張，要金子、要銀子、要六丁六甲、童男童女，末了還是不行？」

太谷僧陡然面目變色，連忙合掌，仰天禱告，念念有詞好半晌，才說：「罪過，罪過！莊主你這幾句話，可是褻神不小，你的信心不固，就憑這幾句話，多麼靈驗的法術，也會失了效驗！這都是貧僧勸導不誠、輔主無方之過，祖師爺恕罪恕罪！」

太谷僧手忙腳亂，登壇跪拜，懺悔良久才罷，樣子很驚慌，把個侯闌陔也嚇毛了。

但是，築壇咒活人的事，這麼大鋪張，若因八字缺少時辰，當真吹了不算，似乎有點說不過去。太谷僧於是又出主意，他長嘆一聲道：「貧僧又要作孽了，我恐怕多害生靈，不免又要損壽十年。」

侯闌陔道：「怎麼多害生靈？怎麼損壽？」

太谷僧說：「就拿鄉童作例吧，他生於某年某月某日，時辰雖然不詳，可是此年此月此日，一晝夜間有十二個時辰。把十二個時辰全開上去，一併詛咒，那便是要咒死鄭范一個人，就得另外有十一個同日異時生的人陪著一同咒死。要咒鄭范、周彪、孫九如三個人，就得有三十三個同日異時生的無辜之人同被咒死。如此，多殺無辜，上失天和，下損人命，行法的人是有很大罪孽的。太谷僧為了扶保真主，就不得不造孽，自損陽壽了。」太谷僧咳聲嘆氣說著，拿眼瞟了侯闌陔一下，看他怎麼說。不料侯闌陔只關心費了許多時間，花了許多金銀，一定要咒死鄭范等人，方才趁願，也就是隻留意詛咒的靈效，並不關心行法之人損壽不損壽。並且他想：「太谷僧自告奮勇，要築臺念咒，損壽乃是他自甘情願，我不過是花錢僱你的！」

況且人家扶保真主的，還有肝腦塗地、殺身盡忠的；損個十年八年壽數，又算得了什麼？侯闌陔既然這樣存想，就立刻催太谷僧趕快念咒，損壽不損壽，半句嘉勉的話也沒有，那是法師分所當然。

太谷僧把大話說滿，無論如何，得做出一個樣兒來。於是他把六丁六甲十二個鄉下人，童男女十六個人，聚在了後花園，日裡夜裡，熬煉起來。

熬煉到二七，把六丁六甲熬得瞌睡不堪，童男女更是七頭八倒。這就因為太谷僧可以閉目打坐，默誦咒語；又可以跪伏在蒲團上，說他是誦咒也可以，說他是睡一覺歇一會兒也可以。跟他在臺上臺下持幡、打旗、捧法寶、仗法器的童男女和六丁六甲，便只能規規矩矩挺腰直立。這樣直立十幾個晝夜，每一個丁每一個甲都立得昏頭耷腦，面無人色，渾身森森有

鬼氣了，個個是眼珠子通紅，臉膛發綠。

等到他把法壇下六丁六甲熬得由「天兵天將」變成瞌睡鬼的時候，太谷僧就轉而思索這八對童男女了。

這八對童男女，大半都是體格清秀、姿容俏俊的。這裡有幾個是千頃侯侯蘭陔派家奴從逃難饑民隊中買來，其餘是從蘇州戲班買來的，本來是被拐賣的小孩，落到人牙子手裡，要把這些小孩做搖錢樹子，於是轉被財主買來練法。太谷僧沒安好心，對這八對童男女，他要假借施法，揀那最秀麗的潛行淫污。卻不料在講買童男女的時候，惹起了事端。因當時有一對表姐弟，乃是抗胡難裔。主人兵敗殉國，家奴背救出小主人，中途變心，賣給了人牙子。可是這姐弟倆，姐姐張錦華，年十四歲；弟弟周紹麟，年十一歲，全是從小讀書，智識早開，竟曉得自己陷入惡人手中了。在人牙子家中，監管極嚴，無法逃出。被侯蘭陔家奴轉買到手，登車住店，曉行夜宿，這兩個小孩子竟落謀要潛逃。當然小孩子鬥不過大人，逃出來，又被捉回去，反而捱了一頓苦打。這兩個小孩子捱打時，咬牙不哭，監管人稍不留神，便悄悄向行路人喊救，結果驚動了幾個游俠兒，暗中跟下來了。

這幾個游俠兒名叫范玉昆、范玉峰、周玉琳，江湖上稱為江東三俠的。他們三個人在故鄉為了救人，殺了惡霸，惡霸勢力強大，官府供他利用，范氏弟兄三人在故鄉存身不住，要奔投九里山義盟鄭范，上山聚義。不料在半路上，遇見了人販子和侯宅家奴，起了疑心，暗綴了一程，窺出了大概，就在荒郊野地人跡罕到的地方，把人販子和侯宅家奴截住，持刀逼供，究問真情。人販子還不肯說，侯宅家奴卻吐露了一些。等到江東三俠問兩個小孩，兩個小孩兒竟侃侃而談，說得有頭有尾，並跪向三俠，哀求救助。

三俠大怒，范玉峰舉刀就把人販子和侯宅家奴殺了。周玉琳攔阻不及，就抱怨道：「二哥，你太魯莽了，你把他們全殺了，這兩個孩子作何安插呢？」范玉峰道：「不殺他們，這兩個孩子就有法子安插嗎？」

范玉昆道：「人已殺了，就不必再追悔了；現在我們還是趕緊設法安置這兩個小孩吧。」

三俠商量結果，就帶著兩個小孩，去到八畝園，尋訪千頃侯侯闌陔的情形。卻只走了幾天，便遇上丁鴻一行人。

丁鴻等一行人被官軍誣害，截江逃跑，投奔四流山，半路被官軍堵抄，輾轉投奔九里山義盟，已然弄得潰不成軍了，卻還有幾十個人，竟與江東三俠范玉昆、范玉峰、周玉琳遇上。

雙方起了誤會，丁鴻等誤認范玉昆等是拐賣人口的匪徒，便截住詰問。范玉昆等不肯受盤詰，三說兩說，兩方動起手來。卻是那兩個受害的小孩，姐姐張錦華、弟弟周紹麟竟十分聰明，十分膽大。他們倆看見他們大人打起來，就侃侃發言，說明真相。他倆對丁鴻等說，這位范叔叔是救我們的，你們不要屈賴好人，你們不要多管。

小孩子的話很有力量，於是雙方停鬥，重新敘談。丁鴻便勸范玉昆把兩個孩子安插在哪裡，隨後再找八畝園侯闌陔算帳。范玉昆等猶豫未決，就在這時候，鬼見愁穆成秀、陶天佐、陶天佑、鐵秀才趙邁一行也追趕來了。

三方相會，彼此認識（穆成秀是和江東三俠范玉昆共過事的），就立刻會在一起。穆成秀向丁鴻道歉，說自己因誅討大成教妖人，以致誤了幫助丁鴻抗官起義的大事。「現在事已至此，我們索性找到八畝園，把太谷僧這一夥弄個了斷。」鐵秀才趙邁大不謂然，說：「師兄你一誤不可再誤，

無論如何，我們應該先投四流山或九里山，以後再談別的。」

二陶說：「投奔四流山已經不行了，官軍已經沿路布防，把我們的前路剪斷了。」趙邁毅然說：「那麼，我們就投九里山。先有了安身之處，再談別的。」穆成秀還想提出別的方法，但看出二陶不甚願意，丁鴻更露出怪怨之態，就只好說：「我從眾吧。」

三撥人都想先投九里山，結果就決定投奔九里山。

然而，事變萬千，往往不隨人意料。他們不再向八畝園挑釁，決意去投九里山，可是沿路必須經過八畝園鄉勇的地界，鄉勇不准他們通過，把他們當「流賊」看，要拿辦，要活埋，結果這些起義好漢就和侯蘭陔衝突起來了

江東三俠范玉崑等，鎮九江丁鴻等，和鬼見愁穆成秀、鐵秀才趙邁等三撥人，意欲偷渡關津，投赴九里山，卻被八畝園鄉勇察覺，陳兵阻攔，還要拿辦他們，把他們活埋。這三撥豪客豈肯受人擺布，兩邊立刻打起來。八畝園人多勢眾，鐵秀才趙邁等一戰而敗，撤退下來，準備偷襲八畝園，乘機闖過去。

就在這時，豫軍五虎營紅蜂楊豹等也因北伐失敗，退了下來，路過八畝園，也和八畝園衝突起來。

紅蜂楊豹和快馬何少良用詐敗之計，驟然撤退。八畝園鄉兵，負勇追擊，趕上前去，卻中了紅蜂楊豹的埋伏之計，把好幾百人陷入重圍。這就夠吃的了，更不防丁鴻、趙邁、范玉崑等乘虛進襲，攻入八畝園街裡，雖未能全部占領，卻將柴火堆點著了，大眾鼓譟起來。八畝園鄉兵心頓時慌亂，還兵自救，放鬆了紅蜂楊豹。紅蜂楊豹、快馬何少良趁勢反攻，直弄得八畝園兵心不固，慘敗到底。而豫軍五虎營楊豹、何少良等，與江東三

俠、鬼見愁穆成秀、鐵秀才趙邁，以及鎮九江丁鴻等，居然直赴九里山，和九里山義盟鄭范，聚義會盟了。

四方會盟，重推領袖，即以鄭范、楊豹為正副都領袖，其餘好漢全為分會會頭。鬼見愁穆成秀不肯占山，仍要方遊。他獨自下山去了。

卻是山中聚義英雄驟然增加，連原來的人已夠一千六七百名，山小地狹，瞻善不足；而且鄰疆還有個八畝園千頃侯的鄉團跟他們作對，他們必須趕快設法，方能立足。如若不然，就要以食匱而人散了。

並且這時候，明廷已亡，闖王已散。九里山義盟已與闖王殘部消息隔絕，他們的舉義旗號也已有變。他們不再是「從闖王，不納糧，」而是「保大明，抗胡兵」了。

紅蜂楊豹和義盟主鄭范商計：「我們現在總以固根本、立基業為要策。闖王下落不明，明藩紛起勤王，胡騎已然南下，我們必須先站住腳步，然後才好打算下一步的做法。我們現在要設法養活這一千幾百人，招兵買馬，聚草屯糧，大家活下去，然後才有辦法了。」

義盟鄭范連聲說對，他們就把新舊盟友重新整編一番。仍出招賢榜，訪求豪傑。並在九里山附近幾個關隘，設下卡子，凡有商旅紳豪過境，他們就索討「買路財」；收了買路財，就發給盟旗，持旗可以通行豫鄂交界方圓幾百里，有人保鏢。到各處刺探豪門大戶，誰家囤糧，誰家積財，誰家富而不仁；探明了，就傳出綠林箭，找這種財主借糧借餉，不給就搶，毫不客氣。

可是饒這樣四下裡張羅，依然養不住這一千多名好漢，這就因為河南全省太窮苦了。天災兵禍交乘，良田坐荒，沒人耕種，豫陝魯三省都鬧著饑荒，而且鄉間農家，擔不住這邊南明軍徵糧，那邊滿清兵抓夫，還有散

幫土寇不斷出沒，因此各地壯丁多半逃亡了，或者早就丟下鋤頭抄起刀矛來了。因此豫省原是中州故土，卻忽然增添了許多荒田，待人墾種。

義盟諸豪傑見到這一層，由紅蜂楊豹創議：「圈占荒地，分兵屯田。」從這一千多名好漢中挑出農民出身的幾百名小夥子，試行耕地；為了救急，先種蕃薯、蔓菁。又通告各城邑各碼頭下卡子的盟友，遇有流亡鄉民，可以自稱是大富戶的管事，重金招人開墾，把流民邀到九里山來治田。有一技之長的工匠，也應照樣僱來。

他們首先在九里山下試辦屯田，又在豆花屯地方試行僱農開墾。豆花屯本是個窮苦山村，居民逃荒，所剩戶口無幾了。

義盟幾個首領親到那裡查勘了一回，便遣精幹盟友，假扮行商，到荊襄一帶，採買耕牛、種子和農具，把外招的流民和本地災民，編甲編排，實行墾起荒田來。說起來，紅蜂楊豹竟是個莊稼漢出身，對這些種五穀、種菜園子，居然樣樣在行。

倒是盟主鄭范、登山豹楊封不知耕田，他們為了度過饑荒，也就由汪青林編成數支獵隊，分上山崗，獵取飛禽野獸，既獲肉食，又得皮革使用。山上很多野果，他們也輪流採摘，至於木柴，更是取之不盡。

快馬何少良只會打仗，不會耕獵。大家商定，就叫他率領一些英勇盟友，把守關卡，抽取過路財；同時選出一批精強盟友，喬裝負販，到通都大邑，去採購鹽鐵布帛。沒有鹽，人是活不了；沒有鐵，就保不住他們的兵力。可是這一變，採辦鹽鐵的盟友，竟變成祕密私商隊了。不久，他們就組成了騾馱隊和私貨船。

他們挑起了「反明抗胡忠義盟」旗號，本來兵敗之餘，飢疲無奈，退一步打算，才投托九里山，暫踞關山，休兵養力，以圖將來大舉。卻是這

一來，為飢寒所迫，不得不關上門找食療飢，便形成割地自守的局面，把反明抗胡擠成了據山結義了。

他們養精蓄銳，立誓還要出兵北伐的。他們在桐柏山九里關息兵數年，聚眾屯田，可以說養成氣候的了。不料這時候，闖王的死耗業已訪實，闖王殘部多被殲滅，南明固然是南渡又南渡，終免不了亡國，最可惱的是滿洲韃子兵公然要一統華夷，把北京到南京全占領了！

而且更可恨的是，忠義盟眾英雄居然也接到南京滿清大經略洪承疇的檄告，勸他們也學他那樣，棄明降清。棄明則可，降清怎講？韃子兵真就「三分天下有其二」，把華夏神州佔有了嗎？

義盟群雄一時也曾想，劃境自保，偏安自治。可是轉念一想，「偏安」恐怕偏不住！他們放出去的關卡，隨時都送來諜報，講到韃子兵濫殺淫掠，講到了漢人的劫難，講到了嘉定的屠城、揚州的殘殺……義盟群雄忍無可忍了，他們說：「我們應該怎麼樣？」

他們早就挑出來反明抗胡的旗號，現在該當怎樣去做？

依了鄭范，就要斬使毀書，把洪承疇派來的小漢奸殺了，傳首各營，以申大義。紅蜂楊豹最恨洪承疇這樣人，可是斬使的做法，他認為稍拙。他要行使反間計，他主張厚禮來使，請他回去替說好話：「要叫我們義盟降清未嘗不可，卻是我們擁眾逾萬，欲罷不能；欠餉很巨，散夥不易。今欲罷兵歸田，這一筆遣散費，我們籌措不出，你說怎麼好？若是不遣散呢，收編降卒，改換旗號，也得頒發半年或三個月恩餉。」總而言之，紅蜂楊豹對於勸降者，要敲一筆竹槓。並且拿甘言誘哄來使，「如果閣下在洪大經略駕前多說幾句好話，木本水源，我們當了將軍，你老兄就是監軍使；我們領到恩餉，一定分給你老兄一個肥分。」

就是這樣，把來使打發走了。義盟就等著南京漢奸送錢來。可是來使一去多時沒消息，好像南京方面局勢有變，又好像他們詐降騙餉的計謀被人識破，南京這個路子模模糊糊中斷了。荊襄滿洲行營另派來特使，發到檄告。這也是一路好漢，受著吳三桂的節制。檄文陳天命，講時勢，照例勸降，卻要調他們離開豫南，開赴鄂北，士兵點名放餉，將校加官晉祿。這分明是調虎離山，忠義盟英雄收下來使的犒軍費，拒絕了他的勸降檄文，把來使硬架出去了。

　　隨後又來了一批招降使者，大概是從北京來的。是正副兩個使者，正使者是韃子，副使是漢人，卻穿了全身的胡服，說著一口的北方話，卻夾雜著胡語，意態驕橫得意。說到：「大清兵替你們明朝報了君父之仇，殺吾仇者吾君也。你們大明子民，感恩報德，理應歸降新朝。」

　　義盟群雄聽了，個個發怒，鄭范和楊豹、丁鴻且忍耐著，打聽受降條款。來使說：「只要你們攻打下武勝關來，你們的官兵一律給三個月恩餉，一律超升三級。」不過頭一步要請義盟先派出二將，跟隨來使謁見欽差，也就是先派出兩個人質，給他們做押當。

　　快馬何少良再也忍不下去，竟用很冷酷的口氣詰問副使：「你到底是漢人還是韃子？你說的話，怎麼總夾帶著胡言胡語？」問得副使滿面通紅，發起怒來。何少良突然立起身道：

　　「我看你舌頭一定有毛病，割下來看看吧！」嗖的掣出刀，將副使舌頭割去，這可把正使嚇壞了！

　　鄭范、楊豹攔住何少良，向正使喝道：「騷韃子休要害怕，我們不想殺你，還要借你的狗嘴傳話。你們當是我們真心議降嗎？我們是騙取你們的兵餉、刺探你們的情形，你回去告訴你們的多爾袞，我們中華大國人心

不死，朝堂之上或有降奴，山林之中還有氣節！轉告你們那多爾袞，趁早滾回建州衛去！你們不過是巧借明廷的昏聵無能、叛將的喪心病狂，才得撿便宜，竊據了燕京。你們以為內地十二省全像這麼容易拿嗎？你們比大元如何？大元蒙古兵無敵天下，可是八月十五殺韃子，到底我們翻過手來，把他們趕走。你們建州韃子也妄想入主中原，你們將來的結果，比大元更慘。大元還能逃回漠北，你們一定死無葬身之地！你們趁早斷了勸降那股腸子吧，我們漢人遍地都是殺胡手！」遂命盟友，把滿清營的來使和一個從人，剝去胡服，管押著驅逐出九里關。卻在暗中祕遣兩個盟友，假扮作鄉愚無知的小行販，埋伏在半路。等到這清營使者和從人跟蹌逃到荒郊，飢疲垂斃，四顧無援，這假行販就用市恩計，把他們救了，不但解衣推食，又把他們引出險地，這清營使者自然感激入骨，把小販帶到身邊，混入清營臥底了。這是鄭范、楊豹布下的一個棋子，以備將來使用。

可是他們這一回縱使拒降，竟引起許多盟友紛紛猜議。

他們義盟最初起兵，本來是為了反苛政，抗官差。由於楊豹的主張，才借用闖王的聲勢，挑出「反明」旗號。現在清兵南侵，他們不該貪圖小利，接見清使。他們固然是假意議降，陰謀騙餉；可惜他們幾個人暗打主張，沒有和盟友大家商量，也沒有把真意暗中曉諭盟友。他們存心是想「保密」，結果竟弄得滋疑了。

盟友很有北方人，故鄉受過韃子兵的淫掠，看見幾個首領幾次三番款待清營來使，不由得犯了疑，以為義盟群雄也許看到明室已亡，清兵南攻，孤軍難以自立，真個要投降胡人了。

盟友三三兩兩議論，有人就罵道：「我們聚眾造反，為的是抗明，明朝倒了，韃子來了，我們反倒剃髮辮，穿胡服，當胡奴不成嗎？韃子到處

殺人放火，是我們漢人的死對頭！我們頭兒真要降胡，我不管別人，我只好落草，再不然下海投奔鄭成功去！」

這些猜疑不忿之言，由盟友很快的傳到鄭范、楊豹耳中。

楊豹著急起來，認為這是軍心動搖，忙向鄭范等引咎自責道：「我們起意要誆騙胡奴，不意倒惹得盟友疑惑，真不如早聽斬使毀書之議了。為今之計，我們應該趕緊向盟友挨個兒解說。」

鄭范道：「楊兄不必追悔，我看此事很容易解說。我們應該再來一下會盟，先要明心釋疑；其次博訪眾意，然後統合眾志，宣揚我們義盟的誓約，打定今後的方略。」

楊豹、丁鴻、趙邁、何少良、楊封，一齊稱是：「還是大哥能見其大！」遂由鄭范出令，輪流邀集全關卡盟友，前來大寨，懇談目前大局，妥商以後大計。歷時半個多月，同盟宣誓，挑明了「殺胡反明忠義盟」的稱號，並寫出誓詞：「反明懲貪謂之義，尊華攘胡謂之忠，糾眾起兵，共圖大事，謂之同盟。凡我同盟，誓共死生……」這是趙邁的手筆，文縐縐的四六句，盟友們只記住「殺胡反明」這一句口號，可是這也就很夠了。

這時候，清兵南侵，漢奸引路，由北京到南京，盡蒙胡塵，中原河洛陷入包圍，形勢非常不利。但是九里關一帶忠義盟群雄，率同盟友，表現抗胡之志，已然露骨分明。就在這時，義盟大寨的南面，是武勝關守將，還是拿保明抗胡、剿除流寇為號召，他自居是南明的忠臣。在義盟大寨的東隅，是千頃侯侯闞陔的紳富民團，是以擁眾自保、反闖賊、拒胡騎為旗號。在義盟大寨的北方，是信陽州州城，知州馬鳴遠，守將毛俊，這一文一武，先後接到滿清兵大管和降臣洪承疇的兩份勸降書，另外也接到國姓爺鄭成功的勤王抗胡祕檄，和明桂王永曆帝即位南荒、祕召失陷各省義

士起兵勤王的蠟丸詔書。這馬知州和毛俊將軍，已經數度的集會全城官紳，密議大計。似乎這些官紳都看見了「推背圖」，覺得大明氣運已盡，口頭上有的仍要「保明」，表賀永曆即位，有的要「跨海」聯繫鄭成功；卻也有的打算「降清」，只口頭上不肯明說，吞吞吐吐罵闖賊，說闖賊刨了明皇陵，破了風水，所以江山難保。意思之間，暗指南明中興無望。有的就說：「滿清兵占據這裡了，滿清兵占據那裡了。」意思之間，暗指清兵太強，除了投降，別無好道，卻到底不敢明說降敵。議論到歸結，還是舉棋不定，多半官紳存著「天塌了，有高個兒頂著」的心腸。他們要暫看風色，以觀「天命」。他們似乎毫不理會：抗胡救亡，是切身利害，人人該當奮袂而起，決計觀望不得。觀望就是投降，觀望就是延頸等待屠戮！

　　他們文武官紳大會的結果，沒有起兵勤王，沒有起兵驅胡，他們僅僅停止了剿賊清鄉的部隊，卻撤回來按兵守城，把四鄉和轄縣全置之度外。他們似乎是等待清兵完全勘定了中華，他們就哭喪臉獻降書，做順民；或者是南明北伐成功，桂王或鄭成功統兵入豫，他們就歡天喜地遞表效忠。知州馬鳴遠是東林黨，還真清流，他可是祕密的把家眷送回原籍了。都督僉事毛俊畢竟是武官，為了守土有責，他就不斷發出探子，刺探外郡外縣已淪陷的敵情兵力，和未淪陷的職守情勢。

　　都督僉事毛俊，是新調到信陽州的一員武將，原本是南陽鎮的步軍總教頭，步下技擊很精，騎射功夫卻差。他出身富家，為人慷慨好友，揮金如土；他是自少習武，中年從戎，實在說起來並非大將之才，只算是草野間一個劍客，一向以闖江湖、保鏢、游俠為樂，從來沒想到捍邊守土，從軍打仗。南陽鎮總兵官杜思永和他有私交，重金聘他當了全軍的步兵總教頭，住在杜總兵的內衙，暗帶護宅，以後遭逢「國變」，福王在南京稱尊，南陽杜總鎮力保毛俊武功精強，材堪大用，把他敘在報捷的保案內，

得了守備，遊升信陽守將。

　　毛俊雖做了一方守將，仍是信愛自己的金鏢鬼頭刀。訓練本標士卒，也只是側重劈刀、擊劍、投鏢、擲石，全是游俠兒的技術，對於刀盾隊、花槍、弓箭手、火槍手，以及騎射、戰陣，一切用眾會戰等兵法，他漫不留意。他對大明皇室，矢忠矢勇。對闖王宛如一般士論，是切齒痛恨著的，他以為都是這幫流寇，才斷送了大明江山。他並不推想流寇是怎樣起來的，他以為清兵入關，絕非騎射之力、善戰之功；那實在是抗敵良將熊廷弼、袁崇煥無端的遭到冤殺，而降將洪承疇、吳三桂無恥降敵，才替胡騎開了路。

第十六章
昇平治世龍蛇混雜，
胡虜當前忠佞立分

這樣看，毛俊是看不起滿清八旗兵的戰力，也痛恨向清投降的漢奸的了；可是他心上隱隱的別有一層不可告人的顧慮。

毛俊是北方人，祖籍直隸宣化府，擁有良田數十頃，還開著騾駝行，經營西口貨，在當地堪稱首富，聲聞口北。他本人行三，他的大哥、二哥仍在故鄉當紳士，現在可是淪陷在敵手了，受滿清統治，已非一年。只有毛俊三房一支，早就宦遊中原，他的妻子現時就在信陽州城以內。

自從宣化府淪陷胡疆以來，毛俊的胞兄毛大爺戀戀家財，怕死偷生，就不得已投靠了宣化府一個旗人，把自己的良田割去一大塊，報效給旗人，分潤了一些給替胡人當翻譯的兩個流氓；同時他的騾駝行也捐獻給八旗營做軍用。以此獻產買命，毛大爺便做了大清國治下的一個小官了。清吏和漢奸們也提到毛三爺：「他哪裡去了？」那時候清兵剛占據宣化大同，北京城還在闖王治下，河南省義民蜂起，政令總還算屬於南明，滿清、闖王、明福王，這就把中土割成三截了！毛三爺那時是福王駕下稱臣，故此出仕滿清的毛大爺就惴惴的向大清官吏表說：「舍弟攜眷南遊，久無消息，存亡莫卜了。」又長嘆一聲說，「闖賊這麼鬧，流寇這麼多，恐怕舍弟性命早就不保！」似乎是毛大爺捐獻的資產很不少，滿清官吏已經趁心，就笑了笑說：「如果他還在，把他叫回來吧。」說過也就算了，當時並沒有深究。

　　這情形毛俊並不知道，後來，就在毛俊由南陽鎮步兵教頭薦任守備的時候，宣化府故鄉忽然來了一個本家，傳來祕札，是毛大爺重病垂死時寫的遺囑，上面說：「只為保家護產，降為胡奴，懼不投袂南奔，追悔何及！側聞新君即位南京，興復可望。深冀吾弟忠君報國，力圖匡復，為先人雪恥，為故君復仇，無以家為念也。」

　　這封信到達毛三爺手中的時候，福王在南京的小朝廷早覆滅了，毛三爺卻由守備升任信陽都司。那送信人對毛俊說到眼下的家況。大概是宣化府毛家戶大，人多，產富，深為踞高位的韃子所注視，要利用他；也為居下位的韃子所羨妒，要陷害他。毛大爺屈節出仕，捐產媚胡，想必有不得已的苦衷。可是降胡以後呢，依然受著意想不到的凌辱，依然是把身家性命放在毫無保障的境地。毛大爺大概很怨苦，而毛二爺似乎很幸運，細情不得知，只知毛二爺他老人家正率同子姪輩，專心一志的學習滿洲話，似乎是嘗到當胡奴的甜頭了；再不然就是真正的看到了祕本推背圖，相信「胡韃方張，明室必亡」了吧！

　　毛三爺接到祕信，聽到兩位胞兄的糟心作為，正是一霎時亡國之恨、喪家之痛交迸，那麼毛俊對滿清韃子，自然是不甘心低頭的了，也就是他不能說沒有忠心。但等到信陽州官紳大會商議戰守方策時，多半人進疑不決，毛俊顧慮到陷胡的故鄉和降胡的手足，不由己的也跟隨別人同樣遲疑不決了。

　　時局緊迫，不容人遲疑不決。在河南通省陷於混亂狀態的不久，緊跟著滿清八旗兵開到許州和洛陽。旗營主將似乎就拿許昌、洛陽為經營河南通省的兩個據點，從這裡派兵點將，分徇各城，伴隨著武力，還有新委派的地方官和安民勸降專使。

亂世人命不如雞犬，韃子兵恣情焚掠，各縣人民紛紛開始逃難。信陽州是豫南咽喉，情勢驟然吃緊。那滿清大營派出來的信陽州知州，名叫什麼全福，由一個韃子兵官護送著，來到了信陽州北境。自然他帶有譯員和引路的漢奸，就利用漢奸，又來馳檄勸降了。

　　信陽州此時朝命早斷，外援已絕，州標兵早就退守孤城了。清營使者率一小隊人，前來叩城投書，依然還是那一套說法：「我大清仗義出師，先禮後兵，該城官紳宜速歸命。三日不降，即行攻城，城破即行屠殺……」末後就舉揚州嘉定為例。闔城文武官員更和紳宦人等十分驚惶，一面閉城固守，一面議論是否迎降。迎降的氣氛已然很濃了，據密報，鄰郡許州就是迎降的。

　　知州馬鳴巉邀集同寅和鄉紳，把清兵已臨州境、專使馳書勸降的話對眾說了一遍，跟著就把守城之責，推到本城紳士身上，他說：「鄙人報官本州，畢竟是客籍人，任滿是要走的。現在敵兵臨境，戰則守土盡忠，降則保城免禍，這關係著全城七八萬民命，還是請諸位紳士們斷一下，鄙人無不聽從。」

　　毛俊聽了這話，眼望紳士們，冷笑著一言不發。他一向跟州官不和，那些紳士們見州官推諉，守將負氣，也就左顧右盼，不但拿不出準主見，也不肯說出真心意。沉默良久，時不容緩，馬知州又催問了幾句，那信陽州著名的袁、趙兩家豪紳，就又曲曲折折講出來拒降各城失陷後的屠戮之慘，顯見他們是保家戀產，主張趁早獻城。甚至他們原原本本說出議和的門徑和條款來；所謂議和，當然就是議降了。他們照舊又講到大明天祿永終，大清國運方隆。這樣一講，惹惱了州城內退職閒居的一位老主簿鄧友松，還有那年少英銳的州同謝天恩也被激怒了。

　　一老一少搶著發言，謝天恩聲色俱厲的說：「諸位同寅，諸位父老，常言說：危事不曲，當仁不讓。兄弟我官雖小，年雖少，我不能不表白我的拙見了。我們全是讀書人，我們讀聖賢書，所學何事？尊王攘夷，種族大義，我們難道不知？固然今日朝命已斷，大明半壁河山已經支離破碎；可是我們食毛踐土，儘是大明子民，我們難道忍恥偷活，投降胡虜，甘心做韃子的奴才？今天事危，我們不客氣說，州尊年老多病，方寸已亂。但是治世重文，亂世重武，我們這區區信陽城的存亡安危，要全看毛寅兄的了。你是本城守將，你實在是責無旁貸，你不要一言不發，低頭沉吟，你要等候誰對你發號施令呢？你要明白，全城士民，以及各位同寅，正是要等候你發號施令呢。來來來，你快把你的拒降、守城、殺胡、報國的大計拿出來，我們大家情願共推你為信陽州……不不不，應該從今天起改為信陽鎮，我們大家公推你為信陽鎮殺胡保國招討將軍。我們大家一體結盟起義，布告遠近。我們頭一步就該把投檄勸降的清營來使殺了祭旗，我們就大會全城父老商民，築臺拜帥，請毛寅兄為我們的盟主元帥……」

　　謝天恩侃侃而談，鬚眉賁張；那退職老主簿鄧友松聽到激切處，也就眉飛色舞，啪的一聲，把桌案一拍道：「對對對，謝老爺高見很對！我們不幸生逢亂世，再不能拿承平年月那種循規蹈矩的做法來應付時艱了。我們眼前之事，正像東漢末年，天下大亂，各州牧郡守起兵聲討董卓，共推袁紹為盟主，今天時勢恰和那時相當，正是忠臣效死、英雄立顯之日。我們信陽州地方雖小，擁有數縣，也足以建功創業。現在各縣義民糾眾抗胡的很多。我們不該再像從前，把凡是嘯聚山林的人都當作亂賊。為了尊王攘夷，我們應該結納他們，跟他們聯兵。不但對據地抗胡的一般紳民應該刮目看待，就是那些闖賊的殘股，照本朝王法說，誠然是反叛，是逆賊；然而今天時勢不同，強胡壓境了，王朝已覆了，我們就該聯合他們，一同

守土拒胡。此外還有一些郡縣，跟我們一樣，既未秉受唐王或魯監國的朝命，也未與國姓爺鄭成功通使，也不曾獻城降清，只是亂糟糟的坐等吉凶，我們應該火速通使，承製頒給他們恩命，把他們全收攬過來，勿分畛域，一體勤王抗胡。頂要緊的，是不要爭正統，凡在南明稱尊號的藩王，我們都擁戴他，千萬不要妄分正僭，自相殘殺。至於鄰封各邑，已經投敵的，正打算投敵的，我們應該傳檄號召他們反正；不肯反正，我們就出兵攻打他。我們應該有據一州以經營天下的宏圖。我們擔起興亡重任，不要自輕自餒。不過剛才謝老爺推舉毛將軍，亂世重將，固然很好，區區不才卻以為州尊乃一州之主，我以為我們還是公推州尊為勤王抗胡的統帥，執掌治民理財整兵留後的全權；毛將軍可為副帥，兼先鋒使，專主用兵。這樣文主守，武主戰，兩面都顧到了……」

　　州同謝天恩，退職主簿鄧友松，一遞一聲，慷慨陳詞，說得那安心納降的人張口結舌，而意存觀望的人卻被激勵起勇氣來。當下就議定：趕緊布置起兵抗胡勤王。決於三日內，在文廟築臺拜帥會盟，屆時就樹起信陽鎮勤王義旗來；當下並決定把那清營勸降來的使者用好言款待，暗中軟禁起來，屆時要借他的頭祭旗。

　　這樣，信陽州拒降之議已然決定，毫不動搖了！

　　哪知官紳散場，夜幕罩下來，黑暗之中，鬼祟悄悄蠱惑。

　　只隔了一晚上，大局又驟然變了卦！

　　知府馬鳴遠左思右想，認定強胡壓境，亂賊四起，大明興復絕望，今日之計，不宜捐軀報國，只可明哲保身。於是他有良心不肯當秦檜，他也沒勇氣作文天祥，他為自己選擇了謝疊山、鄭所南的路途。他卻是忘了謝疊山乃是兵敗力盡之後才歸隱，鄭所南更是兩手握空拳的沒出仕文人，他

們並不是守土有責的現職地方官。馬知州很憐惜自己，他不肯當降奴，他就捱到次日，悄悄的掛冠微服棄城離職而去。等他走後，他的親近侍者才把一顆知州印信和一封留別書，給都司毛俊送了去。那時，馬知州已然走出一百里以外了。

留別書就藉口州同謝天恩那天的議論，既然公推毛俊將軍為元帥，知州衰老無能，亂世輕文重武，理合退避賢路，把興復大業全攔在毛寅兄身上，這最好不過，「小弟今後唯當黃冠採薇，為故明亡國之遺老耳。」自以為獨善其身，可保忠狷，其實他無形中已認定明室必亡，大清必然入主華夏了。

他就這樣走了。

那信陽守將毛俊呢？到了文廟登臺拜帥的那一天，突然稱病不出。「獻城」他不肯，「抗胡」他也不幹了！

毛將軍在那天官紳聚會的傍晚，同歸私邸之時，竟有一個很面生的人跟蹤前來投謁。這人帶著毛將軍舊東杜總兵的一封信，杜總兵現在早已降了清，信中內容不言而喻。並且信陽州城的兩位豪紳也跟清營祕密通了款。毛將軍的故鄉淪陷胡疆，那邊尚有毛將軍兩位胞兄，已然出仕清廷，這情形不知怎的，竟被豪紳袁錫林曉得了。現在袁錫林決計做漢奸，就拿這個來引誘毛俊，來要挾毛俊，請他「識時務者為俊傑」。倘若識時務，則高官得做，骨肉得全。倘若不識時務呢，袁錫林就威嚇毛俊：「時機不對了，我們的兵心民心全變了，你不獻城，別人就要獻你了。」

袁錫林特別道破一點：說是開近州境的清兵雖只三百鐵騎，可是清兵大營正擁有數萬雄師，駐屯許州。信陽州如肯納降，全城文官一律升官晉爵；倘或稱兵拒降，大清兵數萬三五日內必到，「人家卻是興王開國的銳

師，不像我們明朝的敗殘之兵，一戰即潰啊！」隨即祕勸毛俊，殺了州官馬鳴遠，提頭獻降，一定可以封侯拜帥。那杜總兵的勸降書，也說的是這一套，「軍心不固，叛降者滔滔皆是；吾兄難欲盡忠，須防部下賣主將而投強敵也。」下面就舉了兩個例。最後便說：「降則手足同事一君，抗則徒死無補於大局。」

漢奸袁錫林露骨勸降，似乎很膽大。但因袁錫林、袁錫朋弟兄在信陽很有勢力，在北京南京又很有門路，一向結交官府，手眼通大，信陽州的文武官全得買他的帳。孟子說過：「為政不得罪巨室。」毛三爺做了官，就懂得做官的訣竅。這一回袁錫林夤夜勸降，雙方正是屏人祕語，彼此設誓要「開誠想見」，談的話約定絕不外洩。袁錫林翻來覆去的勸毛俊獻城，最後又現身說法，講到他自己：「投降則在小弟是全軀保命，在你老兄是升官發財。人家大清國實在是應運而生的真命天子，八旗兵雖然有點濫殺，乃是我們不早投降之過。自來新興帝王，必須要保全順民，絕不會把人種殺絕了，做光桿帝王。現在人家大清聖人正用得著一批從龍效順的人物，要投降就得搶先，晚了就摸不到吃頭份了。我們倆應該合起手來，大清八旗營中，我有許多滿漢顯貴朋友……」

毛俊聽了這些話，皺起眉來，他仍然不願得罪巨室，對袁錫林的話也不面駁，也不立諾，只說小弟要細細想想，一切明天再講。袁錫林又叮嚀了幾句，在夜影中悄悄告辭走了。

毛俊不住的搖頭、吁氣，心中麻亂起來。他看不起袁錫林這種為虎作倀的天生漢奸，他也看不起知州馬鳴遠這種風塵老吏遇事猥退的做法，他又看不起謝天恩那麼少年魯莽。那麼他願該怎樣做呢？嘻嘻，他不知不覺，陷入了不戰、不守、不降、不走的境地了，他不知不覺的還是拖！

「矢忠抗胡，殞命徒勞；獻城降敵，終身蒙恥！」

毛俊將軍咄咄書空，愁眉不展，在私邸客堂走來走去，心如油煎。親兵站在階下伺候著，毛俊坐立不寧，耗過三更。桌上書本下藏放著杜總兵的勸降書和袁錫林的獻城條款。卻是州同謝天恩、退職主簿鄧友松的慷慨神情，以及守士殉城的誓詞，宛然仍在目前耳畔隱現。

他默想，降了胡，騷韃子趾高氣揚，拿漢人不當人；而自己便須低三下四，自稱奴才……他默想，拒降而勝，出師勤王，連戰皆捷，立下田單存齊的奇功，成為大明中興的名臣……忽在耳邊，恍惚有人低低示警道：袁崇煥剮了，熊廷弼傳首九邊。漢高祖滅了項羽，就誅彭越，斬韓信。本朝太祖高皇帝統一中夏，便殺了胡唯庸、藍玉，嚇死徐達。既以天下為私，必以大功為罪……毛俊將軍不禁打了一個寒噤。這些話原是一個闖將傳檄邀和的警語，原是勸毛俊不要效忠明廷，當助義民除殘去暴。這些話卻在此時激動了毛俊，不啻兜頭澆了一盆冷水！

毛俊頓足長嘆了一聲，悶悶自語道：「我該怎麼辦呢？」

這時候，毛太太在內宅久候丈夫歸寢不到，連遣使女催請不來，她就親自出來了。客堂之中，夫妻見面談話，就又講到「獻城」或「拒胡」的利不利，竟不問該不該。毛太太「婦人之見」，短見怕事，勸丈夫最好跟著知州走，知州是一州之主啊。卻是她也還是以當胡奴為恥，她勸毛俊棄官退隱了也罷。

毛俊苦笑了一聲道：「你不懂得，兵臨城下，文武官棄職而逃，其罪當斬啊！」

的確是的，按國法，地方官棄城而逃，罪名是很重的。卻不料緊跟著馬知州的親信悄悄的送來了知州印信和留別書，馬鳴遠公然以南奔桂林行

都獻表勸進為由，推請毛俊為城主；他倒不畏罪，他倒先跑了！

這一下給毛俊將軍一個不輕的刺激。素稱優柔寡斷的馬鳴遠，他倒見機而作，搶了先步。「他能搶先，我毛俊反倒落在他呆翰林後頭嗎？」

馬知州的微服出走，刺激得毛將軍夫妻馬上打定主張，那就是：「你會走，我也會走！」頭一著，將軍毛俊閉門稱病，暫不歸營。第二著，潛行改裝，換穿衣行衣靠，施展飛簷走壁之能，越城出去探道；同時賢內助毛太太忙著捆細軟，收拾行囊。第三著，那就是「無官一身輕」，將軍毛俊要負子攜妻，飄然遠引。

於是，馬知州的搶先出走，毛都司的打點出走，影響所及，造成了信陽州的突然混亂，幫助了投降官紳獻城迎敵的榮寵第一功！

他們倆一文一武，一個是微服棄職，一個是避不出面，做得自以為很機密，他人不知曉；哪知道不到一天，全城官民影影綽綽都覺察了，人心士氣全聳動了。

人心惶惶，訛言百出。

謠言傳說：「馬知州逃了，毛俊都司遇刺了。本城呆某大姓已跟清兵通款了！」

商民各戶驚擾號呼，走投無路，州城四門已然緊閉，想逃難是不行了，晚了，出不去了。

更不幸的是，城內無主、文武官已逃的消息，不知怎的竟很快的傳到州境敵人那邊去了。清營所派的信陽知州全福，攜同迎降的豪紳袁錫朋，率領八旗營三百名騎兵，火速的開到城下。幸而守城的小武官和防卒還知道忠於職守，他們慌忙放下千斤閘，慌忙登城拒守，慌忙馳報州尊和主將。卻是外面胡騎已然耀武揚威，列隊在護城壕橋頭邊，大呼小叫，喝命獻城！

　　同時在闈廂放起火來，連發響箭，射入城中，箭上縛著「大清國攝政王親命信州正堂全」的告條，很嚴厲的寫著幾行字，是「仰爾全城官紳商民人等，二日以內獻城，如不即行縱兵焚屠，勿謂言之不預也！」是很通順的漢文，不是胡語滿洲文！

　　這可真是兵臨城下，文武守臣失職，投降劣紳喪心，信陽州大劫難逃了！卻是民族正氣依然存在，頭一個便是州同謝天恩奮袂挺身而出，他一獲到知州微服出走的消息，大驚大怒之下，立即奔至正衙，傳集全衙中吏員皁隸丁壯，先向他們敷陳種族大義：我堂堂華胄，應該誓死守城拒胡，斬頭瀝血，不做降奴。隨後又說出清兵的殘虐和城陷的慘禍，勸大家勿作迎降之想。跟著就問大家，願意跟我謝某同生共死的，請留衙中，只想全軀保命的，請儘管散去。

　　經謝州同這一番激勸，衙中竟有百十人應聲而起，「情願聽謝老爺指揮，跟清兵背城一戰。」

　　謝天恩大悅，立刻命人開啟兵仗庫，把兵器分給眾人。然後派出數人，巡街鳴鑼，號召全城年富力強的壯漢，為了保家救命，趕快來州衙投效請領兵器，登城抗胡。又派出數人，去催請本城紳士，趕快出丁，捐糧、捐餉，助戰，助守。更派人去知會防營官兵，火速整隊備戰。最後他便率領一撥人，親找毛俊家勸駕，求他以大局為重，扶病到文廟，登臺掛帥誓師。

　　謝州同去訪毛將軍，當然撲空。毛將軍稱病不出，其實他本人早不在營中，也不在府上；他祕密的另有去處，只有毛太太知道，卻不肯說出口。在毛公館客堂上，謝州同再再追詰，請毛太太說出地名來，好派人去找。毛太太無可如何，方才囁嚅道：「他出城看病去了！現在韃子兵忽然

圍城，把他截在城外，想必是回不來了！」

謝天恩不覺動怒道：「這叫什麼話？敵人兵臨城下，軍務萬分吃緊，怎麼毛寅兄倒擅自棄職離營，私自出城？他他難道⋯⋯不怕國法，不畏士義？」毛太太也變色道：「國法？士義？這個得請示州尊，馬知州是一城之主，謝老爺你可以找他去，叫他找我們老爺去！」謝州同恍然大悟道：「哦，我明白了！大難當前，那就各從己志好了！嫂夫人請轉告一下，我們同事一場，請他務必對得起自己的良心！」憤然拂袖要走出毛府客堂，這才覺察出毛府亂糟糟，頗有「凜乎不可留」的要出走的氣氛！謝州同哼了一聲，忽然毛太太追了出來，命親信把一包東西遞給謝州同說：「這是昨晚州尊送來的，外子未出城之前，本要面交謝老爺的，現在就請謝老爺拿去吧。」

謝州同開啟一看，是知州印信和留別書。謝州同微微一怔，旋即仰天大笑道：「好好好，文武二吏，蕭規曹隨。這倒要看我謝某的了。」頭也不回，奮步走出毛公館大門，策馬赴衙。半路上碰見了徒步而來氣喘吁吁的退職主簿鄧友松，和幾位力主憑城拒胡的本城士紳。

這些士紳聽到知州掛冠棄職的謠傳，還不敢信實，就依據那天官紳會商的辦法，特來敦請公推的全城統帥毛將軍，為全城八萬生靈作保障，登臺拜帥誓師之後，立即提兵出城禦胡。

城外胡騎並不多，他們還沒有把全城四面合圍，現在出擊正好。他們士紳就聯合起來，推鄧友松領頭，到大營去請毛將軍，營門伍長說都司老爺有急病，沒有到營，他們這才轉向毛公館來慰病來促駕了。

鄧友松一見謝天恩，就大罵豪紳袁錫林、趙亞銘。他們兩家大姓，共有家奴百數十名，若能授兵授甲，足可用他們殺胡禦侮（防禦闖將的時

候，袁府家丁就這樣做過，挑出七十多名壯丁，登城助守）。不料他們兩家，當強胡逼城的今日，竟也閉門謝客了，只叫家丁護宅，不肯助軍擁城，「他們太混帳了！」鄧主簿氣得不得了，他哪知道，袁趙二家別有詭謀，他們貪夜密議，準備著迎降清兵和新知州。他們把順民旗做好了，還做好了什麼正黃旗、鑲黃旗，跟八旗營一樣的軍旗！他們祕密的集合百多名家丁，授給武器，還沒告訴怎樣打、和打誰。他們要抓一個機會，裡應外合，襲擊抗胡的隊伍，迎接東海新興聖人大清國的「義師」，迎接「為明報仇，聲討國賊」的入關義師，迎接「占據了北京到南京，擒殺了偏安一方的明藩王，併吞了全明疆土，不止不休」的滿洲「義師」！他們只求他們兩姓的身家性命田產財勢能保住，他們更熱心的迎接新主和新的榮寵！

在當時，他們的無恥，鄧主簿想像不到。鄧主簿只罵他兩家臨變退縮，不識大體，護家而不護城，短見得可恨罷了。鄧主簿叫不開「閉門謝客」的豪紳的大門，碰見了謝州同，就一面訴說，一面詢問馬知州出走的準信；一面仍要一塊去請毛將軍扶病出頭。

謝天恩冷笑搖頭道：「毛將軍也不見了，現時在他公館的，只有他的太太和一家丁！」

鄧主簿駭然道：「毛將軍哪裡去了？他不是病了嗎？難道說他也追縱知州馬鳴遠，棄職棄城，一走了事嗎？難道說他連妻子也丟棄了，獨自一個人偷跑，比知府還脆弱嗎？」

謝州同道：「反正他沒在家，也沒在營。聽他太太口氣，似乎和陳嬰母子一樣見地，是不為福首，也不為禍先的，他大概不肯做我們守城抗胡義軍的統帥的了！」

紳士們齊聲驚呼道：「胡騎開到城下，他是武將，他不肯做，誰做？

況且馬知州又先走了！」

州同謝天恩厲聲道：「他們文武大員全走了，不要緊，還有小弟我，我，我！」「好，好，好，我們公推謝老爺為我們一城之主，執掌全城兵、民、戰、守大權！活，我們活一處；死，我們死一處！」紳士們失聲的喊起來了。

「我獻議，我們再推鄧大爺給謝老爺做幫手。」這是一位燒鍋掌櫃說的，大家立刻說好。「就推鄧老前輩做副帥，二位正好一個治兵備戰，一個理民兼籌餉。」

退職主簿鄧友松剛要推讓，立刻想到這不是推讓的時候了，他就慨然大聲說道：「鄧某年衰力弱，可是時至今日，義不容辭。我們今日生死存亡，或戰或降，為榮為辱，為忠臣，為降奴，全靠良心上自作主張，絲毫不容勉強，我們大家還是往文廟去歃血會盟！」

人家剛說好，謝天恩正色叫道：「不然，不然，會盟則可，至於或戰或降，訴之良心的話，小弟切切不以為然。我以為我們信陽州官民人等，一定不做降奴，也不能不許做降奴；誰要做降奴，誰就是反叛，反者必誅，通敵者定殺無赦！我們要屬行軍法，凡搖惑軍心、守城不力者，一律以通敵論，格殺勿論！諸位父老以為如何？」

「對，對，對，謝老爺真有統帥之才，我們就馬上去到文廟誓師去吧！」

一個吏員獻議道：「我們官民萬眾一心，在文廟創義抗胡，應該先挑出堂堂正正的旗幟來，才好號召全城志士前來投效。

既然公推謝老爺、鄧老爺為首，也要建起二公的帥字旗來，叫大家全明白。現在繡製帥旗來不及，不妨先寫一下。我們工房唐書辦寫的一手好

魏碑，應該找他趕緊寫出來，還得買幾疋紅黃綢子。」一個胖紳士現開著綢緞店，就說：「不用買，我捐獻一疋紅綢，一匹黃綢。」工房唐書辦踴躍說道：「我立刻去寫。寫什麼詞呢？回衙寫，還是到文廟寫？」鄧主簿道：「不必回衙，柳秀才的信宅，就在前邊，他也寫得很好，我們可以就近到他那裡去借筆硯，一面煩他幫寫，一面商量詞句。」唐書辦道：「是不是還要出告條……」

謝州同忙道：「當然也要出告條，你們幾位所見都很對很好，這不必細思索，我們各展所長，分頭趕辦好了。總而言之，以速為妙。你們幾位專管製旗幟告條，我們大家先奔文廟。王頭、孫頭你們沿路鳴鑼集眾！」

於是，唐書辦、柳秀才等，就用杏黃綢、大紅綢，寫出了幾桿大旗，頭兩桿旗上寫著「大明信陽鎮尊王攘胡守土保城救民驅虜三軍司命兵馬大元戎謝」和「副元戎鄧」，另外還寫了紅、黃、白、雜色的大大小小的旗幟，有的寫「殺胡自救，守土全忠」，有的寫「招募義勇，保城禦胡」，有的寫「忠臣義士盍興乎來」「投效壯士請到文廟」，更有的寫「降胡必死，通敵必誅」「斬獲一胡虜，賞銀三百兩」「告發漢奸敵諜者重賞」。

那「招募義勇」的小旗子特別多，這是預備派隸役瓦夫鳴鑼持旗巡街招兵用的。另外還有一些簡短的文告，也都說的是「守城所以圖存，獻城反招屠辱」的話。

這裡幾個人忙著造旗幟，寫文告，那謝州同一行大眾，就浩浩蕩蕩，撲奔文廟。一路上大街小巷，很有些商舖關門上板，住家拴門閉戶，充滿了一派亂離之象。可是人在圍城中，依然要過活。上了板的商舖又開了半扇門板做生意，拴了門的住家又放出人來買柴米油鹽。街上行人見少，走路的驚驚忙忙，你看我，我看你，各從眼神中刺探吉凶。謝天恩這一群抗胡官紳蜂擁而來，街兩旁的老百姓有的就遠遠跟隨，要看著他們上哪裡

去——謝州同竟忽略了招呼這些百姓，然而，百姓們反倒感召了他！

謝州同、鄧主簿或騎馬，或坐小轎，走到十字路口。十字路口聚集了——大群人，正有兩個市井漢子粗著脖頸，瞪著眼睛，在那裡大聲疾呼，呼喊士農工商全起來抗胡！

那一個黑瘦敝衣漢了，像個難民，是本城燒鍋新僱的挑水短工，正在拚命大叫：「列位鄉親，大叔，大哥！我小子叫劉二虎，我是從山東徐州府逃來的，我的爹給韃子活活打死了，我的女人叫韃子抓去縫軍裝，從此沒了影，聽街坊說，叫他們賣了！我的妹子，才是個十七歲的大姑娘，東藏西躲，好容易逃出來，叫韃子看見追上，一頭跳到河裡去了⋯⋯連死也不叫你死乾淨，他們打著地面上的人給撈出來，先糟蹋，後來赤著身子開了膛！我一家大大小小十多口，我們守著產業，過得好好的日子！韃子殺來了，我們城裡不要臉的官紳賣國求榮，開城迎降，一仗也不打，就把韃子迎進來，寵得他們看不起我們中華人，任意姦淫燒殺，大放搶三天！我們一家大小十多口，死裡逃學生，只剩下我背了老娘，逃到你們貴地。我的老娘頭半月死了，我只剩了光桿一條，我把韃子恨死了。我們千萬千萬不可獻城！徐州府就是獻城吃了大虧，投降的地方，老百姓全都受了大害，我劉二虎一家大小就是榜樣！鄉親們，我們越怕死，越對付著求活，越活不成。我們只有一招，守住了城，跟韃子打，跟韃子拼。韃子他們不成，他們人少，離我們這裡遠。他們好幾千里跑來欺負我們，搶劫我們，他們就全靠裝熊唬人，全靠巧支使漢奸。只有我們齊了心，合了心，關上城門不投降，跟他耗下去。他們耗不過我們，遲早要走。他一走，我們就追，殺他一個痛快！」

聽眾聽得直了眼，另外一個外鄉人應聲道：「這位大哥說得對，我知道獻城投降的害！獻了城，韃子們進了城就橫行霸道，一家養一個韃子，

他們住在老百姓家，賽過活祖宗，專糟蹋婦女。我舅舅家就……他們簡直拿人當畜類，逼得你死活不得。我們只有一條活道，千萬別獻城，要大家拚死命守住城……」

一個人反詰道：「城裡人守住城，跟韃子耗；我們城外呢？鄉下人怎麼辦呢？」

劉二虎身旁一個粗漢抗聲道：「鄉下人比城裡人更好辦！大隊韃子來了，俺們鄉下人就往山林野地跑；小撥來了，我們就捉住他們活埋。你們沒經過韃子們的擾害，唏，他們簡直混帳透了。韃子們勾著奸細，占了村莊，就要雞要豬要牛要羊，要姑娘，逼得婦道們跳井上吊！漢奸們引著他們做壞事，沒有漢奸，他們摸不透底細，不敢進村。進了村，糟蹋的不痛快，就放火燒房燒糧。俺們那裡受過害，把人擠紅了眼，一見韃子來了，全都跑了，把整個村子奉送給他們。到了夜晚，俺們年輕小夥子摸回來，報仇雪恨，就往土炕上摸小辮，凡是編辮子的，不是韃子就是假韃子真漢奸，我們就給他一切菜刀……你們打聽打聽，韃子全不敢下鄉，他們只會攻城，嚇唬城裡人，嚇唬紳士財主。」

聽眾立刻憤然道：「我們城裡人也不是賤骨肉，我們但凡有一口人氣，也要保全我們的父母姐妹和妻子，我們不獻城！」

「對，我們跟韃子打，跟韃子碰！」

「我們要跟韃子碰！可是怎麼碰呢？」

「我們大家趕快找衙門大老爺，快找軍營大老爺。我們跪求他們老爺們擁城拒胡，我們情願效力賣命！」

「對，對，我們走！」

「可是，我聽說州官大老爺掛印逃走了！」

「沒有，沒有，那是奸細造謠！」

「不是造謠，是真情。我們舍親就在衙門當差，聽他說現在是由謝老爺做主，謝老爺開啟兵仗庫，正在給壯丁們散發刀槍弓箭，願告奮勇守州城殺韃子的，可以到州衙跟文廟去投效！」

「嘻，不用上州衙了，這不是諸位大老爺們全來了，我們迎上前去吧！」

果然州同謝天恩，退職主簿鄧友松，蜂擁地行經十字路口來了。

劉二虎，他是徐州府逃來的市井小民，因為身受胡患，害到家破人亡，現在是給信陽城酒店做挑水短工。那粗漢曹小春，他是開封府鄉下逃來的莊稼漢，韃子們占據了他們曹家莊，挑取曹小春當夥夫，當著曹小春的面強姦了他的妻子。他忍不住了，他當場揮菜刀，殺死兩個韃子、一個漢奸，棄家衝出來了。他的田地、家業，骨肉、親丁，不用說，都變成了劫灰。他對侵入中原的韃子，恨入骨髓。為了報仇，他當過闖將部下，旋被「官軍」擊潰。

他隻身逃到信陽，一面覓食餬口，一面逢人罵韃子兵，勸人不要投降。他和劉二虎兩個壯漢，現在就大呼小叫，上前攔與投效殺胡。十幾個窮漢和貧苦的小販，因閉城斷了生活，尤其怨恨城外的胡騎，他們一哄而上，也跟著劉曹二漢來告奮勇。

謝州同大笑道：「好好好，你們都要投效殺胡！由此觀之，義民志士遍地皆是，只在我輩士大夫正氣感召，而善用之耳！

快鳴鑼聚眾，鳴鑼聚眾！大家一齊上文廟！諸位父老願傾滿腔熱血，為王家保國土，為自家保身命者，請隨下官來盟誓出征！」

於是謝州同下了小轎，立委劉二虎、曹小春為記名千總，把其餘投效

的義民也都激勵了一遍，大家就一齊步行前驅，直奔文廟。

　　卻是這信陽城官民，此時竟暗分三派。謝州同這一幫「抗胡」義士，趕到了文廟，叩拜至聖先師孔子，叩拜大明太祖高皇帝朱元璋的靈牌。跟著官紳登臺、歃血、訂盟、誓師，慨陳抗敵守土大義。跟著豎起大旗，推定將領，派出許多人，打著杏黃旗、大紅旗，鳴鑼四出，宣講誓死守城，並招募義勇。

　　另外有一幫人「惶惑不定」，那就是本城防營的官兵。都督僉事毛俊閉門稱病不出，他的部下士卒當然大感驚詫，弄得訛言紛起，軍心騷動起來。經謝州同、鄧主簿一再派人催請所有營官蒞盟，只有記名守備邢昌彥、千總葉良輔帶四十名小隊，替毛都司趕來文廟，參與這場文武官兵紳民創義守城大會盟。

　　其餘很有些官兵，蠢蠢搖動了！那就是本城第三派力主「獻城」的劣紳袁錫林、袁錫朋們，暗中鬼鬼祟祟鼓動，很有些兵油子受了蠱惑。袁錫林甘心降胡，早就祕密收買防營官兵，預備清兵開抵城下，就在城內製造兵變，乘機獻城。據說清營許給他封侯，他就也拿高官重利，賄買防營兵弁，如果臨敵不戰，開城迎胡，就升官三級，餉發半年，另外還有許多好處。所謂另外的好處，卻最歹毒，他竟潛許給防營兵卒，「大清兵進城之日，也准許你們跟隨旗營，大放搶三天。除了插順民旗的戶頭，那是迎降新貴，當然動不得；此外尋常人家，所有的財帛女娘，都由得你們性兒取樂！你若編入旗營，還可以跑馬圈占民田，那更闊了！」這一下厲害，把很多的營混子、兵油子，不以宗國同胞為念者，都煽動了。

　　當此危發千鈞之際，謝州同、鄧主簿已經在文廟誓師就任信陽鎮勤王抗胡義師統帥，並已將全城抗胡義士，無分官紳兵民，都統攝起來，大家

「通功易事」，把設防、出戰、籌餉、安民、搜間（除叛）等重大軍務，各委專人司理。他們剛剛草創就緒，便獲得隱名紳士的告密，道破袁錫林等謠惑軍心、陰謀獻城、保私產、邀新寵的密謀。

這時候城外清兵不過開來了鐵騎三百名，屯紮在北門外，相信明朝吏卒早無固志，而且他們很有把握的等候信陽獻城。

城裡的老百姓摸不清敵兵有多少，劣紳袁錫林等誇大其詞，極力替胡騎張目，把三百人說成三千。可是勤王統帥謝天恩早據探報，並詢據北郊難民目睹情形，獲知清兵的大概數目；他正準備選勇將，選先鋒死士，出城夜襲敵兵。其實以目前實力論，城中兵開城一戰，足可把清兵全軍殲滅，但是受了劣紳替敵張目的影響，難以探明，仍不敢相信清兵僅僅這麼點，謝州同不能不審慎。

不料就在這時，死士雖已有一百五六十名自告奮勇，勇將還未以選定；他突然接到告密，獲知城內竟有叛紳。他不禁萬分震怒了！

他立刻採取緊急措施，訊實確證之後，火速發兵掩捕叛紳袁錫林、袁錫朋昆仲。

袁氏昆仲是城中大姓，有家奴上百。可是他弟兄也疏於自衛，把抗胡義士看成豆腐。謝州同親率吏卒，登門拜訪，請袁紳捐銀犒軍。袁錫林在客廳延見，面對捐簿，還在推多爭少，謝州同把袍袖一拂，吏卒上前，把袁大爺架出客廳，扶上小轎。逼搜內宅，袁錫朋袁二爺渺然不見，卻搜出兩個拖小辮的辮子來。

這可是實犯真賊！

謝統帥勃然大怒，押解人犯，立即回衙，並普請士紳，遍邀义武，在大堂上審訊這一個漢奸和兩個辮子。袁錫林依然驕抗，他說為了保全全城

生靈，才跟胡人通款。他說：「現在明室已亡，你們鬧著據城抗胡，不只徒勞無益，簡直是鼓動全城老百姓送死！」

謝統帥冷笑道：「好一個徒勞無益！你可知文文山曾說：

父母疾篤，為人子者不能不下藥；宗國危亡，為人臣者不能不挽救。自古以來忠臣義士斷頭瀝血，奔走無益之舉，取義成仁，除死方休；就是身死，心還不死，仍以為天下事尚有可為。況且你不曾盡力，怎知不可為？袁先生，哀莫大於心死，你的心早死了，活著也無味，也無益，倒給大明子民丟醜！推出去，斬了吧！」把公案桌一拍，拔下刑人的旗子，擲給劊子手。部下兵弁立刻把叛紳袁錫林連同轎子，一同綁出去砍了。

三顆人頭懸掛在通衢，標明：「斬決通敵劣紳袁錫林一名，斬決胡虜奸細二名。」謝統帥的意思，是要及時鎮壓陰謀獻城的叛徒，消弭動搖反側之輩；為了緊急措施，就未過細追審通敵叛徒的黨羽，他怕窮究叛黨，激起意外之變。他讀過後漢書，他記得漢光武帝焚叛書，「令反側子自安」那句古話。

他錯了！他的寬大，反而使那些與袁錫林通謀的無恥軍官和兵弁，慄慄危懼。他們不相信這種寬大，他們似乎自知罪不容誅，他們很快另起叛變詭謀！

謝統帥認定內奸既經肅清，便當趕快驅除外敵。他派遣諜探，探明了城外東南西三面，只有土匪竊發，乘亂打搶；除了城北，此外別無胡騎。並據探報，突進北郊的胡騎，約有五六百名，這卻是猜想得太高了。乃是受了明兵屢敗、士氣低餒的影響，只一看，就把清兵看得了不得！

其實清兵不過來了三百名，他們屯駐在關城北廂，恃有內奸，正坐待城中劣紳叛軍投降，他們並沒有想到城中還會抗拒。這些韃子們占據民

宅，抓了許多倡女和良家婦女，陪著他們喝酒玩鬧；其中很有些投降的無恥漢人，給韃子幫閒找樂，出壞主意。

謝統帥獲得這些敵情，十分憤恨。為了拯救城外難胞，為了激勵守城士氣，決計要親率死士，出城禦敵，無論如何，要打一個勝仗，在明師屢敗之後，他自己也似乎沒有必操勝券的把握。他嘆道：「毛俊若在，以他那本領，開城偷襲敵營，必可把敵騎全殲！」他是文官，自憾素不知兵，因此他打定了奇兵夜襲的主意，要夜開西門，悄悄繞奔北郊，「攻敵所不備」。

於是他安排戰守，把守城之責交給了副帥鄧友松，他自己定在三更以後四更以前，率死士一百數十名銜枚偷營，去打清兵。

謝天恩曉諭士卒，枕戈待發。那漏網漢奸袁錫朋，往來奔走通敵，在他兄長袁錫林梟首後，竟得先一步逃出，給清營送信去了！那受袁賄買、預謀通敵的防營營官席秉文，也懼罪要叛賣南門！北門正對敵隊，由義勇劉二虎、曹小春等忠誠士兵把守，漢奸們不敢輕動。通敵營官席秉文只想乘夜偷獻南門，裡應外合，把清兵引進城來。

可是，漢奸乘夜賣城之計雖辣，敵人卻沒有勇氣來撿便宜。義勇夜襲敵營之計雖高，竟被叛紳袁錫朋先期賣給清營主將和清營知州全福。

清兵情虛，竟先一步整隊移營，往北退出二三十里。謝統帥親率一百數十名義勇，殺到北關，竟撲了一個空！

謝統帥大怒，以為戰報不實，要把探子提出軍前斬首。幾個北關老百姓上前控訴，只因劣紳袁錫朋越城出來送信，韃子方才撤走，他們撤走的方向，老百姓有的知道，情願給官軍引路，前往殺胡報仇。謝統帥方才明白，這是軍情洩漏了。他就不再細想，立刻統眾追趕下去。

　　一百數十名死士，儘是步兵，硬追趕三百名騎馬的清兵，眾寡不敵，騎步不敵，可是居然追上了，居然打起硬仗來，居然打了一個勝仗，把清兵擊潰！

　　死士背城出擊，鬥志很強；胡騎飽掠待降，氣勢太驕，這就分了勝負。韃子們擄掠了許多良家婦女，恣行淫樂；他們移營時，戀戀不捨，把所俘少艾女子馱在他們的戰馬上，他們自己倒在步下押著走。

整理後記

　　《綠林豪傑傳》是白羽生前撰寫的最後一部武俠小說。1955 年 7 月 30 日香港大公報刊出預告，同年 8 月 1 日開始在該報副刊《小說天地》欄目連載，載至 1955 年 12 月 15 日第十四回結尾時，因白羽生病，停載 16 天，1956 年 1 月 1 日從第十五回開始繼續連載，至 1956 年 1 月 26 日全部載完。全書共 16 回，約 18 萬字。

　　此書連載後，曾在香港出版過單行本。現引當年曾任香港大公報副刊編輯的梁羽生先生 1985 年 9 月 16 日致白羽後人宮以仁先生信中的一段話以作佐證：「……令尊 50 年代初在香港大公報發表的小說是《綠林豪俠傳》（編者注：應是《綠林豪傑傳》）……這是令尊最後一部著作，記憶所及，大約在 1956 年由香港文宗出版社徵得令尊同意出版，現在已經絕版，我想找也找不到了……」

　　此次出版的《綠林豪傑傳》，即是根據當年香港大公報連載之原文校訂的。

整理後記

附錄　我的生平

▌生而為紈袴子▐

民國紀元前十三年九月九日，即己亥年八月初五日，我生於「馬廠誓師」的馬廠。

祖父諱得平，大約是老秀才，在故鄉東阿做縣吏。祖母周氏，係出名門。祖母生前常誇說：她的祖先曾在朝中做過大官，不信，「俺墳上還有石人石馬哩！」這是真的。什麼大官呢？據說「不是史部大官，就是當朝首相」，在什麼時候呢？說是「明朝」！

大概我家是中落過的了，我的祖父好像只有不多的幾十畝地。

而祖母的娘家卻很闊，據說嫁過來時，有一頃啊也不知是五十畝的薗田。為什麼嫁祖父呢？好像祖母是個獨生女，很嬌生，已逾及笄，擇婿過苛，怕的是公公婆婆、大姑小姑、妯妯娌娌……人多受氣，吃苦。後來東床選婿，相中了我的祖父，家雖中資，但是光棍兒，無公無婆，無兄無弟，進門就當家。而且還有一樣好處。俗諺說：「大女婿吃饅頭，小女婿吃拳頭。」我的祖父確大過她幾歲。於是這「明朝的大官」家的姑娘，就成為我的祖母了。

然而不然，我的祖父脾氣很大，比有婆婆還難伺候。聽二伯父說，祖父患背疽時，曾經摑打祖母，又不許動，把夏布衫都打得滲血了。

我們也算是「先前闊」的，不幸，先祖父遺失了庫銀，又遇上黃災。

附錄　我的生平

老祖母與久在病中的祖父，拖著三個小孩（我的兩位伯父與我的父親，當時父親年只三歲），為了不願看親族們的炎涼之眼，賠償庫銀後，逃難到了濟寧或者是德州，受盡了人世間的艱辛。不久老祖父窮愁而死了。我的祖母以三十九歲的孀婦，苦鬥，掙扎，把三子撫養成人。── 這已是六十年前的事了。

我七歲時，祖母還健在：腰板挺得直直的，面上表情很嚴肅，但很愛孫兒，── 我就跟著祖母睡，曾經一泡尿，把祖母澆了起來 ── 卻有點偏心眼，愛兒子不疼媳婦，愛孫兒不疼孫女。當我大妹誕生時，祖母曾經咳了一聲說：「又添了一個丫頭子！」這「又」字只是表示不滿，那時候大妹還是唯一的女孩哩！

我的父親諱文彩，字協臣，是陸軍中校袁項城的衛隊。母親李氏，比父親小著十六歲。父親行三，生平志望，在前清時希望戴紅頂子，入民國後希望當團長，而結果都沒有如願；只做了二十年的營官，便歿於復辟之役的轉年，地在北京西安門達子營。

大伯父諱文修，二伯父諱文興。大伯父管我最嚴，常常罰我跪，可是他自己的兒子和孫子都管不了。二伯父又過於溺愛我。有一次，我拿斧頭砍那掉下來的春聯，被大伯父看見，先用撢子敲我的頭一下，然後畫一個圈，教我跪著。母親很心疼地在內院叫，我哭聲答應，不敢起來。大伯父大聲說：「斧子劈福字，你這罪孽！」忽然絕處逢生了，二伯父施施然自外來，一把先將我抱起，我哇的大哭了，然後二伯父把大伯父「捲」了一頓。大伯父乾瞪眼，惹不起我的「二大爺」！

大伯父故事太多，好苛禮，好咬文，有一種嗜好：喜歡磕頭、頂香、給人畫符。

　　二伯父不同，好玩鳥，好養馬，好購買成藥，收集「偏方」；「偏方治大病！」我確切記得：有兩回很出了笑話！人家找他要痢疾藥，他把十幾副都給了人家；人問他：「做幾次服？」二伯父掂了掂輕重，說：「分三回。」幸而大伯父趕來，看了看方單，才阻住了。

　　不特此也，人家還拿吃不得的東西冤他，說主治某症，他真個就信。

　　我父親犯痔瘡了，二伯父淘換一個妙方來，是「車轍土，加生石灰，澆高米醋，燻患處立愈」。我父親皺眉說：「我明天試吧！」對眾人說：「二爺不知又上誰的當了，怎麼好！」又有一次，他買來一種紅色藥粉，給他的吃乳的姪兒，治好了某病。後來他自己新生的頭一個小男孩病了，把這藥吃下去了，死了！過了些日了，我母親生了一個小弟弟，病了，他又逼著吃，又死了。最後大嫂嫂另一個孩子病了，他又催吃這個藥。結果沒吃，氣得二伯父罵了好幾次閒話。

　　母親告訴我：父親做了二十年營長，前十年沒剩下錢，就是這老哥倆大伯和二伯和我的那位海軒大哥（大伯父之子）給消耗淨了的；我們是始終同居，直到我父之死。

▋踏上窮途 ▋

　　父親一死，全家走入否運。父親當營長時，月入六百八十元，親族戚故寄居者，共三十七口。父親以腦溢血逝世，樹倒猢猻散，終於只剩了七口人：我母、我夫妻、我弟、我妹和我的長女。直到現在，長女夭折，妹妹出嫁，弟婦來歸，先母棄養，我已有了兩兒一女，還是七口人；另外一隻小貓、一個女用人。

　　父親是有名的忠厚人，能忍辱負重。這許多人靠他一手支持二三十

附錄 我的生平

年。父親也有嗜好，喜歡買樂透，喜歡相面。曾記得在北京時有一位名相士，相我父親就該分發掛牌了。他老人家本來不帶武人氣，赤紅臉，微鬚，矮胖，像一個縣官。但也有一位相士，算我父親該有二妻三子、兩萬金的家私。倒被他料著了。只是只有二子二女，人說女婿有半子之份，也就很說得過去。至於兩萬金的家財，便是我和我弟的學名排行都有一個「萬」字。

然而雖未必有兩萬金，父親歿後，也還說得上遺產萬貫。—— 後來曾經劫難，只我個人的藏書，便賣了五六百元。不幸我那時正是一個書痴，一點世故不通，總覺金山已倒，來日可怕，胡亂想出路，要再找回這每月數百元來。結果是認清了社會的詐欺！親故不必提了，甚至於三河縣的老媽郭媽 —— 居然慫恿太太到她家購田務農，家裡的裁縫老陳便給她破壞：「不是莊稼人，千萬別種地！可以做小買賣，譬如開成衣鋪。」

我到底到三河縣去了一趟，在路上騎驢，八十里路連摔了四次滾，然後回來。那個拉包車的老劉，便勸我們開洋車廠，打造洋車出賃，每輛每月七塊錢；二十輛呢，豈不是月入一百多塊？

種種的當全上了，萬金家私，不過年餘，倏然地耗費去一多半。

「太太，坐吃山空不是事呀！」

「少爺，這死錢一花就完！」

我也曾買房，也曾經商。我是個不到二十歲的少年⋯⋯這其間，還有我父親的上司，某統領，據聞曾幹沒了先父的卹金，諸如段芝貴、倪嗣沖、張作霖⋯⋯的賻贈，全被統領「人家說了沒給，我還給你當帳討去麼？」一句話了帳。尤其是張作霖，這位統領曾命我隨著他的馬弁，親到順城街去謝過，看過了張氏那個清秀的面孔，而結果一文也沒見。據說是

一共四千多元。

我覺得情形不對，我們孤兒寡母商量，決計南遷。安徽有我的海軒大哥當督練官，可將餘資交他，代買田產房舍。這一次離別，我母率我妻及弟妹南下，我與大妹獨留北方；我們無依無靠，母子姑嫂抱頭痛哭！於是我從郵局退職，投考師大，我妹由女中轉學津女師，我們算計著：「五年之後，再圖完聚！」

否運是一齊來！甫到安徽十幾天，而 XX 的變兵由豫境竄到皖省，揚言要找倪家尋隙。整整一旅，槍火很足，加上脅從與當地土匪，足夠兩三萬；阜陽彈丸小城，一攻而入，連裝都裝不開了！大搶大掠，前後四五天，於是我們傾家蕩產，又逃回北方來。在濟南斷了路費，賣了些東西，才轉到天津，由我妹賣了金戒指，把她們送到北京。我的唯一的弟弟，還被變兵架去了七天；後來虧了別人說了好話：「這是街上賣迸豆的窮孩子。」才得放寬一步，逃脫回來。

當匪人綁架我弟時，我母拚命來奪，被土匪打了一槍，幸而是空彈，我母親被踢到溝裡去了。我弟弟說：「你們別打她，我跟你們走。」

那時他是十一二歲的小孩。

於是窮途開始，我再不能入大學了！

我已沒有親戚，我已沒有朋友！我已沒有資財，我已沒有了一切憑藉，我只有一支筆！我要借這支筆，來養活我的家和我自己。

筆尖下討生活

在北京十年苦掙，我遇見了冷笑、白眼，我也遇見熱情的援手。

而熱情的援手，卒無救於我的窮途之擺脫。民十七以前，我歷次地當過了團部司書、家庭教師、小學教員、稅吏，並曾再度從軍作幕，當了旅書記官，仍不能解決人生的第一難題。軍隊裡欠薪，我於是「謀事無成，成亦不久」；在很短的時期，自薦信稿訂成了五本。

輾轉流離，終於投入了報界；賣文，做校對，寫鋼板，當編輯，編文藝，發新聞。我的環境越來越困頓，人也越加糊塗了；多疑善忌，動輒得咎，對人抱著敵意，我頹唐，我憤激，我還得掙扎著混……我太不通世故了，而窮途的刺激，特別增加了我的乖僻。

終於，在民十七的初夏，再耐不住火坑裡的冷酷了，我甘心拋棄了稅局文書幫辦的職位。因為在十一天中，喧傳了八回換局長，受不了查德乍失的恐懼頻頻襲擊，我就不顧一切，支了六塊大洋，辭別了寄寓十六年的燕市，隻身來到天津，要想另開啟一道生活之門。

我在天津。

我用自薦的方法，考入了一家大報。十五元的校對，半月後加了八元，一個月後，兼文藝版，兼市聞版，兼小報要聞主任，兼總校閱；未及兩個月，月入增到七十三元 —— 而意外地由此招來了妒忌！

兩個月以後，為陰謀所中，被擠出來，我又唱起來「失業的悲哀」來了！但，我很快地得著職業，給另一大報編瑣聞。

大約敷衍了半年吧，又得罪了「表弟」。當我既隸屬於編輯部，又兼屬於事務部做所謂文書主任時，十幾小時的工作，我只拿到一份月薪，而

比其他人的標準薪額還少十元。當我要求准許我兩小時的自由，出社兼一個月脩二十元的私館時，而事務部長所謂表弟者，突然給我延長了四小時的到班鐘點。於是我除了七八小時的睡眠外，都在上班。「一番抗議」，身被停職，而「再度失業」。

我開始恐怖了！在北平時屢聽見人的譏評：「一個人總得有人緣！」而現在，這個可怕的字眼又在我耳畔響了！我沒有「人緣」！

沒有人緣，豈不就是沒有「飯緣」！

我自己宣布了自己的死刑：「糟了！沒有人緣！」

我怎麼會沒有人緣呢？原因複雜，憤激、乖僻、筆尖酸刻、世故粗疏，這還不是致命傷；致命傷是「窮書痴」，而從前是闊少爺！

環境變幻真出人意外！我居然賣了一個半月的文，忽然做起外勤記者了。

我，沒口才，沒眼色，沒有交際手腕，朋友們曉得我，我也曉得「語言無味，面目可憎」八個字的意味，我僅僅能夠伏案握管。

「他怎麼幹起外勤來了？」

「我怎麼幹起外勤來了！」

轉變人生

然而環境迫著你幹，不幹，吃什麼？我就幹起來。豁出討人嫌，惹人厭，要小錢似的，哭喪著臉，訪新聞。遇見機關上的人員，擺著焦灼的神氣，劈頭一句就問：「有沒有消息？」人家很詫異地看著我，只回答兩個字：「沒有。」

那是當然！

我只好抄「公布消息」了。抄來，編好，發出去，沒人用，那也是當然。幾十天的碰釘，漸漸碰出一點技巧來了；也慢慢地會用勾拒之法、誘發之法，而探索出一點點的「特訊」來了。

漸漸地，學會了「對話」，學會了「對人」，漸漸地由乖僻孤介，而圓滑，而狡獪，而陰沉，而喜怒不形於色，而老練……而「今日之我」轉變成另一個人。

我於是乎非復昔日之熱情少年，而想到「世故老人」這四個字。

由於當外勤，結識了不少朋友，我跳入政界。

由政界轉回了報界。

在報界也要兼著機關的差。

當官吏也還寫一些稿。

當我在北京時，雖然不乏熱情的援手，而我依然處處失腳。自從到津，當了外勤記者以後，雖然也有應付失當之時，而步步多踏穩 —— 這是什麼緣故呢？噫！青年未改造社會，社會改造了青年。

我再說一說我的最近的過去。

我在北京，如果說是「窮愁」，那麼我自從到津，我就算「窮」之外，又加上了「忙」；大多時候，至少有兩件以上的兼差。曾有一個時期，我給一家大報當編輯，同時兼著兩個通訊社的採訪工作。

又一個時期，白天做官，晚上寫小說，一個人幹三個人的活，賣命而已。尤其是民二十一至二十三年，我曾經一睜開眼，就起來寫小說，給某晚報；午後到某機關（註：天津市社會局）辦稿，編刊物，做宣傳；（註：

晚上）七點以後，到畫報社，開始剪刀漿糊工作；擠出一點空來，用十分鐘再寫一篇小說，再寫兩篇或一篇短評！假如需要，再擠出一段小品文；畫報工作未完，而又一地方的工作已誤時了。於是十點半匆匆地趕到一家新創辦的小報，給他發要聞；偶而還要作社論。像這麼幹，足有兩三年。當外勤時，又是一種忙法。

天天早十一點吃午餐，晚十一點吃晚餐，對頭餓十二小時，而實在是跑得不餓了。揮汗寫稿，忽然想起一件心事，恍然大悟地說：「哦！我還短一頓飯哩！」

這樣七八年，我得了怔忡盜汗的病。

二十四年冬，先母以肺炎棄養；喘哮不堪，夜不成眠。我弟兄大妻四人接連七八日地晝夜扶侍。迨母歿了，個個人都失了形，我可就喪事末了，便病倒了；九個多月，心跳、肋痛，極度的神經衰弱。又以某種刺激，二十五年冬，我突然咯了一口血，健康從此沒有了！

易地療養，非錢不辦；恰有一個老朋友接辦鄉村師範，二十六年春，我遂移居鄉下，教中學國文 —— 決計改變生活方式。我友勸告我：「你得要命啊！」

事變起了，這養病的人拖著妻子，鑽防空洞，跳牆，避難。二十六年十一月，於酷寒大水中，坐小火輪，闖過綁匪出沒的猴兒山，逃回天津；手頭還剩大洋七元。

我不得已，重整筆墨，再為馮婦，於是乎賣文。

對於筆墨生活，我從小就愛。十五六歲時，定報，買稿紙，賠郵票，投稿起來。不懂戲而要作戲評，登出來，雖是白登無酬，然而高興。這高興一直維持到經魯迅先生的介紹，在北京晨報譯著短篇小說時為止；一得

稿費，漸漸地也就開始了厭倦。

　　我半生的生活經驗，大致如此，句句都是真的麼？也未必。你問我的生活態度麼？創作態度麼？

　　我對人生的態度是「厭惡」。

　　我對創作的態度是「厭倦」。

　　「四十而無聞焉，『死』亦不足畏也已！」我靜等著我的最後的到來。

白羽

（二十七年十二月二十日）

綠林豪傑傳：
天下興亡，匹夫有責

作　　者：白羽

發 行 人：黃振庭

出 版 者：崧燁文化事業有限公司

發 行 者：崧燁文化事業有限公司

E-mail：sonbookservice@gmail.com

粉 絲 頁：https://www.facebook.com/
　　　　　sonbookss/

網　　址：https://sonbook.net/

地　　址：台北市中正區重慶南路一段六十一號八樓
　　　　　815 室

Rm. 815, 8F., No.61, Sec. 1, Chongqing S. Rd.,
Zhongzheng Dist., Taipei City 100, Taiwan

電　　話：(02)2370-3310

傳　　真：(02)2388-1990

印　　刷：京峯數位服務有限公司

律師顧問：廣華律師事務所 張珮琦律師

定　　價：375 元

發行日期：2024 年 05 月第一版

◎本書以 POD 印製

國家圖書館出版品預行編目資料

綠林豪傑傳：天下興亡，匹夫有責
/ 白羽 著 . -- 第一版 . -- 臺北市：崧
燁文化事業有限公司 , 2024.05
面；　公分
POD 版
ISBN 978-626-394-288-2(平裝)
857.9　　113006110

電子書購買

臉書

爽讀 APP